殺人

今村昌弘

その日、神紅大学ミステリ愛好会の葉村譲と剣崎比留子を含む九人が、人里離れた班目機関の元研究施設“魔眼の匣”を訪れた。その主であり、予言者として恐れられている老女は、来訪者に「あと二日のうちに、この地で四人死ぬ」と告げた。施設と外界を結ぶ唯一の橋が燃え落ちた後、予言が成就するがごとく一人が死に、閉じ込められた葉村たちを混乱と恐怖が襲う。さらに客の一人である女子高生も予知能力を持つと告白し——。残り48時間、二人の予言に支配された匣のなかで、葉村と比留子は生き残って謎を解き明かせるか?!　ミステリ界を席捲した『屍人荘の殺人』シリーズ第2弾。

登場人物

葉村　譲……神紅大学経済学部一回生。ミステリ愛好会会長
剣崎比留子……神紅大学文学部二回生。ミステリ愛好会会員
十色真理絵……高校二年生。未来を見通す絵を描く予知能力者
茎沢　忍……高校一年生。十色の後輩、オカルト好き
王寺貴士……容姿端麗で物腰柔らかな会社員
朱鷺野秋子……真っ赤な出で立ちの元好見の住人
師々田厳雄……気難しい社会学教授
師々田純……厳雄の息子。小学生
臼井頼太……『月刊アトランティス』記者
神服奉子……サキミに仕える好見の住人
サキミ……未来を見通す予言者
明智恭介……元ミステリ愛好会会長

魔眼の匣の殺人

今　村　昌　弘

創元推理文庫

MURDERS IN THE BOX OF CLAIRVOYANCE

by

Masahiro Imamura

2019

目次

魔眼の匣の殺人

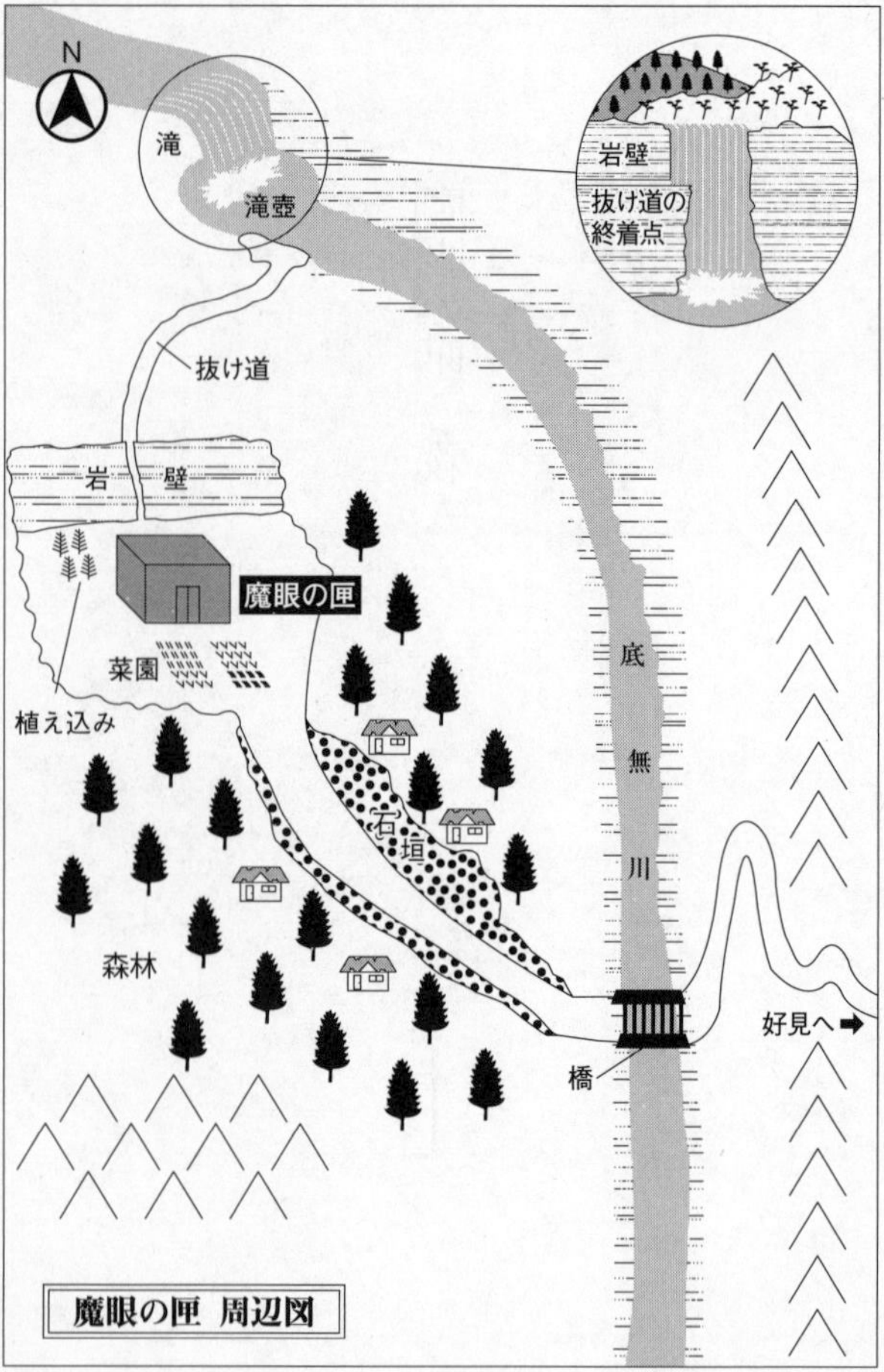
N
滝
滝壺
岩壁
抜け道の
終着点
抜け道
岩
壁
魔眼の匣
菜園
植え込み
石
垣
底
無
川
森林
好見へ
橋
魔眼の匣 周辺図

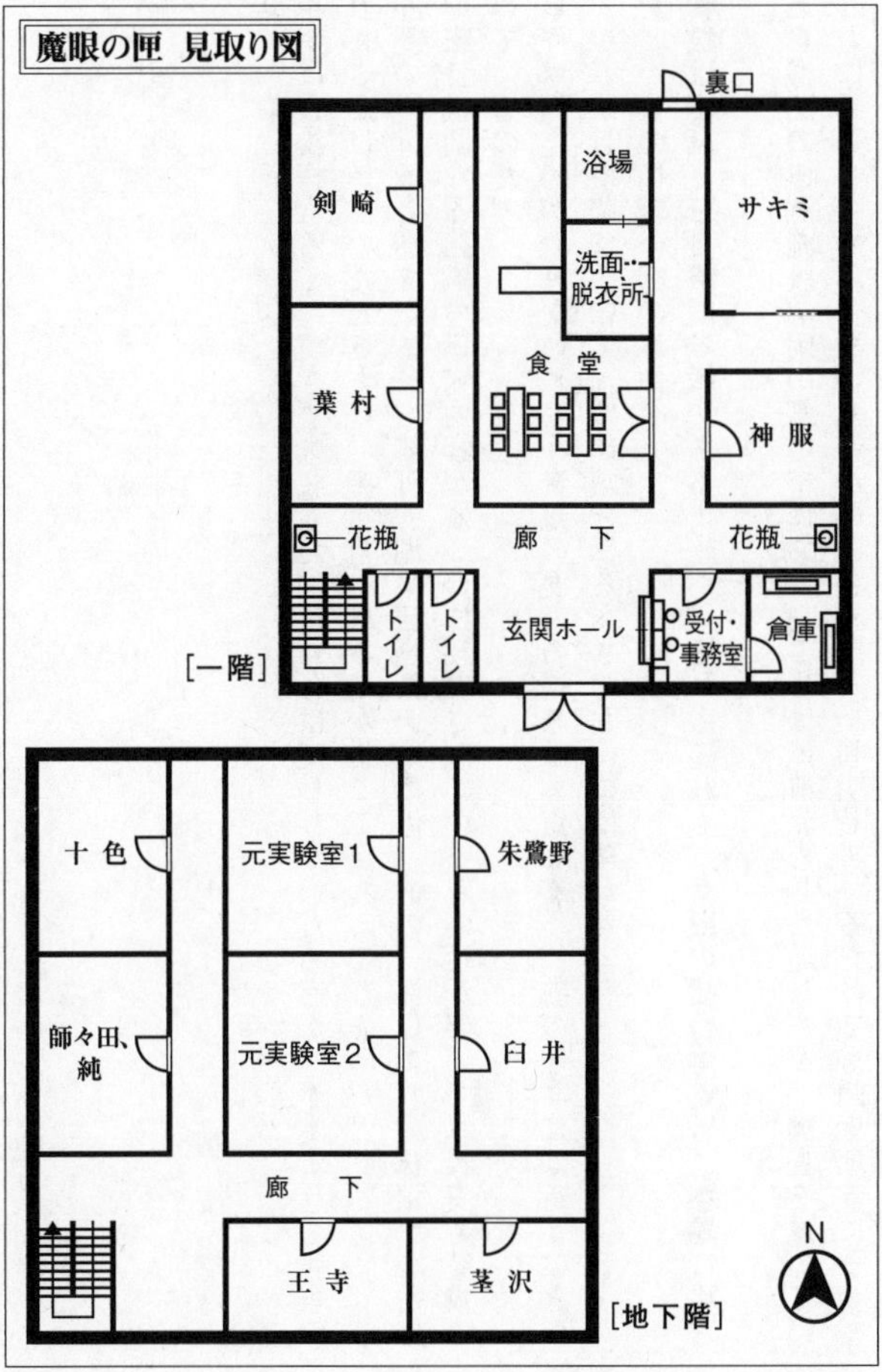
魔眼の匣　見取り図
裏口
剣崎
浴場
サキミ
洗面・脱衣所
食堂
葉村
神服
花瓶
廊下
花瓶
トイレ
トイレ
玄関ホール
受付・事務室
倉庫
[一階]
十色
元実験室1
朱鷺野
師々田、純
元実験室2
臼井
廊下
王寺
茎沢
N
[地下階]

剣崎比留子《けんざきひるこ》殿

前略

年明けの挨拶もろくにできず失礼した。そちらは変わりないだろうか。予定よりも報告が遅れたことは諒恕《りょうじょ》いただきたい。半年前とは事情がまるで変わってしまった。

昨夏の、貴殿も巻きこまれた娑可安《さべあ》湖集団感染テロ事件。あの一件により、抹消されたはずの班目《まだらめ》機関なる組織の研究内容がどこかに秘匿《ひとく》されている可能性が浮上し、公安も警戒を強めているのだ。

事件以降連絡が取れないという貴殿の友人の情報はまだなく、公安の仕業《しわざ》とは断言できない。が、班目機関について徒《いたずら》に嗅《か》ぎ回るべきでないのは確かだ。

だというのに、今回の事件。

貴殿はよほど班目機関と縁があるようだ。それもこれも、貴殿の持つ体質否、本題に戻ろう。

班目機関の拠点施設が岡山県O市にあったことは以前報告した通りだが、調査を進めていくうちに分署とも呼ぶべきいくつかの研究施設――判明しているだけでも関東地方に一つ、近畿地方に二つ、中国地方に一つ――が存在していたことが分かった。それぞれの施設ではテーマの全く異なる研究を行っていたようだ。

そのうちの一つがあったのが、今回貴殿らが巻きこまれた事件の舞台、W県I郡旧真雁《まかり》地区である。すでに一帯は公安に捜索し尽くされ、めぼしい手がかりは残っていない。しかし幸運にも二十年前まで旧真雁地区の近隣に住んでいた人物を探し当てることができた。本人はすでに亡くなっていたが、ご遺族の了承を得て遺品の日記帳に目を通すと、ある興味深い記述を見つけた。

それは今回の事件で貴殿らが摑んだ情報の真実性を裏付けるもの――旧真雁地区の施設で、かつて超能力研究が行われていたという内容である……

序　章　新生ミステリ愛好会

サバの照り焼きこそ本格推理だ。

前方の人物を睨《にら》みつけながら俺は確信した。

ここは関西圏の有名な私大である神紅《しんこう》大学。そのキャンパスで最も大きなセントラルユニオンという学生食堂だ。

大きなガラス壁に囲まれた広い食堂を、明るい木目調の天板のテーブルと椅子が埋め尽くしている。そろそろ午前中の講義が終わりを迎える頃で、さっきまでまばらだった学生の声が広い室内を満たしつつあった。

騒がしさから逃れるように端の席で課題を消化していた俺は先ほどから手を止め、注文カウンターの近くでトレーを持つ一人の学生の挙動にじっと注目している。

幼さの残る顔立ちからして、おそらく俺と同じ一回生であろう小柄な女子。ほんの少し茶色がかった髪を肩の上で切りそろえ服装や顔立ちにも派手さはない。学内ですれ違ってもきっと記憶に残らないだろう。名も知らぬ彼女は注文した品ができあがるのを待つ間、隣のコーナーで白飯と味噌汁を受け取った。

　さて、彼女はなにを注文したのだろう。俺は早速推理を始める。

白飯を受け取ったのだから、まず丼ものやパスタやピザなど炭水化物の多い洋食は除外してよいだろう。ラーメンやうどんも同様に除外だ。他に情報はないか。

　彼女のすぐ目の前のケース内にはサラダや煮物といった副菜の小鉢が並んでいるが、手を伸ばす気配はない。ほっそりとした体つきからしてもまったく野菜を摂《と》らないとは考えづらいので、注文の品にきちんと野菜が含まれているのだろう。トンカツやハンバーグなど肉主体のメニューも除外してよさそうだ。

　とすると、野菜炒めのような一品ものを注文した可能性と、メインのおかずに副菜も付いてくる日替わりプレートを注文した可能性がある。注目すべきは値段だ。一品ものはどちらかというと運動部や男子学生向けの大盛りメニューで、量が多い分五百円と値段も張る。六十円の白飯と三十円の味噌汁を追加すると、合計で六百円近くになる。彼女の昼食とはややイメージが遠いし、仮に運動部員だったとしても平日の午前中に激しい運動をこなしてきたとは思えない。対して日替わりプレートはご飯と味噌汁も込みで四百三十円。お手頃だ。

　本日のプレートの品書きを確認すると、豆腐ハンバーグまたはサバの照り焼きのどちらかを選べるらしい。それぞれ付け合わせの野菜もある。うん、やはり彼女が選ぶとしたらプレートだろう。

　では豆腐ハンバーグとサバの照り焼き、どちらのプレートだろうか。女性に人気がありそうなのは低カロリーの豆腐ハンバーグ？　それとも――。

「ん？」

俺の見ている前で、彼女は食器コーナーに歩み寄りケースから箸《はし》を取った。フォークやナイフには手をつけない。つまり豆腐ハンバーグではないのか。

いや待て。豆腐ハンバーグを箸で食べることだって普通にありえる。むしろ学食でフォークとナイフを使う方が珍しいじゃないか。

二者択一でしばし迷ったが、最初に彼女が味噌汁を取ったことを思い出した。確か味噌汁には豆腐が入っていたはず。いかにヘルシー志向だろうと豆腐で被るメニューを選ぶだろうか？

やはりサバの照り焼きだ！　彼女が通常の感性の持ち主であるならば！

導き出された結論に満足し、結果を泰然《たいぜん》と待つ。

カウンターで注文の品を受け取った彼女がこちらに歩いてくる。果たしてそのトレーの上にあったのは。

茶色の液体で味付けされ、白い湯気をあげる――、

焼きそば。

通り過ぎる背中を呆然《ぼうぜん》と見送る。

いや、聞いたことはある。東北出身の俺には理解できない感性だが、大阪を中心とする一帯では炭水化物をおかずに白米を食う文化が根強く支持されていることを。街でもしばしば焼きそば定食やお好み焼き定食といったメニューを目にする。

だが、まさかあの一見大人しそうな女子学生が、ストロングスタイルの関西人だったとは。

俺はしばらく敗北感に打ちひしがれ、

「――うまくいかないもんだな」

いつまで待っても聞こえてこないその言葉を、自分にしか聞こえない声で吐き出した。

敗北の余韻《よいん》を味わう間にも、学食の入り口から学生がひっきりなしに吸いこまれてくる。眺望のよいガラス壁近くの席に狙いを定める者、友人のためにテーブルの一角を確保する者。そのうちトレーを手に空席を探しさまよう姿も増えてくるだろう。俺はテーブルに広げていたノートや筆記具を手早く片づけ、本格的な昼の喧噪に巻きこまれる前に席を離れた。

しばらく前から、俺は学食で昼食を摂《と》っていない。

かつて、毎日目の前に座っていた男の姿が今はないことを意識してしまうから。そして食堂にいる誰もが、彼の不在に無頓着なことが耐えられないのだ。

振り返ると、さっきまでいた席に一組の男女が仲睦《なかむつ》まじく座るのが目に入った。もうここにお前の居場所はないと言われた気がして、今度こそ足早にその場を離れた。

穏やかな晴天にも拘《かか》わらず、キャンパス内を行き交う学生たちは皆寒そうに上着の前を閉じ、首をすくめている。暦はすでに十一月。この国は否応もなく冬に引きずりこまれかけている。

「そろそろ、時間か」

学食に向かう人の流れに逆らって歩きながら、俺はいつもの仕事を済まそうとスマートフォンを取り出す。発信履歴にはずらりと同じ電話番号が並んでいる。今日もその番号をタップ。単調なコール音が鳴る間、じっと待つ。

約十秒後に音が途切れ、まるでブラジルと通話しているかのような時差を経てようやく「……ふわぁい」というダレきった声が返ってきた。

俺は航空管制官のごとく冷静に告げる。

「比留子さん、起きましたか。そろそろ家を出ないと午後の講義に間に合いませんよ」

いかにも億劫《おっくう》そうに布団の中で身もだえする音が何度か繰り返された後、

「無理」

先ほどより籠《こも》った声。

くそ、布団被ったな。

「今日の近代宗教学は出席日数ギリギリでしょ」

「葉村譲《はむらゆずる》君。幸福っていうのはね、時間に追い立てられながら探さなくとも、案外自分のすぐ側《そば》にあるんだよ……」

「それは幸福ではなく堕落です。だ・ら・く」

「ひどい……」

適度な精神的ダメージを与えたと見て俺はすっぱり通話を切った。慣れたものだ。

午後の講義を終えて馴染《なじ》みの店に向かう。

大学から最寄駅にかけてはコンビニや飲食店、学生向けのアパートなどが立ち並ぶ賑やかな並木道が延びているが、正門を出て右に足を向けると落ち着いた住宅街が広がっている。道なりに進んで最初に行き当たる小さな交差点。その角の雑居ビルの一階に行きつけの喫茶店はある。客足は途切れないが決して満席になることはない不思議な店だ。

いつもと同じ四人がけの席に腰を下ろす。顔見知りのウェイトレスは、季節外れのクリームソーダを注文する俺に疑問の色一つ浮かべない。

しばらく男一人でクリームソーダをちびちび相手にしていると、飲み干すのを見計らったようなタイミングで扉のベルが鳴った。床板を踏む音の癖だけでそれが待ち人だと分かり、俺は振り向く。

「やあ、葉村君」

現れた小柄な美女は羽織《はお》っていたオータムコートを軽くたたんで椅子の背もたれに掛け、俺の向かいに座るとニコリと微笑《ほほえ》んだ。高級な木管楽器を連想させる、澄んでいながら厳《おごそ》かな声音《こわね》。周囲の客の視線が彼女に吸い寄せられる気配を感じた。

この美女が昼まで爆睡した挙げ句、電話口で〝ふわぁい〟と漏《も》らしたとは誰にも想像できまい。

剣崎比留子。同じく神紅大学の学生で文学部、一つ上の二回生。俺を除いて唯一のミステリ愛好会会員だ。

「私はコーヒーをもらおうかな。葉村君はココアでいいよね？」

テーブルの隅にぽつんと置かれた空のグラスには触れることなく、比留子さんは追加の注文をする。この席でクリームソーダを注文すること。それが俺にとって大切な習慣なのだと、彼女は知っているのだ。


比留子さんと出会ったのは今年の夏、この喫茶店でのことだった。

当時ミステリ愛好会には設立者である明智恭介《あけちきょうすけ》という二つ上の先輩がいて、俺と二人で夏休みの予定について管《くだ》を巻いていたところに彼女が現れたのだ。その後色々な出来事があり、明智さんと入れ替わる形で比留子さんがメンバーに加わり、ミス愛は再始動した。

一回生でありながら会長の肩書きを引き継ぐこととなった俺にとっては緊張の船出だったが、比留子さんとならうまくやれそうな予感もあった。

ところが、である。

毎週火、金曜の昼休みと放課後に活動すると決めた新生ミステリ愛好会。その初回の活動を、なんと比留子さんはすっぽかした。

待ちぼうけを食わされた俺が電話をかけてみると、昼休みが終わろうかという時間にも拘わらず彼女はまだ自宅の布団の中にいた。普段きちんとした身なりで良家のお嬢様然としている比留子さんは、重度の寝坊癖の持ち主だったのだ。

聞けば彼女はこれまでもそのせいで欠席を繰り返しており、去年からすでに三科目もの単位を落として留年の危機だというではないか。あまり学内で見かけないのでおかしいと思ってはいたが、まさかそんな理由だったとは！

「でも夏の合宿ではちゃんと起きていたじゃないですか」

そう訊ねると比留子さんは不満そうな目つきでこちらを睨んだ。

「あのね。いくらなんでも〝あの状況〟で惰眠《だみん》を貪《むさぼ》るほど図太くないよ、私は」

それもそうか。

「留年すれば俺と同じ学年になりますね」

「案外えげつないことを言うね、君は」

満更冗談では済まないらしく、悩ましげに黒髪の毛先を弄《もてあそ》んでいた比留子さんだったが、やがてぱっと顔を輝かせると、名案とばかりに手を打って〝例の台詞《せりふ》〟を吐いたのであった。

「取引しよう、葉村君」

そんなわけで、昼休みの活動は断念。俺はマネージャーのごとく比留子さんの出席する講義を把握し、彼女が遅刻しないよう電話をかける見返りとして放課後に飲み物を奢《おご》ってもらう契約を交わし、今に至る。

「そもそもね、私が寝坊したのは君からの課題をこなしていたからなんだよ」

比留子さんは二冊の文庫本を取り出した。アガサ・クリスティと横溝正史《よこみぞせいし》。言わずと知れた海外と国内のミステリの巨匠の本は数日前に俺が貸し出したものだ。

警察も一目《いちもく》置くほどの推理力を持ち、過去には警察協力章を授与されたほど優れた頭脳を持つ比留子さんだが、ほとんどミステリを読んだことがない。そこで俺が比留子さんのために適当な本を見繕《みつくろ》い、読後に感想を交わすというのを主なミス愛の活動として続けている。

おかしなもので、彼女は実際の事件現場では些細《ささい》な手がかりから易々《やすやす》と真実を突き止めることができるくせに、創作としてのミステリを相手にするとまるで歯が立たないことが多い。

特に叙述トリックのような、作中の犯人ではなく作者が読者に対して弄《ろう》する仕掛けにはいとも簡単に引っかかり、その度に俺のスマホには、

『読了。腹立つ』

という直情的なメールが届く。今回もクリスティの某名作に掌《てのひら》の上でコロコロされたらしく、

「あんなに心配しながら読んだのに。ああ騙《だま》されたよ笑えばいいさ。ミステリは意地悪ばかりだ！」

と美しい眉を逆立てて怒っている。

この表情が見たいのでわざとそういう作品を選んでいる、とは口が裂けても言えない。

「俯瞰《ふかん》ですよ俯瞰。ストーリーにのめりこむと引っかかります」

澄ましながら、甘ったるいココアを口の中で転がす。

平和だ。

見目麗《うるわ》しい先輩と小さなテーブルを挟み、推理小説について思い思いに語り合う。俺はおそらく理想的なキャンパスライフを享受しているのだろう。だが。

——痛。

穏やかな時間を満喫しようとする度、頭が鋭く疼《うず》く。脳に突き立った冷たい槍が、まだここにいるぞと訴えている。

ああそうだ。

数多《あまた》のものを奪い去った夏。犯人は明らかになり、事件は収束し、俺は生き延びた。だが、一番知りたい謎——起因となった組織の姿は摑めないまま。しばらく俺たちの中心だったその話題も、最近ではまったくといっていいほど進展がなく、無言の報告が続くうちにこの席での居場所を失いつつあった。まるで夏の暑さが生み出した悪い幻だったとでもいうように。テーブルの隅に押しやられたグラスの氷が、カチッと音を立てて崩れる。

居心地のよさが、こんなにももどかしい。

「ひょっとしたら、大きな手がかりになるかもしれません」

同じ席で俺が雑誌を突き出したのは、次の活動日のことだった。

到着したばかりで注文をしようと片手を挙げた比留子さんは、興奮気味な俺になにか感じたらしく手を下ろして雑誌に向き合った。

「『月刊アトランティス』？」

表紙には渦を巻く曇天の下にバベルの塔らしき建物が描かれ、『激写⁉ 霞ヶ浦《かすみがうら》の巨竜』『実在した三つ首トンネルの呪い』『政府が進める信長復活計画』などと怪しげな見出しがでかでかと躍っている。

ＵＦＯや心霊、都市伝説などオカルト・ミステリー関連のネタを扱い、カルト的な人気を誇る月刊誌である。かなりマニアックな雑誌だが創刊から四十年近い歴史があり、テレビのオカルト特番でも編集長を度々目にする。比留子さんは説明を求めるように視線を上げた。

「今日、同じ講義をとっているクラスメイトから気になることを聞いたんです」

その友人とは普段あまり交流はないのだが、クラスでは女っ気のない（というか友人が少ない）俺がこの店で目を見張るような美人と親しげにしているところを偶然目撃したらしく、珍しく向こうから話しかけてきたのだ。

「『あんな美人の彼女がいるなんて、隅に置けないやつだ』と感心されちゃいましたよ」

そう語る俺の声はどうやら不自然だったらしい。

「本当はなんて言われたの？」比留子さんに半眼で追及され、白状する。

「『悪い勧誘にはまってなにか買わされようとしているんじゃないか。相談に乗ろうか』と心配されました」

比留子さんの首がガクリと落ちた。二人とも傷つくからあえて言わなかったのに。

ともかくミス愛について説明すると、彼は『そういえばあのテロ事件の被害者の中にもお前の知り合いがいなかったっけ』と、娑可安湖の話題を持ち出したのである。

娑可安湖で起きた前代未聞のテロ事件に我が校の映画研究部や演劇部が巻きこまれたことが、一時期学内で大きな話題になった。だが彼らが渦中において凄惨《せいさん》な連続殺人事件に遭遇《そうぐう》したことや、メンバーの中に俺や比留子さんがいたことは公に知られていない。テロ事件自体が世界を揺るがす特異な要素を孕《はら》んでいたことと、比留子さんの実家——横浜の名家であり、今も企業グループを経営する剣崎家——が報道を封じたためだ。

「彼は『月刊アトランティス』の愛読者なんですが、あのテロ事件は発生前に『月刊アトランティス』で予告されていた、というんです」

「出版社に犯行予告が届いていたってこと？」

比留子さんが声を硬くして身を乗り出す。

「正確には予告ではなく予言かと」

俺は雑誌を開き、比留子さんに差し出す。六月末に刊行された七月号だ。

激録！『月刊アトランティス』編集部に届いた怪文書！

あのビル火災は予言されていた⁉

ことの始まりは今年の四月、本誌編集部宛に届いた差出人不明の手紙だった。内容は不吉な言葉を並べた予言めいた文章で、筆者はまたか、と嘆息《たんそく》した。こういったイタズラ目的の手紙やメールが届くのは珍しくないのである。数人の編集部員が回し読みしたものの記事として採用することもなく、手紙はそれきり存在を忘れられていた。

しかし約二ヶ月後の六月上旬、新聞のある記事を見た編集者が首を傾げた。

「なあこれ、前に届いた手紙の内容と似ていないか」

それは大阪ミナミの歓楽街で起きたビル火災の記事だった。ご存じの読者も多いだろうが、ビル二階の厨房《ちゅうぼう》でのガス爆発から火が広がり、歓楽街特有の道幅の狭さや人混みのせいで消火作業が遅れた結果、十二人もの死者を出す惨事となった。なにより世間を震撼《しんかん》させたのは、ビルに取り残された客たちの鬼気迫る惨状だ。火だるまになった彼らは窓から次々に飛び降り、助けを求めて周囲の見物人たちに摑みかかったため大パニックが起きたのだ。

急いでしまわれていた例の手紙を探し出すと、こんな文章が目に飛びこんできた。

『六月の二週目の金曜日、大阪で多くの人々が炎に焼かれながら逃げ惑う』

編集部は戦慄《せんりつ》した。なんと気味の悪い一致だろうか。ただの火事なら大阪でも日常茶飯事だろうが、日付に加え、〝多くの人々が〟〝焼かれながら逃げ惑う〟と事件の特徴までも合致しているではないか。

しかもこれで終わりではない。予言文には続きがあったのだ。

『八月最後の日曜日、多くの死者が蘇る。S県の湖の近く、その狂態、さながら地獄絵図のよう』

編集部に重い沈黙が下りた。まさかこの手紙は本当に未来の出来事を予知しているのだろうか。だとすれば今から約二ヶ月後の八月、〝地獄絵図〟の大事件が起きることになる。手紙の差出人は何者で、どうやって未来を知ったのか。また何故編集部に手紙を送りつけてきたのか。差出人を突き止めるべく全力を注ぐとともに、八月に何事もないことを祈るばかりである。

繰り返すが、これは六月末発行誌の記事だ。

『月刊アトランティス』編集部がどこまで予言を本気にしていたかは分からないが、今後似たようなことが起きれば大きなネタになる、という皮算用はあったに違いない。

比留子さんは大仰な文面で埋め尽くされたページに目を走らせていたが、まだ納得しかねる様子でこちらを見上げた。

「確かに不思議な一致だ。でもそれが私たちにどう関係しているの」

俺は答えず、別の一冊を差し出した。

娑可安湖の事件が起きた翌月に刊行された十月号だ。

予言的中！　本誌独占情報

娑可安湖テロ事件——本当に起きた〝地獄絵図〟

編集部にさらなる衝撃的な手紙が！

八月末、大事件が世界中を揺るがした。今さら説明する必要もない、婆可安湖集団感染テロ事件である。だが『月刊アトランティス』編集部内に走った衝撃とは比較になるまい。

本誌はこの前代未聞の大事件を予告していたのである。きっかけは四月に編集部に届いた差出人不明の手紙だ。そこには六月に大阪で起きたビル火災を予言した文章とともに、『八月最後の日曜日、多くの死者が蘇る。S県の湖の近く、その狂態、さながら地獄絵図のよう』と書かれていた。（詳しくは七月号記事参照）

事態を重く見た編集部は手紙の差出人を探すとともに関係各所に警告を発していたが、残念ながら予言は現実になってしまった。

だがそれで終わりではなかった。無力さに打ちひしがれる我々の元に、同じ差出人からと思われる二通目の手紙が届いたのである。一通目とまったく同じ封筒と筆跡。消印も同じW県。内容を読んだ我々は絶句した。

手紙によると、数十年前W県の人里離れた村に見知らぬ男たちがやってきたという。彼らはM機関と自称し、詮索《せんさく》や口外しないことを条件として村人に多額の謝金を渡し、村の最奥に実験施設を建てた。そこでは各地から人が集められ、なんと超能力実験が行われていたというのだ。

つまり我々の元に送られた予言は、その超能力実験の成果なのか。M機関とは一体？

編集部は総力を挙げて調べを進めている。続報を待て。

比留子さんの目の色が変わった。

「――M機関」

俺たちは娑可安湖事件の最中、首謀者である浜坂智教《はまさかとものり》という男の私物とみられる手帳の内容を聞く機会があった。そこに〝班目機関〟なる単語が登場したのだ。その後比留子さんの知り合いの探偵による調査で、この組織が戦後確かに実在し、潤沢な資金の下いくつもの研究を行っていたことが分かっている。機関の研究成果を浜坂が悪用した可能性は高い。しかしこれまで政府は、テロ事件は浜坂とその仲間たちの犯行と発表しており、班目機関の名はメディアに出たこともない。俺たちと一緒に事件に巻きこまれ、浜坂の手帳を所持していた知人が事件後に音信不通となっている点からしても、この組織が一般人には計り知れない秘密を抱えている可能性は高い。

　俺は熱をこめて進言した。

「記事を鵜呑《うの》みにするわけじゃありません。でも班目機関が関わっているなら、少なくともテロ事件の予言が的中したことには説明がつきます。班目機関はいわばテロ事件の黒幕だったわけですから」

「もしそうなら、大阪のビル火災にも機関が関わっていることになるけど……」

比留子さんの白磁《はくじ》のような指がくるくると髪の房を絡め取り、放す。彼女が考え事をする時の癖だ。

「これを見逃す手はありませんよ。記事にしていない情報もあるかもしれないし、編集部に話を聞けばなにか分かるかもしれません」

長い間手がかりを摑めなかった組織の断片が思わぬところから転がり出たことで、久しく忘れていた活気が漲《みなぎ》ってくる。しかし比留子さんは落ち着けというように目の前に手をかざした。

「編集部に探りを入れるのは賛成だけど、まずは私に任せてほしい」

「比留子さんに？」

「編集部の人からすれば記事のネタに関わることだし、私たちのような学生が訪ねても相手にしてもらえない可能性が高い。こちらにも一応娑可安湖テロ事件の当事者という切り札があるけれど、駆け引きはどう転ぶか分からないからね。いつものように調査依頼を出そうと思う」

比留子さんには懇意《こんい》にしている探偵がいる。一口に探偵といっても政府の要人や官僚、大企業の幹部を顧客とする特殊な人物らしく、剣崎家とも縁があったらしい。なにを隠そう娑可安湖のテロ事件以後、班目機関について情報を集めてくれたのも先方なので、比留子さんの提案は理に適っているが……。

「大丈夫ですか」

「ん？」

比留子さんに大きな瞳で見つめ返されると、自分でもどういうつもりで口にしたのかよく分からなくなり、「いえ」とだけ呟いた。

結局なにも注文しないまま、それじゃあ早速依頼しておくね、と告げて比留子さんが席を立つ。釈然としなかったが、彼女が軽やかにコートを羽織り小さな背中を向けた時、先ほど拾い損ねた言葉がふと浮かんできた。

まだ、俺の力を必要としてくれますか。

夏の事件で、彼女は絶望的な状況にも拘わらず殺人犯の名を挙げてみせた。それはもう、普段ミステリマニアを名乗る俺など足元にも及ばないほど見事な観察眼と推理力を以て。

一方で俺は明智さんとの関係で誇りとしていた助手としての在り方すら守れなかった。

そんな俺が、比留子さんの側にいる必要はあるのだろうか。


それから数日おきに調査の進展を訊ねたが、比留子さんからはこれといった答えのないまま時間だけがずるずると過ぎていった。


十一月の最終週。日ごとに増す寒さに対し薄い毛布一枚で必死に抗《あらが》いながら浅い眠りについていると、「ウォンッ」という威勢のいい鳴き声で目が覚めた。窓の外を見ると高齢の男性が大型犬に引きずられるように散歩している。

腕時計は午前七時を指していた。今日は一限目の講義がないから、起きるのにはちょっと早い。

その時スマホが震えた。比留子さんからの電話だ。俺は大きく深呼吸し、通話ボタンを押す。

「どうしたんですか。こんな時間から起きているなんて珍しい」

「朝早くにごめんね。なんだか風邪をひいちゃったみたいで、今日の講義は休もうと思うんだ。手間を取らせちゃ悪いから、先に知らせておこうと思って」

健康な時には起きられないくせに、風邪の時には律儀《りちぎ》なものだ。

「それは災難ですね。でも寝ぼけてない分、いつもより声が聞き取りやすいくらいですよ」

「そ、そうかなあ?」急に鼻づまりっぽい声になる比留子さん。

「インフルエンザじゃないでしょうね。病院行きましたか」

「大丈夫、大丈夫。寝ていればよくなると思うから。とにかく私のことは気にしないで」

怪しい対応だったが、今はそれを気にしている場合ではない。俺は軽く身だしなみを整えながら、視線を窓の外に固定する。

十分ほど待っていると、前方の建物のエントランスに人影が見えた。上品なタイル張り外壁の十階建てマンション。一人暮らしの女性専用で、学生には少しグレードが高く見える。オートロックに守られた玄関から出てきた人物はかなり大きなリュックサックを背負っていた。俺は急いでドアを開け、その後ろ姿を追いながらスマホをタップする。

するとも目の前の人物もスマホを取り出し、通話が繋がった。

俺は一息に告げる。

「葉村です。今あなたの後ろにいます」

目の前の人物——比留子さんがこちらを振り向き、「ひゃああ！」と悲鳴を上げるが、構わずリュックのてっぺんの吊り紐をむんずと摑んだ。合気道を嗜《たしな》む彼女の動きを封じるには体に触れるよりこの方がよい。

「は、は、葉村君！　どうして」

「こちらの台詞《せりふ》です。風邪をひいて部屋で寝てるんじゃないんですか」

「うう……」

項垂《うなだ》れる比留子さんはオータムコートではなく防寒性の高いダウンコート、リュックサックにスニーカーという活動的な格好をしている。やれやれ、思った通りの結果になった。

比留子さんなら班目機関に関する新しい情報を摑んでも、俺に知らせることなく一人で調査に向かうのではないかと以前から疑っていたのだ。

「それにしたって、どうして私が今日出ていくって分かったの？」

「ああ、それは……」

後方を振り返ると、路肩に一台のワゴン車が停まっている。

俺は先ほどまであの車内で待機していたのだ。作戦の成功を知らせるため親指を立ててみせると、祝福するようにウインカーが三度点滅した。

「誰？」

怪訝《けげん》そうな比留子さんに、俺は誇らしい気分で紹介する。探偵に知り合いがいるのは彼女だけではないのだ。

「ミステリ愛好会のバイト得意先、田沼《たぬま》探偵事務所さんです。今回は連日比留子さんの動向を見張るためのバックアップを頼みました。張り込みは今日で七日目です」

依頼料はバイト割適用で格安に、さらに分割出世払いにしてもらった。ワゴン車のエンジンがかかり、お役御免とばかりに車影が遠ざかっていく。同時に手中のスマホにメッセージが届いた。

『任務終了。あとは頑張れ、二代目』

二代目。

そう、彼らとの縁も先代の会長が残してくれた大事なものなのだ。

車を見送りながら、比留子さんが呆然と呟いた。

「ス、ストーカーだ。葉村君がストーカーになっちゃった……」

すぐ近くにある大手チェーンのカフェで、俺と比留子さんは向き合って座った。

「まさか一週間も見張られていたとはね。私の住所、マンションの部屋番号。すべて君の手の内だったわけ。なるほどなるほど。こんな形で探偵の調査対象になるなんて、いい経験になったよ」

比留子さんは頬杖をつきながら左の拳でテーブルをコツコツと叩き、底冷えのするような笑みを向けてくる。元々可愛らしいというよりは近寄りがたさを感じるような美人だが、ここまで笑顔を怖いと感じたのは初めてかもしれない。

「そういえば私は昨晩あたり寝間着のまま窓際に立った気もする。あれを見られたんなら――強制的に記憶を消去するか同じくらい恥ずかしい姿を見せてもらうほかないね」

「いやいや、チェックしていたのはマンションの出入りだけですから！」

普段ぐうたらしているためか、比留子さんは生活感を人目に晒《さら》すことをひどく嫌っている。

とはいえ、今回に限ってはこちらにも言い分がある。

「だって比留子さん、予言の記事を教えてから挙動がおかしかったですもん。聞いてもなにも話してくれないし」

比留子さんが目を逸らす。

最近は特に、愛好会の活動中、いつにも増してひっきりなしに髪の毛をいじっていたり、会話中に上の空になったりすることが多かった。しまいにはまだ出席日数に余裕のある講義がどれなのか再計算し始めるものだから、近いうちになにか行動を起こすと疑って当然だ。

「班目機関について、なにか分かったことがあるんですよね？」

俺は本題に切りこんだ。

比留子さんは観念したらしく姿勢を正し、こくりと頷いた。

「記事にあった実験施設の場所がある程度判明した。今からそれを確認してくるつもりだった」

「どうして一人だけで」

「葉村君が死ぬかもしれないから」

鋭利な一言で俺を封じ、続ける。

「以前言ったよね。私の呪われた体質のこと」

彼女は奇怪な事件を引き寄せる体質を生まれ持っており、そのせいで実の家族からも忌避《きひ》されている。体質は歳を重ねるごとに強くなってきており、最近では三、四ヶ月に一度はなにかしらの事件に巻きこまれてしまうのだという。

「紫湛荘《しじんそう》での出来事から、もう三ヶ月以上が経つ。〝次〟が起きるとすればそろそろなんだよ。そうと分かっていて君を連れていくわけにはいかない」

彼女なりの優しさなのだろう。だが俺は不満だった。なんの相談もないまま一方的に、ともに闘う側から守られる側へと回されるなんて。

「危険な目に遭うのは比留子さんだって同じじゃないですか！ 今まで一人で足掻《あが》いてきて、それが嫌だから俺にワトソンとして声をかけたんでしょう。俺だけが安全な場所で待つなんてそれこそ御免ですよ！」

一瞬はっとした比留子さんだったが、すぐに猛烈な勢いで首を横に振ると、先ほどの冷徹さとは打って変わって頰を紅潮させながら非難してくる。

「いやいやいや、君はワトソンを断ったじゃない！ 私が頼んだら〝なれない〟ってはっきり言った。断られた方は覚えてるよ？ なのに今度は連れてけってのはずるくない？」

今度はこちらが言葉に詰まる番だった。

確かに断った。そうするしかなかった。俺にとってのホームズはそう簡単に替えられないというか、あんな行動をしておいてワトソンは引き受けられないというか。

「いや——でも比留子さんはミステリ愛好会のメンバーですし。俺、会長ですし」

「なにそれ」

ほんと、なにそれだ。

二人とも脱力し、すっかり温《ぬる》くなってしまった飲み物に示し合わせたように手を伸ばした。

幸いなことに席はまばらにしか埋まっておらず、問答を繰り広げる俺たちに注目する人はいない。

「君の厚意が、迷惑なわけじゃないんだよ」

比留子さんはその小さな両手を見つめながら、もどかしそうに言葉を選ぶ。

「私は自分の体質が怖い。死にたくない。そのためには君がいてくれた方が安心だっていうのも本心で。でも紫湛荘の事件で、誰かに助けを求めることがどういう結果を招くかが分かったんだ」

ほんの数ヶ月前の夏。俺と明智さんは日常にない謎を、そして比留子さんはワトソンを求めて紫湛荘に赴《おもむ》いた。その結果俺たちは想像もし得なかった事態に遭遇し、比留子さんは最後に冷たい槍を振るうことになった。比留子さんの体質があの事件を引き寄せたというのなら、これから先も同じことが起きても不思議ではない。

「私といると君もこの先、明智さんと同じような運命を辿《たど》るかもしれない。それが分かっていて連れていくことはできないよ。ごめん」

分かっていた。比留子さんがこの行動を選んだのには、熟考に熟考を重ねた深い理由があるからだと。だが、

「それでも俺は一緒に行かなきゃいけません」

目を見てはっきり告げる。

「去年までの俺なら、きっと比留子さんを見送ったでしょう。わざわざ危ないことに首を突っこもうなんて考えもしなかった。でも今の俺は――」

ミステリ愛好会会長だ。目の前に謎が転がっているのに躊躇《ちゅうちょ》なんてしない。窮地《きゅうち》に立たされている人を放っておいたりしない。あの人はそうだった。

「俺には明智さんと同じことはできないかもしれない。でもたった一人の会員が必要としてくれるんなら、助けになりますよ」

比留子さんが目を見開いた。正気か、と戸惑っているようだ。

決意を込めて睨み返すと比留子さんは視線を下げ、「どうしよう」と呟いてテーブルの砂糖壺を引き寄せスプーンで山盛り一杯、冷めきった紅茶にドバッとぶちこんだ。

「ちょ、ちょっと」

俺の制止も聞かずかき混ぜた中身をぐいっと一口飲み、彼女は小刻みに肩を震わせる。

「ひ、比留子さん？」

「ごめん、ちょっとこういう気分なんだ」

比留子さんは喉が焼けるほど甘ったるいはずのそれを、端整な顔を歪めながら、けれどどこか嬉しそうに、時間をかけて綺麗に飲み干した。

第一章　魔眼の匣

一

　急いで自分のアパートにとって返し荷物をまとめ、比留子さんとともに電車を乗り継ぐこと三時間。なんとか昼過ぎにW県に着くことができた。そこから路線バスに乗って目的の地区に向かう。

　ターミナルとはいえ栄えているとは言い難かった市街を離れると、あっという間に田畑や空き地が目立つようになる。途中で何度か停車ボタンが押され客が降りたが、乗る人はいない。そうこうするうちに片側一車線の道は山地へと向かう上り坂になり、バスはギシギシ怪しく軋《きし》みながら細かくカーブを繰り返す。

　窓の外に見える建物が減った。乗客が減った。先ほどから車内を賑やかしているのは次のバス停を知らせるアナウンスだけ。急な斜度とカーブに揺られているうちに、心も不安に揺れてくる。

　比留子さんの話では、例の探偵さん——カイドウ氏というらしい。どんな字を書くかは聞いていない――から目的の地区に関する調査報告が送られてきたのが三日前。手がかりが雑誌の記事だけだったこともあり、さしものカイドウ氏もなかなか情報を集められず苦労したそうだ。

「W県の山奥で秘密の研究をしていたという程度の、あまりに漠然とした話だったし、班目機関が関わっていたのなら情報の管理は徹底していたはず。そう簡単にいかないのは分かっていたんだ」

地道に聞き込みをしようにも取っ掛かりがなさすぎる。

「だけどさすがだね。彼は記事中のある一文に目をつけた」

途切れなく揺れる車内で比留子さんが例の『月刊アトランティス』を開く。あまり文字を注視すると酔ってしまいそうだが、彼女が示しているのは、M機関を自称する男たちが『村の最奥に実験施設を建てた』という部分のようだ。

「これが？」

「組織ではなく、不審な施設に関する情報を聞いて回ったそうだよ」

「聞いて回るって、誰に？」

比留子さんは我がことのように得意げに笑った。

「人の住む場所ならどこにでも出入りしていて、ほとんどの建物を把握している職業――郵便配達人だよ」

なるほど。郵便配達人ならば毎日いくつもの村に出入りしているだろうし、どこに誰が住んでいるのかも知っている。もし用途不明の建造物を目にする機会があれば、印象に残っているはずだ。

「田舎ならではのおおらかさというか、都会に比べてプライバシーに緩《ゆる》いところも吉と出たんだろうね。カイドウさんは郵便局を中心に聞き込みをして、ついにそれらしい情報をキャッチした。だけど現地に行く前に急を要する依頼が入ったらしくて、経過報告だけ先に送ってくれたんだ。それなら私が直接確かめた方が早いと思って」

そんなわけで俺たちは目的の場所、『好見《よしみ》』と呼ばれる地区に向かっている。免許を持っている俺がレンタカーを運転するという手段もあったのだが、ペーパードライバーだし余計な危険は避けるべきだと考え、公共交通機関に頼る安全策をとった。だがひどく少ないバスの便数などを踏まえると、この選択が正しかったのかどうかも怪しい気がしてきた。不慣れでも車という機動力は確保しておくべきだったか。

時刻は午後三時にさしかかっている。

深い峡谷《きょうこく》の斜面にせり出した細い道路を走るバスの速度はなかなか上がらない。秋の盛りが去り寒々しく色褪《いろあ》せた山々を眺めていると、我知らずネガティブな考えが口をついてしまう。

「無事に目的地に辿り着いたとして、帰りのバスに乗り損なったらまずいですね」

「着替えは何着か持ってきたけど、近くに民宿はないから街まで戻らなきゃいけない。できるだけ早く目的地を見つけたいところだけど」

両手をこすり合わせながら比留子さんが呟く。広い車内は暖房の効きが弱く、俺たち以外の乗客が一組しかいないというのも寒気の原因かもしれない。

しかも、その乗客というのが妙なのだ。

「旅行者でしょうか」

「こんなところに――って私たちが言うのも変だけど」

やはり比留子さんも気になっていたようだ。

俺たちと同じターミナル駅で発車間際に乗りこんできた乗客たち。肩越しに視線を投げると最後尾の長椅子に、高校生ぐらいの若者が二人、並んで座っているのが見える。

通路の突き当たり、真ん中の位置に座っているのは茶色のケープ姿の少女。肩までのミディアムカットと、万年筆でさっと線を引いたかのようなシャープなフェイスラインがなんとも爽やかな印象だ。中学時代、陸上部の短距離のエースだった女子がちょうどあんな感じだったのを思い出す。

一方、窓際に座っているのは彼女より頭一つ分上背《うわぜい》のある少年。黒のダウンジャケットを着ているため分かりづらいが、どちらかというとひょろりとしたシルエットがカーブのたびに右に左に揺れている。少女とは対照的に全体的にもっさりと伸びた髪がものぐさな印象だ。

四列ほど前に座っている俺たちの耳には時折彼らの会話が届く。少年の方が少女を「先輩」と呼んでいるので同じ高校の生徒だろうか。だが彼らが恋人のような近しい関係と思えないのは、二人の間にバリケードのごとく少女のリュックとトートバッグが置かれているためだけではない。どうも会話が一方通行なのだ。

「先輩、お尻めちゃくちゃ痛くないっすか。朝から座ってばかりだし」

「うん」

「背もたれが倒れれば少しはましですけどね。新幹線みたいに。ああいう座席の方が好きなんすよね。こう、ガーッと倒れたらよくないですか」

「うん」

少女ははじめこそ一言二言返事をしていたが、先ほどから面倒くさくなったのか窓の外に視線を向けたままスマホの音声アシスタントよりも不愛想な相槌《あいづち》に終始している。本来よりも数段低いであろう声には「今どうにもならないことをうだうだ言うな」と言いたげな不機嫌さが滲《にじ》んでいるのだが、当の少年は察する気配もなく話題をさらに二転三転させる。

「さっきからどこ見ても山っすね。そういえば小学生の時、林間学校ってありませんでした？」

「うん」

「僕、先生にすげえ怒られた嫌な思い出があるんすよ、聞いてもらえます？　川で魚を捕まえて焼く時、一から火をおこさなくちゃいけなくて他の班はすげえ苦労してたんです。僕はこっそりライター持っていってたから、すぐに火つけて魚焼いたんです」

少女の無反応にも構わず少年はまくしたてる。

「最初は串焼きなんて気持ち悪いと思ったんすけど、食ってみるとうまかったです。先輩の時、そういうことなかったですか」

いきなり話が明後日の方向にぶん投げられた。俺は耳を疑い、横を見ると比留子さんも困惑した顔でこちらを見ている。後部座席の少女も同じ気持ちらしく、

「……は？」二秒ほどの沈黙を挟んでそれだけ発した。

「へ？」少年の間の抜けた声。

「いや、へ？　じゃなくて。先生に怒られた話は？」

「それは宿舎に帰った後の話っす。ライター持ってきてたのがばれて」

「……そこまで話すべきでしょ」

少女が大きなため息をつく気配がした。

なんというか、少年の話はまとまりがなく聞き手にストレスを与える。喋っているうちに話の焦点がぶれてスタートからかけ離れた場所に着地したり、大切な情報が頻繁《ひんぱん》に欠落するという感じの。長時間行動を共にしているであろう少女はさぞ疲弊《ひへい》するはずだ。

「先輩、なんか顔色悪くないですか」

「酔ったのかも。ちょっと静かにしてて」

「先輩、酔うタイプなんすか。僕なんか――」

「う、る、さ、い」

日本語を知らない外国人でも彼女の怒気を察するくらいはできるだろう。少年の声がようやく止む。

「家出、ですかね」小声で比留子さんに聞いてみる。

「乗車してすぐの時、帰りのバスについて相談しているのが聞こえた。家出とは違うと思うけど」

仲睦まじく旅行に来る間柄とは思えないし、俺たちのように同じ部活に所属する先輩後輩だろうか。しかし今日は平日。ただの部活動とは思えない。

「ひょっとしたら……」比留子さんの深刻そうな声。

「ひょっとしたら？」

「あの女の子は、彼に一方的に付きまとわれているのかもしれない」

「付きまとわれてる？」

「であれば友好的じゃないのも説明がつく。女の子は一人になりたいのに彼がいつもあんな風にしつこくまとわりついているんだ。まさにストーカーのように」

「……」

「そう、ストーカーのように」

あれ？　もしかしてまだ根に持ってます？

話を逸らすため、俺は目的地までの距離を確かめようとスマホを取り出したところで、電波が届かなくなっていることに気づいた。それほど僻地《へきち》なのだ。

「目的の地域では携帯が通じるんでしょうか」

「どうだろう。このごろは陸の奥地より孤島や船の上の方がかえって設備が整っていたりするからね。繋がらないと覚悟しておいた方がいいかも」

雲行きが怪しくなってきた。

予定では、あと十分ほどで到着するバス停がカイドウ氏の報告にあった好見という地区の入り口となっている。その先の詳しい場所は自力で探さなければならない。今日中にどれだけ調査を進められるか。やはりレンタカーで来た方がよかったかもしれない。

その時、再び後ろに視線をやった比留子さんがなにかに気づいて動きを止めた。

釣られて首を捻《ひね》ると、後部座席の真ん中に座った少女がスケッチブックを抱えているのが見えた。おそらく脇にあるトートバッグから取り出したものだろう。よく見ると少女の腰のベルトにはポーチが吊るされ口から幾色もの色鉛筆が覗いている。それで絵を描いているらしい。

バスの中で？　なんで今？

頭を巡るいくつもの疑問に増して、その奇妙な振る舞いはこちらの興味をそそった。

少女は左手と腹で固定したスケッチブックに目を落としたまま、猛烈な勢いで腕を動かす。まるで彼女を管理するシステムがバグを起こしたかのような、一種の発作的な動きは不気味ですらあった。

先ほどまで騒がしかった少年は、そんな彼女の行動を目の前にしても驚いた様子はなく、むしろ興味深そうに手元を見守っている。

いったいなんなんだ、この二人は。

長い時間に思えたが、実際には五分にも満たなかっただろう。少女は突然ぱたりと動きを止めると縛《いまし》めから解かれたように肩の力を抜き、黒い頭を上げた。

「終わりですか。先輩、見せてくださいよ」

すぐさま少年が横から手を伸ばし、荷物越しにスケッチブックを受け取ろうとする。俺たちの位置からではどんな絵か見ることは叶わない。

と、脱力状態の少女の手から茶色の鉛筆がするりと落ち、通路をこちらに転がってきた。

「あ」と少女が腰を浮かせるのと同時に、通路側に座っていた俺も拾ってやろうと身を乗り出す。

その瞬間だった。

甲高いブレーキ音とともにドンッという衝撃が車体全体に響き、バスが急停止、俺は通路にひっくり返り座席の角に頭をぶつけた。さらに悪いことに、後部座席の真ん中にいた少女が宙を泳ぐような格好で倒れこんでくる。仰向けの俺が自由に動かせるのは両腕のみ。だが圧《の》しかかってくる少女の顔や胸を手で突っ張るわけにもいかず、中途半端な構えで受け止めるしかなかった。

「きゃっ」

短い悲鳴。少女が軽いおかげで押しつぶされはしなかったが、気づけば耳と耳が触れ合うほど間近に彼女の顔があった。

「ちょ、ちょっと！　なにしてんすか」

慌てた声を上げたのは難を逃れた少年だ。スケッチブックを提げ持ち、折り重なって倒れた俺たちに近づいてくる。不可抗力とはいえ、まずい接触をしてしまったかと肝を冷やしたが、当の少女の方は身を起こすなり勢いよく頭を下げた。

「すみません、大丈夫でしたか」

少年との会話ではなかった丁寧な物言いで謝ると、俺の顔を見て引きつった声を上げる。

「あっ、ちょっと色が変わってますよ！　なにか冷やすもの……」

あたふたとリュックを開けるのを、横からの声が制した。

「大丈夫。それはたぶん古傷の跡《あと》」比留子さんだ。

言われてみれば、少女が見ているのは座席に打ちつけた後頭部ではなくこめかみの部分だ。そこには震災の時に負った古傷の痕が残っている。少し黒く変色しているから勘違いしたのだろう。

「え、あっ、わわ」

少女は比留子さんと目を合わせるなり、言葉をつまらせて視線を泳がせた。どうやら比留子さんの美人っぷりにびっくりしたらしい。乱れた前髪を何度か撫《な》でつけると上目遣いで

「えっと、とにかくすみませんでした！」と再び詫びる。

ところで、俺に向けられた比留子さんの視線が心なしかジトついているのは気のせいだろうか？

「申し訳ありません、怪我《けが》はないですか」

五十過ぎと思われる運転手が、浅黒い顔いっぱいに動揺を浮かべながら俺たちの無事を確認する。全員に怪我がないことが分かると彼はもう一度急停車を詫び、進行方向に目を向けて忌々《いまいま》しそうに吐き捨てた。

「飛び出してきよった。猪《いのしし》ですわ」

運転手に続いてバスを降りると、車のすぐ前方で血だまりの中に横臥《おうが》している獣が見えた。体長約一メートルの立派な猪だ。

道路の左側は岩肌があちこち露出する急斜面になっており、猪はそこを駆け下りて道路に飛び出してきたらしい。

「このあたりは昔から獣がよう出るんですわ。鹿やら猪やら、熊の親子連れが道を横切るのも見たことがあるくらいで。気をつけちゃあいたんですが、急なことで止まりきれんで」

先ほどから運転手は平謝りだが、道は曲がりくねっていて見通しが利かないし、彼を責めるのは酷《こく》だろう。比留子さんは「むしろ反射的にハンドルを切らなくて助かったよ」と反対側の峡谷を見やりながら呟く。もしガードレールを突き破っていれば全員命はなかっただろう。

「やった。すごいよ、先輩」

不意に聞こえた声に振り向くと、乗降口の側で先ほどの少年が興奮した様子で少女になにか言っている。少女は俺たちの視線に気づくと慌てて彼をたしなめた。

「はしゃがないでよ。不謹慎だって」

「でも見てください。完璧っすよ」

「分かったってば。ちょっと黙ってて」

声を潜めて少年を叱りつけ、少女はすみません、と俺たちに向かって頭を下げると車内に戻る。少年はまだなにか言いたげだったが彼女の後を追った。

軍手をはめた運転手が猪を道路脇に引きずっていくのを横目に、俺は大きく背伸びをして、久々の外気を大きく肺に取り入れた。車内にいたこともあるだろうが、やはり町中よりも空気が冷たく感じられる。

一般道路で野生動物を轢《ひ》いた場合、警察だか役所だかに連絡する必要があっただろうか。なんにせよ、これ以上予定が遅れることは避けたい。

そこで比留子さんがじっとバスの入り口を見つめているのに気づく。

「どうかしましたか」

「あの女の子が描いていた絵、急停車のどさくさでちょっとだけ見えたよ」

比留子さんは俺にしか聞こえない押し殺した声で告げる。

「茶色の獣みたいなものが血を流して倒れていた。ずんぐりとした形だったから、猪かもしれない。その後ろには角張ったシルエットのバスと、影法師みたいな黒い人影がいくつか見えた」

言葉の意味を咀嚼《そしやく》するのに数秒を要した。

血を流す猪。バス。人間。

まるでこの事故現場そのものじゃないか。だが彼女が絵を描き上げたのは事故が起きる一、二分前のこと。急ブレーキがかかり俺たちが転倒した時に比留子さんはそれを見たというのだ。

予言。

重要なキーワードが頭をよぎる。俺の考えが伝わったのだろう、比留子さんは慎重に言葉を選びながら言う。

「分からない。運転手さんもこのあたりは獣がよく出ると言っていたし、こういった事故は頻繁に起きているのかもしれない。もっとうがった見方をすれば、彼らの自作自演かも」

「そんな馬鹿な。故意に猪をバスに轢かせるなんてできるはずがない。それに彼ら以外の客がバスに乗り、なおかつ絵に興味を持つかなんて、予測できないでしょう」

俺は否定したが、比留子さんは大真面目に考慮しているらしい。バスから離れ、道端に迫った急斜面の崖を見上げる。

「もし協力者がいたのなら可能じゃないかな。猪を捕まえて崖の上に潜み、バスが通過する頃合いを見計らって放す。バスはいつも同じ時間に通るはずだし」

「猪が期待通りに動いてくれますかね。それに、いったいなんのために？」

「さあ。まだ可能性の一つだよ」

そんなひそひそ話をしていると、例の二人が荷物を持ってバスから降りてきて、運転手に話しかけた。そして一言二言交わすと、道路を歩き始めたではないか。

「あの二人、どうしたんですか」

慌てて運転手に問うと、たった今少女から受け取った代金を見せながら、

「次の停留所の場所を聞かれたんで、すぐそこだとお答えしましたらね、ここからは徒歩でいいとおっしゃって。バスは簡単な点検だけ済ませたら動かせますと伝えたんですが、どうもお急ぎの様子で」

比留子さんは急いでバスの中へ身を翻《ひるがえ》した。

「葉村君、行こう。どうやら目的地は同じらしい」


バスを降りた場所から山沿いに大きなカーブを曲がるとなだらかな下り坂になっており、五分も歩かないうちにバス停を発見できた。そこはちょうどY字の交差点になっており、左はさらに北へ向かう道、右の山道を進むと目的の好見という地区に行き着くようだ。山道は木々に覆われ見通しが悪いが、先に出た二人の姿が木の葉の隙間からわずかに見えた。やはり彼らも好見に用があるらしい。

事前に調べていたが、念のため帰りのバスの時刻を確認する。

「やっぱり三時間後に本日最後の一本ですね」

「忘れないようにしないと。テレビでよく見るけど、私には初対面の住人宅に宿泊交渉をする能力はないからね」

大丈夫、俺にもない。現役のミステリ愛好会メンバーには図太さという、ある意味探偵に最も必要なものが欠けているのだ。

好見へ続く山道ははじめこそコンクリートで舗装《ほそう》されていたが、ほとんどの部分が落ち葉や山から流れ落ちた土で覆われており、すぐに剝《む》き出しの砂利道に変わった。

運動不足の体に鞭《むち》を打って山道を登るうちに、だんだんと道幅が狭まり車一台通るのがやっとの細道になる。二人の呼吸が軽く乱れてきた頃、上り坂が終わって二十メートルほど先に例の二人の後ろ姿が見えた。休憩しているのかと思ったが、道の先に目を向けると橙色の障害物が行く手を阻んでいるのが分かった。工事現場などでよく見かける、橙と黒の斜線と『安全第一』の文字が入ったフェンスである。なぜこんなところに。

近づくと、足音に気づいた二人が振り返った。バスの乗客とこんなところで再会すると思わなかったのか、驚きを顔に浮かべる。

「あれ、奇遇だね」

後をつけてきたとはおくびにも出さず、比留子さんが話しかけた。

ひょろりとした少年は困惑気味に少し頭を傾げただけだが、ミディアムカットの少女は比留子さんと目を合わせるなり緊張の面持ちで背筋を伸ばした。

「あの、さっきのバスでは、どうも失礼しました！」

リュックサックを背負ったまま頭を下げたものだから、バランスを崩し慌てて踏ん張る。

「失礼したのは葉村君の方かもしれないけどねえ」

比留子さんの声音に不穏なものを感じた俺は「お互い怪我がなくてよかった」と早口で告げ、話題をそらした。

「ここは行き止まりなのか？」

二枚連なって道を塞いでいるフェンスの前面には、ペンキで『立入禁止』と書かれている。

「でも」

少女は解せない顔で道の脇を指差した。フェンスの手前に対向車の待避スペースと思《おぼ》しき小さな空き地があり、一台の乗用車が停まっているのだ。中には誰もいない。車を運転してきた人物は徒歩でこの先に向かったはず、と言いたいのだろう。

「私たちはこの先の好見という地区に用があるんだけれど、君たちは？」

比留子さんの問いに、少女が両手をもじもじと握り合わせながら「私たちも。一緒ですね」と顔を綻《ほころ》ばせた。一方でひょろい少年は値踏みするような目で俺たちを見ている。

「ここの住人、じゃないんすね。高校、いや大学生？」

「茎沢《くきざわ》君、敬語」即座に少女の低い声が飛んだ。

「……大学生ですか」

少年は少ししょげた様子で言い直す。どうやら二人のパワーバランスは少女の方に大きく傾いているようだ。向き合ってみると、身長こそ俺より高いが全体的に肉付きの薄い体型をしている。目つきもどことなく不満そうに吊り上がっているせいで少し取っつきづらい印象だ。

「私は剣崎、彼は葉村君。同じ大学に通っているの。君たちは高校生？」

「十色《といろ》といいます。彼は」

「茎沢です。十色先輩と同じ高校の」

「一般的な、先輩後輩です」

少女は茎沢の言葉を遮《さえぎ》り、笑みを浮かべて念を押すように告げた。付き合っていると勘違いしてくれるな、と言いたいらしい。比留子さんはいかにも不思議そうに首を傾げてみせる。

「私たちはサークルの活動で好見に来たんだけど、君たちはこんなところに旅行？　二人っきりで」

〝二人っきり〟という言葉に作為を感じる。比留子さんは二人になにか特殊な事情があると睨んで、「ただの旅行です」と逃げられないようにこんな言い方をしたのだ。

案の定、彼らは罠《わな》にかかる。

「違います」十色は否定。

「そうです」茎沢は頷く。

嘘つきなのは茎沢だろうが、失敗したのは十色だ。

二人はしまったという表情を浮かべたが、先に余裕を取り戻したのは茎沢だった。

「まあ、調べものですよ。僕ら、この地区に関する誰にも話せないような情報を摑んだんで」

得意げに語る後輩をたしなめるように十色が「茎沢君」と呼んだ。

俺は内心辟易《へきえき》する。秘匿しなければいけない情報を握っているのに〝誰にも話せない〟なんてわざわざ明かす馬鹿はいない。この少年はわざとこちらの興味を引こうとしている、というより自慢の情報をちらつかせる行為自体に優越感を抱いているのだろう。しかし比留子さんはあっさりと、「お互い大変だねえ」と余裕の態度を見せ、茎沢の顔を引きつらせた。

そして今度は十色の持つトートバッグに視線を移して訊ねる。

「そういえば十色さん、美術部なの？」

十色がきゅっと唇を結んだ。あの中にスケッチブックがあると俺たちが知っている。つまり車内で絵を描いているところを見られたと察したのだ。

「――はい。まだまだ下手なんで、日頃からたくさん描くようにしているんです」

「そうなんだ、努力家だね」

比留子さんはそれ以上突っこまなかった。絵の内容について訊ねたいのは山々だが、今のやりとりからしてまだ情報を引き出せないと判断したのだろう。

「さて」

仕切り直すように声に出し、俺は眼前のフェンスに目を向ける。風で倒れないよう道端の木と紐で結ばれているが、通り抜ける隙間はいくらでもある。念のためフェンスを調べてみたが、どこにも役所や建設会社など持ち主の記載は見られなかった。こんなものを設置した事情は分からないが、私有地でないのなら行き来を制限される謂《いわ》れはない。比留子さんと顔を見合わせる。

「仕方ない」

「仕方ないね」

頷き合ってフェンスの脇をすり抜けると、十色と荃沢も後に続いた。

少し歩くと右手の雑木林が途切れ、視界が開けた。山の中腹から盆地を見下ろす形だ。盆地はいくつかの小山や丘が入り組んで複雑な地形をしており、平地は少ない。そのわずかな平地に田畑や瓦《かわら》屋根の人家がぽつぽつと点在しているのが見える。あれが好見と呼ばれる地区らしい。

確認できた人家の数は十に満たず、好見の全容はまだ摑めない。それでも目的地に着いたことで少し肩の荷が軽くなった。

「とりあえず、住人の誰かに話を聞けると助かるね」

比留子さんの呟きに十色も頷く。彼女らの目的は不明だが、差し当たっての行動は同じとみていいようだ。ひょっとしたらフェンスの件で住人に問い質されることもあるかもしれないが、怪しまれぬよう堂々と対応しようと申し合わせ、俺たちは好見に足を踏み入れた。

だが——結果的にその心配はまったくの杞憂《きゆう》に終わった。

目につく限りの場所を探し歩いたにも拘わらず、一人たりとも住人が見つからなかったからである。

二

「わ、若者たち。悪いけれど、ちょっと休憩して状況を整理しよう。足が痛くなっちゃった」

一時間以上にわたって山間の地区を歩き回った末、比留子さんが珍しく弱音を漏らし、盆地の真ん中に立つ古びた郵便ポストの前でリュックを下ろして、上に座った。

彼女が足を伸ばした際に見えたスニーカーの底は等間隔に並んだギザギザ模様で、運動向きのモデルらしい。恐らく新調したばかりで足が慣れていない上、山道を上り下りして消耗したのだろう。

「若者って。剣崎さんと大して変わらないじゃないですか」

十色もくたびれたように笑い、その場にしゃがみこんだ。日が翳《かげ》ったせいか寒さが増し、息が白く立ち上る。

四人で手分けをし、山道や畦《あぜ》道を歩き回って訪問した家は十二軒。森林に阻まれて迂回《うかい》しなければ辿り着けない家があったり、いくつもの道の分岐に惑わされたりとかなり苦労した。気づく限りの家は訪問したと思うのだが、成果はなし。呼び鈴を鳴らすだけでなく、玄関戸を叩いたりかなり大きな声で呼びかけたりもした。だがどの家も固く戸に鍵をかけ、掃き出し窓には雨戸が立ててあり、人の気配がない。

もちろん俺たちが探す施設も見つかっていない。

「ひょっとして、冬の間は出稼ぎに行っているとか」

そう考える根拠は、いくつかの家で車庫に空きスペースがあったことだ。つまり住人たちは車で外出している。だがそのためには立入禁止のフェンスを通過しないといけないはずだ。

出入りの度にフェンスを移動し、紐で括り直すのはあまりに面倒だから、出ていった車はしばらく戻る予定がないと考えるのが自然ではないだろうか。

高校生の十色たちは「なるほど」と頷いたが、比留子さんはモコモコした白いダウンコートのポケットに手を突っこみ、大判の黒いストールに鼻まで埋めた『雪だるまスタイル』のまま否定的な意見を述べた。

「畑や家庭菜園はつい最近までちゃんと手入れされていたみたいだし、まだ収穫されていない作物もあった。放置されているとは考えにくい」

「じゃあたまたま所用で出かけているだけでしょうか」

「一帯の住人が同時に？　仮にそうでも、あそこまで厳重に戸締まりする必要はないと思う」

そんな比留子さんを十色は心なしか潤《うる》んだ目で見つめている。尊敬の眼差しだろうか。

「そんなことまで考えていたんですね。私たちなんか人探しだけに夢中だったのに」

「いくら想像を膨らませても、人がいないんじゃ無意味っすよ」

面白くなさそうな茎沢を少女は一睨みで黙らせた。強い。

なんにせよ、目的の建物を見つける前に謎の集団失踪事件である。集団失踪といえば乗組員とその家族全員が不在のまま漂流しているところを発見されたメアリー・セレスト号事件を想起する。いや今回でいうと北カナダで三十人ほどのイヌイットが消えたアンジクニ村の事件か？　ミステリならそれこそ『そして誰もいなくなった』と言いたいところだが……。

その時、十色が目を丸くして俺たちの辿ってきた山道を指差した。

「あれ！　第一村人じゃないですか！」

疲れていた顔が一斉に向けられる。示された先には、ちょうど山を下りてきた小柄な人影が見えた。黒のライダースジャケットを着ているが、男性だろうか。距離は百メートルほど離れている。とにかく家に引っこまれる前に摑まえなくては。

「すいません、ちょっと待って」

俺たちは呼びかけながら駆け寄った。

荷物を抱えた四人組に突進され一瞬怯《ひる》んだ様子だったが、彼は口を開いた。

「君たち、ここに住んでる人？」

漫画だったら頭からずっこけているところだ。期待外れの一声に俺たちの足が止まる。

「ひ、比留子さん！」

比留子さんだけはショックのあまりリュックの重さに負けたように仰向けにひっくり返っていた。彼女を助け起こしながら、男性に問う。

「ひょっとして、好見には初めて来られた方ですか」

「そうだけど」

途端に十色が「なあんだ」と顔いっぱいに失望の色を浮かべ、茎沢はあからさまにため息を吐き出した。男性は俺たちを見回し、素直な心情を吐露《とろ》する。

「な、なんでこんなにがっかりされてるんだ、俺は？」

二十代後半から三十代前半と思しきライダースジャケットの男性は王寺《おうじ》と名乗り、ヘルメットの形に押さえつけられた髪を掻き上げた。上背は俺より少し低く、男としては小柄だ。色白の肌と軽やかに風に揺れる金髪に近い髪、くっきりした目鼻立ちは気品すら漂《ただよ》わせ、かなりのハンサムである。

「ツーリングの途中で給油をし忘れて、ガス欠になっちゃったんだ。こんな山奥じゃスタンドも見つからないし、誰かに分けてもらおうと思って」

オートバイは山道の手前に置いてきたという。立入禁止のフェンスを素通りしてきたのは俺たちと同じだ。

彼に住人の姿がまったく見当たらない現況を説明すると、不審そうに眉をひそめた。

「奇妙な話だな。それが本当ならすごく困るんだが……」

皆が押し黙る中、茎沢が呟いた。

「なんだか、杉沢村《すぎさわ》みたいっすね」

またマニアックなことを。

「葉村君、杉沢村ってなに」比留子さんが俺の腕を突《つつ》く。

「かなり昔に流行《はや》った都市伝説ですよ。一人の村人が住民を皆殺しにして廃村になってしまい、その場所は地図から消されてしまった。しかし山中で迷っていたら偶然そこに辿り着いたという話が広まったんです」

もちろん実在の村ではなく、ある小説の舞台を元にした架空の話だといわれている。

しかし話題が受け入れられたと思ったのか、茎沢が勢いづいて言葉を重ねる。

「その村は今では悪霊の住処《すみか》になっていて、肝試しで立ち入った人は呪われて気が狂ったり、消息不明になったりするんすよ」

「おいおい、やめてくれよ！」

王寺は怪談が苦手なのか、本気で気味悪そうにしている。

「茎沢君、くだらないこと言わないで」十色が煩《わずら》わしそうに遮った。

バスの時刻まではまだ二時間近くある。俺たちは連れ立ってまた住人を探し始めたが、比留子さんも十色たちも新しい発見はないと踏んでいるのか足取りが重い。

一方、丘の上の民家の車庫にオートバイが残っているのを見つけた王寺は玄関戸を叩いて呼びかけたが、やはり応答がないことが分かると未練たっぷりの表情で、

「キーがないと給油口が開かないもんなあ」

とバイクにぺたぺたと触れ出した。

「何をしているの！」

急に背後からかけられた怒声に、王寺も俺たちも文字通り飛び上がる。振り返ると、今辿ってきた道を三人の人間が上がってくるところだった。女が一人、男が一人、子供が一人。

「あんたたち、このへんの人じゃないわよね。他人の家でなにをしているの？」

詰問《きつもん》口調で迫ってきたのは、毒々しい臙脂《えんじ》色のコートを着た若い女だ。靴も赤で、髪も赤い。唯一、その手の新聞紙に包まれている供花《きょうか》と思しき菊の花だけが慎ましやかな色……か

と思えば手の爪まで赤く塗っていた。

「勘違いしないでくれ。ガソリンを分けてほしかっただけなんだよ。この家の人かい？」

王寺はばつが悪そうに弁明する。

比留子さんも「謎の機関の実験施設を探しに来ました」と説明するよりこの話題に乗っかった方が得策と判断したのか、彼に加勢した。

「私たち、ずっと住人の方を探していたんです。だけどどの家も出払っているみたいで困っていたんですよ」

その後ろで十色と茎沢も同意を示すように何度も頷く。

「私はこの地区の〝元住人〟よ。今日は墓参りに寄っただけ。実家ももう手放したわ。でも、皆が出払っているなんてどういうこと？　あの邪魔なフェンスもあんたたちの仕業じゃないの？」

女性はまだ警戒したまま周囲を見回すが、俺たちの主張通り人の気配がないことに異様さを感じたのだろう、顔に困惑の色が浮かぶ。彼女の口ぶりでは、立入禁止のフェンスは普段は置かれていないもののようだ。

元住人を名乗る赤い女は二十代半ばくらい。瓜実顔《うりざね》にはっきりした二重瞼《ふたえまぶた》で美人といえる顔立ちだが、派手な色の着こなしといい濃いメイクといい、俺の偏見かもしれないがホステスのような雰囲気が漂っている。一方、五十歳くらいの男はずんぐりとした体つきで、大きな顔に反して目が小さく、真一文字に引き結ばれた口は頑固そうだ。礼服らしきスーツの上にくたびれたジャンパーを羽織っており、通夜か葬式の帰りに見える。その背後に隠れている小学校低学年くらいの男の子は彼の息子だろうか。

だが赤尽くしの派手女とずんぐり男が夫婦というわけではなさそうだ。歳が離れているし、両者のやや離れた立ち位置はそのまま心の距離を示しているように思える。

そんな視線に気づいたのか、赤い女は一つ嘆息し、

「山を走っている途中、この人たちが車のトラブルで立ち往生しているのを拾ったのよ。このあたりは携帯が通じないから、固定電話を使わないとJAFも呼べないし」と説明を挟み、今度は比留子さんに向き直った。「本当に全部の家を訪ねてみたの？」

「すべてというわけではないかもしれませんが、十軒以上は回りましたよ。今の時期に特別な催し物があるとか、出稼ぎというわけではないんですね？」

「そんなわけないわよ」

切り捨てるように否定した赤い女だったが、しばらく顎に手を当てて考えこんだかと思うと、歯切れの悪い口調でこう続けた。

「サキミ様のところには……、底無川《そこなし》の向こうの建物は確かめたの？」

俺と比留子さんは首を傾げた。川など見かけなかったが、どこのことだろう。

するとしばらく沈黙を保っていた高校生二人が反応を示した。

「今、サキミって言いましたか」

「やっぱりここにいるんすね、その人！」

〝やっぱり〟というからには彼らの目的はそのサキミなる人物なのだろうか。

しかし、サキミか。サキ、ミ。先・見……。もしや〝未来視〟か？

予感めいたものを感じ、心がざわつく。

「あんたたち、サキミ様に用があるの」

赤い女の声に険が増した。それに気づいた十色が言葉を濁《にご》す。

「用、といいますか、一度お会いしたいと思っていて」

「なんのつもりか知らないけど、興味本位ならやめときなさい。ろくなことにならないわ」

ぴしゃりと断言され、戸惑う若者に助け船を出したのは王寺だった。

「残っている住人がいるのなら俺にも紹介してくれないかな。本当に困ってるんだ」

「わ、私もお願いします！」

と頼みこむ十色に釣られ、茎沢も頭を下げる。

それでも赤い女は躊躇している様子だったが、やがて折れた。

「仕方ないわね。うちのお墓も同じ方向にあることだし。ただあんたたちの名前くらいは教えて。私は朱鷺野《ときの》秋子《あきこ》よ」

朱鷺野の言に従い、俺と比留子さん、茎沢と十色、王寺の順に自己紹介する。

茎沢の名は忍《しのぶ》、十色の名は真理絵《まりえ》。そして王寺の名は貴士《たかし》だそうだ。

最後に父子が名乗る。

「師々田《ししだ》厳雄《いわお》だ。大学で社会学の教授をしている。こっちは息子の純《じゅん》」

純と呼ばれた息子は父親の陰に隠れたまま比留子さんの方をじっと見つめていたが、ぺこりと頭を下げた。

「バイクに貴重品を残してきたんだ。取ってくるよ」

引き返そうとする王寺に朱鷺野が呆《あき》れる。

「こんな田舎で置き引きなんてないわ。放っときなさいよ」

言うが早いか、赤い髪を揺らして朱鷺野は先頭を歩き始めた。

赤い女——朱鷺野の後をついていくと、小山の麓《ふもと》に二軒の民家があった。俺たちも調査済みの家だが、彼女はその裏手へと回る。すると裏庭の先に山の奥へと続く横木の階段が現れた。見落としていたようだ。

朱鷺野の説明によると、この小山を越えると底無川へ出て、橋を渡った向こうにサキミなる人物が住んでいるらしい。

「また山道かあ」

純を除いて一番若い茎沢がげんなりした声でぼやいたが、十色が低い声で「じゃあ残る?」と訊くと黙った。

途中、好見全体を見下ろせる中腹に墓地があり、朱鷺野はそのうちの一つに手早くお参りを済ませると、また一行の先頭を歩き始めた。そんな彼女に比留子さんが話しかける。

「すみません。せっかくお墓参りに来られたのに案内をお願いして」

朱鷺野はちらりとだけ視線を向けて「いいのよ、形だけの習慣だから」と応えると、話題を変えるように声を大きくした。

「あんたたちから見れば滑稽《こっけい》なほど秘境でしょう。どうしてこんなところに人が住み着いたと思う？」

すると俺の目の前を歩いていたずんぐり体型の師々田が、やたら不機嫌な声で答えた。

「昔、平家が逃げ延びてきたんだろう。日本中どこにでもある話だ。珍しくもない」

「まあ、そうね」朱鷺野も面白くなさそうに頷く。「昔から小さな里はあったみたい。そこに戦《いくさ》で敗れた武士たちが逃げ延びてきて、身を隠すために底無川の向こうに別の里を作ったんですって。林業や炭焼きを生業《なりわい》としていたと子供の頃聞かされたわ。その里は私の父が生まれる前になくなったらしいけどね」

するとと後方から茎沢が戸惑いの声を上げる。

「ちょ、ちょっと待ってよ。サキミっていう人がいるんだろ？」

「敬語」すかさず十色の叱責《しっせき》が飛ぶ。

「……いるんじゃ、ないですか」

先輩と後輩というより、まるで姉弟だ。

「里の住人が誰もいなくなった後にサキミ様はやってきたのよ。今住んでいるのは彼女だけ」

「その里は、なんという名前だったんですか」比留子さんが訊ねる。

「真《まこと》の雁《かり》と書いて真雁《まかり》よ。雁は〝がん〟とも読めることから、私たちはサキミ様の住まいをこう呼んでいたわ」

朱鷺野は肩越しに視線を送り、告げる。

「『魔眼《まがん》の匣《はこ》』と」

三

朱鷺野の先導に従って山道を上った先は急な崖になっており、かなり下方に川が流れているのが見えた。流れが荒く、突き出した岩が白い飛沫《しぶき》を上げて川面を切り裂いている。

崖沿いのつづら折りを下りた先に橋が架《か》かっており、それを前にした師々田の息子、純が心細げな声を漏らした。

「これを渡るの？」

いったいいつ架けられたものなのか、軽自動車一台くらいの幅しかない木製の橋は、木が黒ずみ、ここからでも橋板の所々に亀裂《きれつ》が走っているのがわかる。映画なら、足をかけた瞬間に間違いなく落ちるだろう。

しかし父親は尊大に鼻を鳴らす。

「心配いらん。数人が渡ったくらいで落ちやせんだろう。馬鹿馬鹿しい」

どうもこの師々田という大学教授、口を開く度に憎まれ口を追加する癖があるらしい。

立ちすくむ純を元気づけるように王寺が胸を叩く。

「大丈夫、皆で渡れば怖くないってやつさ」

だが純少年はきっぱりと言う。

「皆で渡る方が重いから怖いよ。あとそれは信号無視で言うことだから、やだ」

小学生に論破された王寺が肩をすくめ、師々田が「口ばかり達者になりおって」と口をひん曲げた。その後も父子の間で「来なさい」「やだ」の応酬が続く。

もう無理やり抱えて渡った方が早いんじゃないかと考えていると、比留子さんが進み出た。

「大丈夫だよ、ほら」

彼女はわざと跳ねるような足取りで二人を追い越すと、橋の真ん中で両手を広げる。

「おいで、純君」

含みのない比留子さんの笑顔で恐怖を払われたのか、少年はぐずるのをやめ父親を残して彼女の元へ馳せ参じた。それを見て師々田は「まったく、現金なやつだ」と荒い鼻息を吐き出す。

普段クールな比留子さんが満面の笑みで子供の相手をする姿を、新鮮だがモヤモヤしながら見つめていると、隣で十色が憧憬《しょうけい》の眼差しでうっとりと呟く。

「いいなあ、剣崎さん。美人なうえに優しいなんて、なに食べたらあんな風になるんだろう」

「俺もごねてみようかな」王寺が冗談を言う。

「馬鹿なこと言ってないで行くわよ」

朱鷺野はさっさと歩き出した。

眼下に轟然《ごうぜん》と流れる底無川を眺めながら橋を渡りきると、両側を山の急な斜面に狭まれ、頭上を鬱蒼《うっそう》とした木々に覆われた道に入った。昨日雨が降ったのか、地面に落ちた湿った葉がむっとした臭いを放っている。

歩き始めて間もなく、先頭にいた純少年がなにかを指差して言った。

「見て、あの家。すごいボロボロ！」

道の両側の急斜面の五メートルほど上方に、半ばまで落葉に埋もれ、かろうじて家屋の形を残している廃屋《はいおく》がぽつぽつと見える。落人《おちうど》の末裔が住んでいた住居の名残なのだろうか。

隣を歩いていた比留子さんが斜面に顔を近づける。

「この斜面、人工的に作った石垣だったんだ」

彼女の言う通り、ほとんど土砂に埋もれて気づかなかったが、土塊《つちくれ》の隙間から規則的に積まれた石が覗いている。

「家を建てるための地盤固めでしょうか」

「山の斜面が崩れるのを防いでいるようにも見えるね」

「こんなところに、サキミという人はまだ住んでいるのか？」

人が住めそうな家屋が見当たらないためか、警戒心を滲ませた声で師々田が問うた。しかし先頭を行く朱鷺野は一瞬肩越しに視線を向けただけで答えない。ついてくれば分かる、とでも言いたげだ。

その時、彼女のすぐ後ろを歩いていた王寺が驚いたような声を上げた。

「なんだあれは」

視線の先、山道の到達点は広場のように拓《ひら》けた場所になっていた。左右を山に、奥を岩壁に囲まれており、広場の手前側にはテニスコートほどの広さの菜園がある。その奥にここまで目にした廃屋群とは違う、無機的な形状の建物があった。

——魔眼の匣。

俺たちは側まで近寄り建物を見上げた。

それは確かに匣と呼ぶのがふさわしい建物だった。装飾という概念をばっさり切り捨てた、やや平べったい形状のコンクリート造りのそれは、長い年月を経ているようで外壁の至るところが黒カビと苔《こけ》に覆われ暗緑色に染まっていた。

「なんか、おかしくないですか」

十色の声は怯《おび》えるように小さく震えている。

彼女だけではない。目の前の建物の放つ異様な雰囲気に、その場にいた全員が呑まれていた。

建物は幅二十メートルを超える大きさでありながら、窓が見あたらない。住居というよりどちらかといえば蔵に近い。外からの侵入を拒み、内に抱えたものを秘するための建物。異常だ。

だからこそ、俺たちの目的の地だという確信が湧いた。

隣を窺《うかが》うと比留子さんも警戒心を露《あら》わにその建物を睨みつけている。本当に班目機関の関わった施設だとしたら、この先どんな危険が待ち構えているか分からない。

だが一方で能天気な様子の者もいた。茎沢だ。

「すごいぞ、ここが……」

彼は興奮した様子で建物の側面に回ろうとする。

しかし次の瞬間、彼は「わっ」と声を上げて尻餅をついた。

建物の陰からぬっと黒い人影が現れたのだ。

黒のワンピースに身を包んだ、細身の女性。その姿を見て朱鷺野は声を引きつらせた。

「神服《はっとり》さん、なにを……」

彼女は猟銃を抱えていたのだ。だが幸いに銃口がこちらを向くことはなく、神服と呼ばれた女性は尻餅をついた茎沢から俺たちに視線を移した。

「朱鷺野の……秋子さんですか。意外ですね、まさかあなたが戻ってくるなんて」

落ち着いた声音。歳の頃は朱鷺野よりやや上、おそらく三十前後だろう。長く伸ばした黒髪を無造作に括っており、色白の肌と相まって日本画に出てくる幽霊の女を彷彿《ほうふつ》とさせる。鼻や口といったパーツは小さくやや狐目の美人だ。

「墓参りに寄っただけよ。それより銃なんて持ってなにしてるの」

朱鷺野が非難がましく言うと、神服は菜園の方に視線を移し呟いた。

「熊」

よく見ると菜園の中には引きちぎられた作物が散乱し、土に不自然な凹凸《おうとつ》があった。

「熊の足跡です。冬眠前に食べるものがなくて下りてきたのかもしれません」

「へえ、どれどれ」

そんな神服の元に王寺が人懐こい態度で歩み寄り、かがみこんだ。

「これが熊の足跡？　よく分かるなあ。今も熊がこのあたりをうろうろしてるってことですか？」

「山に戻ったようです。しかし近年は目撃される回数も増えていますし、用心するにこしたことはないでしょう」

王寺は彼女が持つ猟銃に目を移し、

「実物を初めて見ましたが、思ったより小さいんですね。これで熊を倒せるんですか」

「散弾銃ですから、一般的なライフルよりは小ぶりです。本来大型の獣を倒すものではないですが、今は単発弾を装塡《そうてん》しています」

「なるほど。散弾銃といえば小さな弾をばらまくイメージだけど、弾にも色々あるんですよね」

王寺は親しげに雑談を続ける。あいにく神服は自己紹介もなしに馴れ馴れしい態度に出る彼に対し少々鬱陶《うっとう》しそうだが。

「彼女は、どういう？」

比留子さんが小声で訊ねたのに、朱鷺野は聞こえよがしに答える。

「サキミ様のお世話係よ。東京での勤めを捨ててこんな辺鄙《へんぴ》な場所に移り住んだ、変わった人。昔彼女の親戚が好見に住んでいて、その人からサキミ様のことを聞いて、仕える宿命を感じたんですって。私がまだ好見にいた頃だから、五年くらい前かしら」

すると神服は振り向いて意味ありげな視線を返した。

「他人にどう思われようとも、生き方は本人の自由です。安定した職を捨てて田舎に移ろうが、お父様の死を機に田舎を出て髪を赤く染めようが、ね」

触れられたくない話だったのか朱鷺野の顔が怒りに歪んだ。

「そうやって人を見下して——！」

声を荒らげかけ、なんとか思い留まる。

どうやらこの二人は見かけが対照的なだけでなく、前々から反《そ》りが合わないらしい。

「それより。好見の人たちはいったいどこに行ったの。それに途中にあった立入禁止のフェンス、なんのつもり？」

「私以外の住人は数日前から村を離れています」

「なにかあったの」

「まだ、ありませんね」

神服がなぜそんな煙《けむ》に巻くような言い回しをするのか分からず俺たちが困惑する一方で、朱鷺野ははっと顔色を一変させた。

「まさかサキミ様が——」

咄嗟《とっさ》に口をつぐむ。それを見て神服は平然と返した。

「知りたいのであれば、直接お聞きになればいかがです。ちょうど今――」

「あんたら、いい加減にしてくれんかね」

後方で話を聞いていた師々田がもう我慢ならんとばかりに割って入った。

「さっきから話が先に進まんじゃないか。物を乞《こ》う立場で悪いとは思うがね、こちらは電話を一本かけさせてさえもらえればいいんだ」

それに続いて各々がガソリンが欲しい、サキミに会いたいと要望すると、神服は「とにかく一旦中に案内しましょう」と言って先に立った。

朱鷺野はそれでも地に足が張り付いたままだったが、比留子さんに促されて諦めたようにしぶしぶついてきた。

神服が巨大なコンクリートの匣の前に立ち、観音開《かんのんびら》きの鉄扉の片側だけを手前に引く。

まず見えたのは殺風景な玄関ホール。正面の壁を回り込むように凹《おう》型に廊下が延びているようだ。

「土足のままで構いませんが、土を落としてくださいね」

空調が効いていることを期待して玄関ホールに足を踏み入れたが、温度は外とほとんど変わらなかった。やはり窓はなく、右手の廊下の奥からわずかな光が漏れているだけ。必要最低限の電灯しかつけていないらしい。先頭に立つ神服が迷いのない手つきで壁のスイッチに触れると、廊下の蛍光灯が点き視界が一気に明るくなった。

どこの壁を見渡してもコンクリートが白い塗料で塗り固められており、蛍光灯の光がかえって寒々しい印象を際立たせている。

俺たちのいる入り口のすぐ右手にはガラスがはまった受付窓がある。その前には西洋の妖精を模したような、拳二つ分くらいの大きさの緑色のフェルト製人形が四体飾られていた。それぞれ春夏秋冬をイメージしているらしく、左から桜の枝、麦わら帽子、紅葉、雪の結晶が飾りつけてある。手作りらしいポップな人形だが、この建物の雰囲気には不釣り合いだ。

その時、右側の廊下から一人の中年男が姿を現した。やたら刺繍《ししゅう》の多いブルゾンに色落ちしたブルージーンズ。薄くなりつつある髪と猫背のせいで老けて見えるが、ひょっとしたらまだ四十歳くらいかもしれない。もしここがパチンコ店の前だったら彼ほど場に馴染む人間はいないだろう。

「聞いてくれよ神服さん。あの電話、ちっとも通じないんだ。壊れているんじゃあない?」

男は不服そうな口ぶりだったが、入り口を塞ぐように佇《たたず》む俺たちと目が合うと、顔全体をぐにゃりと歪めて笑った。

「どうしたんですかあ、こんな大勢で。観光の団体さん？　いや違うか。この僻地なら遭難か集団自殺の方がリアルだよなあ」

住人である神服の前でぬけぬけと言い放ち、自分で肩を揺らしてウケている。ジョークにしてもモラルが低すぎやしないか。俺は初見でこの男を心の〝嫌い〟ボックスに分別し、なるべく関わるまいと心に決めた。

「電話が通じない？　君、どういうことだ」

男の発言に師々田が食いつく。

「どうもこうも」男は尻ポケットから車のリモコンキーをぶら下げた〝パカパカ携帯〟を取り出して肩をすくめる。「職場に報告しようと思ったら、こいつが役に立たないんでね、固定電話を借りようとしたんですよ。だがプーともツーとも言いやしない。神服さん、アレ、十円玉を入れなきゃ使えないとかじゃないよねえ。それともうまいこと叩かなきゃ駄目？」

おどけて手刀を構え、一人で笑う。仕草がいちいち癇《かん》に障る男だ。内心で男を〝大嫌い〟ボックスに移し替えていると、隣に立つ比留子さんに背中をぽんぽんと叩かれた。頷きながら桜色の唇が「どうどう」と動く。顔に出た苛立ちを読み取られたらしい。

神服は男のおどけにくすりともせず、「通じなくなりましたか」と応じた。

「帰るわ！」

突然背後で朱鷺野の叫び声が上がる。

彼女は強ばった表情で入り口の方に一歩、二歩と後じさる。いったいどうしたというのか、先ほどまでの強気な態度は鳴りを潜め、目には怯えの色を宿している。

「聞いたでしょ。電話は使えない。私たちがここにいる意味はないわ」

彼女は師々田親子を説得にかかるが、師々田はまだ諦めきれない様子だ。

「待ってくれ。初歩的な動作不良の可能性もある。とりあえず電話機まで案内してくれ」

「私が電話を使えるところまで車で連れていけばいいんでしょ」

「ここで済ませられる用事なら済ませた方が合理的だ。違うかね」

その時、純少年がおそるおそるといった様子で口を開いた。

「僕、トイレ行きたい」

毒気を抜かれたように二人は言い争いをやめた。

すると神服が放置されていた俺たち一人一人に顔を向けながら場を取りなす。

「ここにいても話が進みません。一旦奥にご案内しますから、個々のご用件はその後に」

皆が神服の案内に従う中、朱鷺野だけは「ここで待つわ」と頑《かたく》なに拒否した。仕方なく彼女を玄関ホールに残し、俺たちは右手の廊下に進む。

「あ、綺麗……」

陰鬱な空気を紛らわすように、十色が声を上げた。彼女が見ているのは廊下の突き当たりの壁に設えられた簡素な花台だ。そこに黄色い花木が生けられた花瓶が置かれている。たくさん分かれた枝にビーズのように小さな花がびっしりと咲き、華やかだ。

「あれは神服さんが生けたんですか」

先頭の神服が振り向き、ほんのわずかに笑みを浮かべた。

「裏庭で育てているもので、エリカという花です。あちらには白を生けています。こんなものでも置かないと殺風景ですから」

と、背後に当たる左手の廊下の突き当たりを指差した。反対奥の花台に白い花が見える。

「それじゃ、さっきのフェルト人形も？」

俺は受付窓に置かれていた四体の人形について訊ねた。殺風景さを和らげるためかという意味だったのだが、神服は違った受け取り方をしたらしく、首を横に振った。

「あれは好見の住人が趣味で作ったものを譲ってもらいました。——さあ、こちらです」

案内されたのは角を左に曲がって左手の部屋だった。中ではストーブが焚かれており、暖かい。大きめのテーブルが二つ並び、L字に折れた部屋の奥にカウンター式のキッチンが見える。カウンターでは炊飯器が一つ、小さな音を立てて蒸気を上げていた。食堂のようだ。

俺たちが荷物を下ろして一息つく間に、神服は純を連れて手洗いに向かった。

入り口の脇には電話台があり、コード付きの旧式ではあるが、ボタン式の電話機が据えられている。師々田は受話器を持ち上げたりボタンを押したりを何度か繰り返したが、やがて首を振った。

「通じない。一切音が聞こえないから電話機と回線、どちらの不具合なのかも分からん」

「やれやれ、ついてない」

王寺も肩をすくめる。演技めいた仕草でも不思議と鼻につかないのは彼が男前だからか。

その側《かたわ》らで俺は比留子さんと顔を見合わせた。到着した途端に電話が通じなくなるなんて、ただの偶然と片づけていいのだろうか。

テーブルを囲んで座り押し黙る俺たちに、中年男がにやつきながら興味を向けた。

「で、お宅たちはどうしてここへ？」

比留子さんが男を正面に見据えて笑みを浮かべる。

「それぞれ事情はありますが、私はあなたたちの記事を見てここに来たんです。『月刊アトランティス』の記者さん」

いきなりの先制パンチだった。

男のみならず、俺までぎょっとして彼女の顔を注視する。

「お、お宅、どっかで会ったっけ」

「そんなに驚かないでください。半分は勘ですよ。フェンス前の空き地に停まっていた乗用車。貸渡《かしわたし》業用の『わ』のナンバープレートだったので、レンタカーの可能性が高い。運転手は好見の住人ではないと考えるのが自然です。となると私たちより先に到着していたあなたが利用者の最有力候補。レンタカーは私物よりもよほどしっかり保守点検をしているはずなので、故障であそこに停めたとは考えにくい。つまり好見かこの旧真雁地区が目的地だった。そしてあなたは先ほど〝職場に報告〟と言いました。連絡ではなく報告。ここには仕事で来ているということです」

比留子さんの達弁に、師々田や王寺も呆気《あっけ》にとられている。

「そしてもう一つ。ナンバープレートに記載されていた地名はこのW県でした。これは少々不思議です。なぜならレンタカーを利用する目的は主に三つ。

一、車を持たない人が車に乗る必要に迫られた場合。

二、引っ越しなど特殊な用途に合った車が必要な場合。

三、旅行など遠方の地で利用する場合。

あなたは携帯電話にリモコンキーをぶら下げているので一つ目は除外できます。レンタカーは普通の乗用車だったので高確率で二つ目も除外。残るは三つ目。あなたが遠方から飛行機や電車で来た場合です。少なくともこの地域圏外と見るべきでしょう。以上をまとめると、仕事のために観光地でもない山の奥地にやってきた。こんな人のいない場所で営業とは思えないけれど、スマホではなく〝パカパカ携帯〟を愛用している、電話を多用する仕事の人。つまり〝サキミ〟なる人物の取材のために首都圏からやってきた記者の方ではないか、と推測したまでです。唯一解ではありませんが、最も自然な解答だと考えました」

中年男はぼんやりと口を開けていたが、やがて「いや、すごいすごい」と呟きながらブルゾンのポケットから名刺を取り出し、比留子さんにだけ差し出した。

「こんな若い女性が読者にいるなんて、ウチもまだ捨てたもんじゃないねえ。ども、臼井《うすい》です。一応編集者だけど、ウチでは記者も兼ねてるんで」

臼井頼太《らいた》。

肩書きには『久間《ひさま》書房　月刊アトランティス　編集部』と堂々たる明朝体で書かれているが、相手の信用を得たいのならば雑誌名は絶対に消すべきだと思う。

「ブンヤか」

師々田が苦々しげに呟く。

「うそ、本当に『アトランティス』の人？　ほら先輩、この前見せた雑誌っすよ」

後ろでやりとりを聞いていた茎沢が興奮気味に十色に話しかける。杉沢村の都市伝説にも詳しかったし、彼はオカルト好きで『月刊アトランティス』の読者でもあるようだ。

会話の内容が把握できていない王寺が疑問を挟む。

「その記事っていうのはなんですか？」

臼井が『月刊アトランティス』編集部に送られてきた奇妙な手紙と、その内容と酷似した事件が立て続けに起きたこと、昔超能力実験を行っていた組織があるらしいことなどを説明する。

「で、その実験が行われていた村ってのがどうやらここらしいと分かったんで、取材に来たのさ」

誇らしげな臼井の物言いに対し、王寺は「はあ」と鈍い反応を返す。師々田に至っては相手をする価値もないと思ったのか、無視を決め込んでいる。

「記事には手紙の差出人は不明だと書かれていました。臼井さんはどうやってこの旧真雁地区に辿り着いたんですか」

俺たちのように探偵にでも依頼したのだろうか。

しかし臼井は「駄目駄目」と薄笑いを浮かべる。

「それは企業秘密……というほどじゃないが、今後記事にするネタなんでね。勘弁。SNSで拡散されちまったら減給間違いなしだ。ただでさえ薄給なのに。あ、〝臼井〟と〝薄い〟をかけたわけじゃないぜ」

そう言ってまた自分でウケている。

隣の比留子さんが苛立たしげにため息をついたので、そっと背中をポンポンしておいた。

「しかしナビを見ても山しか表示されないような土地だもんなあ。今朝から散々あたりをうろついた挙げ句ようやくこの建物を見つけたんだが、サキミ様とは会えない、帰れの一点張りでさあ。こうして二時間粘って取り次いでもらえることになったんだ。お宅らも俺に感謝してくれよ」

なるほど、さっき神服が〝ちょうど今〟と言いかけたのは臼井がサキミと面会することだったのか。

間もなく神服が純を連れて食堂に姿を見せると、師々田は立ち上がった。

「やはり朱鷺野さんの世話になるしかないな。先に失礼する」

休む暇もない純はややうんざりした顔を見せたが、去り際に比留子さんの方を見て「ばいばい」と手を振った。比留子さんも小さく返す。

彼らの背中が玄関の方に消えると、神服が「では、サキミ様との面会を希望の方はご案内します」と告げる。待ちかねたとばかりに席を立った臼井に続き、俺たちも食堂を出た。ガソリンが欲しいだけの王寺は話を切り出し損ねた形だったが、興味を覚えたのか大人しく後についてくる。

食堂を出ると玄関とは逆、左に進む。そしてすぐの角を右に折れると、木製の引き戸が現れる。神服はその前で立ち止まった。

「おおい、来ないのか」

最後尾にいた王寺が声を上げた。振り向くと十色と茎沢がついてきていない。

「あー、先に行っといてもらえますか。すぐに向かいますんで」

さっきいた食堂の方角から茎沢の声が響いた。彼らの目的はサキミに会うことだろうになにをしているのか気になったが、臼井がじれったそうに「サキミさんを待たせるのも失礼でしょ」と急《せ》かし、神服は引き戸越しに声をかけた。

「失礼します。来訪者の方をお連れしました。実は先ほど人数が増えてしまったのですが」

中からくぐもった声が聞こえた。どうぞ、と言ったようだ。

引き戸は古いせいか滑りが悪く、ガタガタと二度に分けて開かれた。

そこは八畳ほどの和室だった。入り口正面の文机に向かって一人の老女が座している。

彼女がサキミか。

サキミは巫女《みこ》や行者が纏《まと》うような白装束に身を包み、その袖から覗く両腕は皮が骨に張り付いて見えるほど細い。白髪は力なく頭にへばりつき顔には深い皺が目立つが、黒ずんだ隈に縁どられた両目だけは獲物を狙う猛禽《もうきん》類のような鋭さで俺たちを睨《ね》め回している。

文机の上には先ほど廊下で見かけた白いエリカの花が小さな花瓶に生けてある。右手に布団が敷きっぱなしになっているところを見ると、サキミは一日のかなりの時間を床の上で過ごしているのかもしれない。左手に背の低い衣装簞笥《だんす》と小ぢんまりとした化粧台。部屋の光源は天井のややくすんだ蛍光灯で、換気用と思しき通気口があるだけだ。

「命知らずな」

サキミの口から流れたのは地の底から這いずり出たようなしわがれ声だった。

「私は出ていけと忠告したはず」

初《しょ》っ端《ぱな》から敵意を向けられ、俺は息を呑む。忠告を受けたのは臼井だけでこちらとしては不本意なのだが、サキミは俺たちの来訪を歓迎していないようだ。

「そう言わんでください。こちらも仕事なんですよ。お話さえ伺えればすぐに退散しますから」

臼井はサキミの不満を意に介さず、勧められてもいないのに彼女の正面にどっかと座りこむ。

神服が口を開きかけた時、サキミが筋張った両手を机につき、曲がった背をぐいと乗り出して咳《せ》きこみ始めた。全身を波打たせるような、苦しげな咳《せき》だ。

神服が素早く駆け寄り背を撫でるも、なかなか治まらない。老女は病気を抱えているのだろうか。

ようやく咳が治まり、サキミは、肩で息をしながらも背後の神服に告げる。

「奉子《やすこ》さん、今日はもういいよ」

「しかし」

「これ以上あなたが付き合うことはない。また来月来なさい」

奉子とは神服の名らしい。落ち着きを取り戻したサキミに促され、彼女は恭《うやうや》しく首《こうべ》を垂れると俺たちには事情を語ることもなく、重い引き戸を閉めた。

俺はサキミが〝明日〟ではなく〝来月〟来るよう告げたことが気になった。今日は二十八日だから、残り二日は来なくてもよいというのか。朱鷺野の説明では神服は好見の住人とのことだが、なにか事情があるのだろうか。

「そこにいつまで突っ立っているつもりだね」

咎《とが》めるようなサキミの声音に、俺たちは次々と腰を下ろす。

「三十分だ。それ以上付き合う気はない」

サキミがそう切り出すと、先頭の臼井が少し不満そうな顔で俺たちをぐるりと見回した。取材なので部外者には出ていってほしかったのだろうが、やがて諦めた様子で切り出した。

「久間書房の臼井です。早速ですけどサキミさんはこの地区で、えー、予言者をされているというのは本当でしょうか」

おかしな言い回しだ。されているだなんて、まるで医者か弁護士のようではないか。「ええ、おかげさまで繁盛しとります」などと返されたら愉快だ。

老女が答えようと口を開いたが、

「あ、すみません」記者がそれを遮り、ボイスレコーダーを取り出す。「この会話、録音させてもらいますね」

どこまでも軽薄な男だ。老女がため息を漏らす。

「なんと呼ぼうと人の勝手だが、半世紀近く前にここに住み始めて以来、好見で起きる事故や世間の大事件に関する忠告はしてきた。それだけだよ」

特殊な能力があると認めた形だったが、サキミの表情は平静そのもの。誇張や虚言の様子はない。むしろいちいち「ほお！」と声を上げる臼井の態度の方が演技めいている。

「つまりあなたは未来が見えるってことで間違いないわけですね？」

「目で見るのとはだいぶ違う。事件の断片が、映像でも文字でもなくただ情報そのものとして届く」

よく分からないが、俺たちが通常見聞きするのとは違う感覚ということだろう。

「これまで何度も的中させてきたんですよね。子供の頃から持っていた能力なんですか？」

サキミは立て続けの質問に答えようとしたが、口を開いたところで再び咳きこんでしまった。「大丈夫ですか」と腰を上げた比留子さんを手で制し、逆に問い質す。

「そもそもあんた方はどこで私のことを知った？　先にそれを聞かせてもらおうか」

なかなか話が進まず、臼井は苛ついたように膝を崩してあぐらをかくと先ほど王寺らにした説明を繰り返す。

四月に編集部に届いた差出人不明の手紙。そこに書かれた文言と合致する大事件——大阪のビル火災、娑可安湖の集団感染テロ——が起きたこと。そして九月に届いた二通目の手紙に、W県の人里離れた村で超能力実験が行われていたと書かれていたこと。

「ここまでが記事に載せた内容です。しかし手紙には続きがあった」

この発言に俺や比留子さんは興味津々で聞き耳を立てる。臼井は鞄からクリアファイルを取り出し、中の便せんのコピーを文机に置いて続ける。

「ここの住所と、今日そこに向かえという指示。そしてもう一つ――」

サキミが便せんに書かれた該当部分を読み上げた。

「――『サキミは新たな予言を告げている。また人が死ぬことになる。あの呪われた女を断罪しなければならない』、か」

「ね。こんなこと書かれちゃ、無視できないでしょ」

新たな予言。呪われた女。断罪。

これらの不穏な内容について調べるべく、臼井は手紙の指示に従いここを訪れたのだ。

「なるほどね――あんた方は？」

サキミに訊ねられ、比留子さんは即席の設定で、大学で超常現象サークルに所属していることや、『月刊アトランティス』の記事を見て予言について興味を持ったこと、独自の調査ルートを通じて必死にこの場所を探し当てたことなどを淀みなく話したが、俺たちが娑可安湖での事件の当事者であることと班目機関の名は口に出さなかった。いたずらにその名を広めるべきではないという判断だ。

「けど、よくあれだけの記事から辿り着いたな」

臼井が驚嘆の視線を向けるが、比留子さんは「かなり調査にお金をつぎこみましたよ」と笑って躱《かわ》す。最後に王寺が「俺はたまたま近くでバイクのガソリンがなくなって」と気後れしたように説明したが、臼井はそれを無視して便せんに指を突きつけた。

「ご覧の通り、手紙ではあなたに対して〝呪われた女〟や〝断罪する〟といった言葉が綴《つづ》られています。これは告発というより脅迫に近い。差出人はあなたを狙っているのかもしれませんよ」

サキミの協力を取りつけるためか不安を掻きたてるような物言いをすると、老女の口から意外な言葉が出た。

「おおよそ、好見の住人の仕業だろうよ。ビル火災と感染テロの予言も、私が以前好見の住人に告げたものだ」

「なぜ住人がこんな手紙を？」

サキミは湯飲みに手を伸ばして一度喉を湿らせ、ため息に乗せて吐き出した。

「私を貶《おとし》めたい連中の、無駄な足掻きだよ。記者のあんたを呼び寄せて、予言のあら探しをしてほしいのさ。そんなことをしても運命は変わらないと知っているだろうに」

「それはつまり」臼井が唇を舐《な》めて言葉に力をこめる。「手紙に書いてあった内容は真実だと解釈していいんですね。あなたは未来の出来事を言い当てられる能力を持っていて、この施設ではかつてM機関とやらの超能力研究が行われていたと」

「その機関については話すつもりはない」

「困るなあ。ウチとしてもまったくの傍証なしに記事を書くわけにはいかんのですよ。例えば明日はどこでどんな事件が起きるとか、今予言してもらうわけにはいきませんか」

サキミは「やれやれ」と小さく呟く。図々しい提案に腹を立てたのかと思ったが、違った。彼女はこちらが思わず居住まいを正すほど真摯《しんし》な視線を向け、静かに告げる。

「本来なら見世物ではないとたしなめるべきだろう。しかし手紙にある通り、私はすでに好見の住人に予言を告げている。あんた方に知られようが隠そうが、結果は変わるまい」

「その予言はどんな内容なのですか」比留子さんが訊ねる。

湯飲みに視線を落とし、サキミは告げた。


「十一月最後の二日間に、真雁で男女が二人ずつ、四人死ぬ」


その場にいた全員が、その意味を把握するのに一時《いっとき》を要した。二人ずつ、四人死ぬ？

「信じるか否かは好きにすればよい……なぜ住人たちの姿が見えないか、分かっただろう？」

今日は十一月の二十八日。明日からがまさに十一月最後の二日にあたる。神服に「来月」来るように言ったのはそういう理由か。

さすがにこの予言は想定外だったのか、臼井が頭を掻きながら手帳を開く。

会話の間が開いたことで、俺は十色と茎沢がこの場にいないことを思い出した。サキミに会いに来た彼らの目的は今の話を聞くことではないのだろうか。隣の王寺に話しかける。

「十色さんたち、遅いですね」

サキミが驚きを露わにしてこちらを見た。

「十色？　まだ誰かおるのか」

「高校生の二人組なんですけど、今食堂に」

すると王寺がこんな言葉を零《こぼ》した。

「食堂を出る時ちらっと見たけど、十色さんがバッグからノートみたいなものを取り出していたよ」

バスでの光景が頭をよぎる。スケッチブックはトートバッグに入っていた。まさか今、十色はあの時のように絵を描いているのではないか。

比留子さんと目が合った。十色の様子を見に行くべきだが、二人同時にここを離れるわけにはいかない。臼井が他に情報を漏らすかもしれないし、サキミと話ができる時間は限られている。腰を上げ、俺が見に行く意思を示すと比留子さんも頷いた。

「少し失礼します」そう言って部屋を辞し、足早に食堂に向かう。

観音開きの扉は閉じられていた。十色が絵のことを隠したがっていたことを思い出し、俺は忍び足で扉に近づく。ついていることに扉は建てつけが悪く、扉板の隙間から中を覗けそうだ。

そっと隙間に右目を押し当てると、こちらに背を向けて座る十色が見えた。テーブルの上には使用後と思われる数本の色鉛筆がばらばらの方向に転がっている。既に絵は描き終えたようだ。わずかに斜め横から覗き込む角度になり、ちょうど十色の肩越しにスケッチブックの内容がほぼ視認できた。

そこに描かれていたのは、なにかが激しく炎上する光景。その黒と茶色の平坦な構造物は、底無川を越える時に渡った古い木橋を真っ先に連想させた。

その絵を前にして十色と茎沢が揉めている。

「逃げるって、どうして」十色の非難するような声。

「それ、どう見たって途中で渡った橋ですよ。あの橋が燃え落ちたらここから出られなくなっちゃいます。ひょっとしたらもう……」

茎沢の声にはこれまでにない焦りの響きがあった。

「私たちだけ？　他の人にも教えなきゃ」

「なんて説明するんすか」

反論に十色が黙りこむ。

やはり十色は俺たちが食堂を出るタイミングで絵を描き始めたのだろう。茎沢はそれを見届けるためにここに残った。そして彼らは絵の内容が現実になると信じている。

これ以上隠れる意味はない。事情を二人から聞くべきだと判断し、俺は扉を開け放つ。二人はばね仕掛けのように勢いよく振り向いた。

「葉村さん――」

動揺する十色の警戒を解こうと俺が口を開いた時、玄関の方からかすれた男の叫び声が響いた。

「大変だ！　橋が、橋が燃えているぞ！」

俺たちは一瞬顔を見合わせたが、すぐに玄関に向かう。そこには膝に手をつき荒い呼吸を整える師々田の姿があった。走ってここまで戻ってきたらしい。

彼の声が届いたのだろう、サキミの部屋にいた比留子さんたちも当惑した様子でやってきた。

さらに食堂の真向かいに当たる部屋の扉が開き、神服が姿を見せる。とっくに好見に帰ったと思っていたが、まだ残っていたのか。

「橋が燃えた？　どういうことですか」神服が落ち着き払った口調で問う。

「言った通りだ。激しく燃えていてとても渡れる状態じゃない。消火器具はないか！」

師々田の言葉に一同がどよめいた。神服は玄関ホール横の事務室らしき小部屋から古びた消火器を持ち出してきたが、「そんなものではどうにもならん」と師々田は嘆く。朱鷺野と純はどうしたのかと聞くと、橋から距離を置いた場所で待たせているという。

「とにかく行きましょう」

比留子さんが外に駆け出す。王寺が「俺に任せてください」と神服から消火器を受け取り、俺たちも玄関を飛び出した。

空は夜に沈もうとするかのように深い藍色に染まっていた。

橋に向かって走りながら、先ほど食堂で見た十色の絵について考える。

好見に向かうバス車内で十色はバス事故と思われる絵を描き、直後にそれは現実になった。両者に因果関係があるのか、まだ分からない。十色と茎沢によって仕組まれたトリックだった可能性も否定できない。テレビ番組であれマジックショーであれ、種を明かされれば「なぜそこまで」とこちらが呆れるような手間を惜しまない人間は存在する。

だが、食堂で目にした彼らの焦りはとても演技とは思えなかった。

「葉村君、あれ！」

比留子さんの叫びと同時に俺も気づいた。頭上では俺たちを覆うようにして木々の枝葉の影が切り絵のように藍色の空に貼りついている。その隙間から、まるで世界中に夜闇を撒き散らすかのようにどす黒い煙が立ち上っているのが見えた。

「くそっ」思わず罵声《ばせい》を口にする。

それから俺たちは五分もかからずに現場に到着したが、すでに橋はほぼ焼け落ち、谷底で虚《むな》しく残り火を揺らめかせていた。向こう岸との間には断崖の谷がぱっくりと口を開けている。

煙に巻かれぬよう十分に離れた場所で、朱鷺野は魂が抜けたような顔で立ち尽くし、むしろ状況がまだ呑みこめていないのであろう純が心配そうに彼女を見上げている。

「ガソリンの臭いがする。最近の雨で橋は湿っていたし、燃料を撒いて火をつけたんだろうね」

比留子さんが息を整えながら残った橋梁に厳しい目を注ぐ。

「なんで橋が？　いったいどういうことですか」

消火器を抱えた王寺に詰め寄られ、師々田は「儂《わし》が知るわけないだろう！」と癇癪《かんしゃく》を起こす。臼井や高校生二人も肩で息をしながら言葉をなくして佇む中、背後から場違いなほど冷静な声がかけられる。

「間に合いませんでしたか。お気の毒に」

神服だった。

間に合わなかった？　お気の毒？　どういう意味だ。

師々田が口を開きかけるが、一瞬早く比留子さんが対岸を指さして鋭い声を上げる。

「見て、あそこ！」

橋の袂《たもと》から山の斜面を上るつづら折りの坂。朧《おぼろ》げにしか捉えることができなかったが、生い茂った木々と落日の薄闇に紛れて五つ六つの人影が蠢《うごめ》いている。

俺はその姿に夏の事件の光景を思い出す。しかしあの時とは違い、彼らが襲ってくる様子はない。

「おおい、あんたたち！　見えるだろ。助けを呼んでくれ！」

王寺が両手を振る。しかし影たちは俺たちの様子を窺うかのように声一つ立てない。そのうち一人、また一人と姿を消し——俺たちだけが旧真雁地区に取り残された。

帰るための唯一の行路である木橋が燃え落ち、俺たちは混乱したまま『魔眼の匣』に戻らざるを得なかった。

途中、師々田が電話以外の外部との連絡手段について神服に食ってかかるようにして問い質すが、「そんなものはありません」ととりつく島もない。

彼らのやりとりを聞きながら視線を落として歩いていると、横に誰かが並んだ。小柄な気配に比留子さんだと思っていたら、不意に囁かれる。

「絵のことは、黙っていてもらえませんか」

十色だった。俺が聞き返す間もなく「お願いします」と小さく頭を下げ、前に行ってしまう。彼女の絵にはなにか秘密があるということか。ならばそれを描く彼女はいったい何者なのだろう。そしてサキミの元を訪れた理由はなんなのか。

などと考えているといきなり、どん、と俺の左半身に柔らかな衝撃が加わり、たたらを踏んだ。

体をぶつけてきたのは今度こそ比留子さんだった。

「な、なんですか」

「いや。てっきり君に意見を求められると思っていたのに、いくら待っても女子高生に見とれてばかりだからつい嫉妬《しっと》して」

「違いますって！　彼女の様子が気になって、いや気になるというか――」

からかわれているのだと分かっているのに、不満そうな顔を向けられるとつい動揺してしまう。比留子さんはくふふと笑った。

だが――その微笑に、違和感がある。

無理をして明るく振る舞っているような、そんな気がした。

四

午後六時半。

腕時計を確認して、そろそろ今日の最終バスが来る時間だな、と考える。まさかこんな形で乗り損ねることになろうとは思いもしなかった。

俺たちを再び食堂に集めた神服は一旦サキミの部屋に下がったが、戻ってくるとこう告げた。

「サキミ様はお休みになられました。外の方とお話しになるのは滅多にないことですから、お疲れになったのでしょう」

「そんな無責任な話があるか」

と師々田が猛反発したが、

「いくらサキミ様に不満をぶつけようと、新しい橋が架かるわけではないでしょう」

そう鮮やかに切り返され、大学教授は黙りこんでしまった。

この沈黙を機に息子の純が「お腹空いた」と控えめに訴え、俺たちも空腹に気づく。

「お聞きになりたいこともあるかと思いますが、まずは夕食にしませんか。すぐに用意できるのはレトルトしかありませんが」

神服は慣れた様子でキッチンの棚を開け、レトルトのカレーを取り出すと湯を沸《わ》かし始める。状況はなに一つ好転していないのに、食べるものがあるだけで不安が少し和らぐ気がした。

だが神服が盛りつけたご飯を見て、俺は違和感を覚えた。

「神服さん。ここにはサキミさん以外の方も暮らしているんですか」

「いいえ。サキミ様以外で出入りするのは、身の回りのお世話をする私くらいです。私も家は好見の方にありますから、滅多に泊まることはありません」

疑惑はますます固まった。

「そのご飯、サキミさん一人分には多すぎますよね。誰が食べる予定だったんです?」

俺の追及に、意気消沈していた面々も顔を上げる。

皿に盛りつけられたご飯は茶碗一杯分以上。神服はすでに四皿目を手に取っているが、その量を調整する素振りはない。このままだと茶碗九杯分以上あることになる。そして俺たちが最初に食堂にやってきた時、すでに炊飯器は動いていた。最初からサキミ一人では食べきれない量が炊かれていたのだ。明日以降の分も作り置きするつもりだったのだろうか。だが先ほど神服はすぐに出せるものはレトルトしかないと言った。おかずは一切ないのにご飯だけ大量に炊くというのは不自然だ。

神服は俺の指摘に一瞬固まったが、無表情のまましゃもじの動きを再開させた。

「サキミ様の予言はお聞きになりましたか」

サキミと面会していない師々田は不審そうに眉をひそませたが、予言という言葉に十色と茎沢は弾かれたように顔を上げ、朱鷺野が「やっぱり！」と恨みがましく言った。

「サキミ様は橋が燃えるのを知っていたのね。最低だわ。さっさと教えてくれていれば閉じこめられずに済んだのに」

「予言されたのは橋の炎上ではありません」

興奮する朱鷺野をたしなめた後、神服は予言の内容を口にする。


十一月最後の二日間に、真雁で男女が二人ずつ、四人死ぬ。


「サキミ様の予言は必ず当たります。だから十一月最後の二日間、つまり明日、明後日までに四人程度の来訪者があることは分かっていました。現に臼井さんが訪ねてこられたので、さらに人数が増えるのに備えて多めに炊いたのです」

だがその説明で納得する者はいない。橋を燃やされ閉じこめられたというのに、神服の態度はあまりにも冷静すぎる。

王寺が緊張を孕んだ声で質す。

「まさか、神服さんも〝あいつら〟とグルなんですか」

あいつらとは、橋に火をつけたと思われる複数の人影のことだろう。しかし神服は白飯と会話しているかのように視線を手元に落としたまま首を振る。

「彼らは好見の住人です。ですが橋を燃やすまでとは思いませんでした。電話が繋がらないのも、おそらくあの人たちが電話線を切ったのでしょう」

臼井が「なんだってえ？」と気色《けしき》ばむのを制し、比留子さんが会話に加わった。

「昼間は身を隠していたんですか。いったいなぜ？」

「もちろん予言を恐れたためです。彼らは隠れたのではなく、この数日間だけ好見を離れ、それぞれ親戚や知り合いの元に身を寄せて予言の期日が過ぎるのを待っているのです。予言では真雁で人が死ぬとなっていますが、好見にいてもどんな事情で巻きこまれることになるか分かりませんから。また不在の間に知人や友人の予期せぬ訪問があるかもしれない。立入禁止のフェンスはそういったイレギュラーな人の出入りを防ぐために急遽《きゅうきょ》設置されたものです」

「ちょっと待った！　その理屈でいうとサキミという女はなぜここに残っている？　予言を告げた本人なのだろう」

師々田が盛り付けを終えた神服を指さし、咆《ほ》える。隣の純がぎゅっと肩をすくめた。

その神服は平静なまま、俺の前に湯気を立てるカレーを置いた。一応「どうも」と頭を下げる。

「サキミ様は別に誰が死ぬとおっしゃったわけではありませんし、人はいずれ死ぬものでしょう。サキミ様は未来をみだりに恐れたり避けたりするのではなく、いつも通りの生活を送るつもりでいらっしゃいました。私には気を遣い、ここから離れるよう勧めてくださったのですが」

せめて炊飯器をセットしてから帰るつもりが、橋を燃やされたせいで戻れなくなったという。

「住人に皆さんを閉じこめる意図はなく、ただ好見から真雁に行けなくしたかったのかもしれません。唯一真雁に通じる橋を落としてしまえば、誰かが誤って行く危険はなくなりますから。そこで普段私が家に帰る時間まで待ち、橋に火をつけた。ですから、真雁に取り残された皆さんの姿を見つけて彼らも驚いたのではないでしょうか」

「だが彼らは救助せずに立ち去ったんだぞ」

「日付が変わるまでに救助するのは不可能だと見切りをつけたのでしょう。ロープを渡すくらいなら可能かもしれませんが、素人だけでは危険を伴います。警察や消防に連絡しても到着するのは夜遅くになりますし、事情を説明するために彼らも足止めされるでしょう。彼らにとっては最も避けたい事態のはずです」

「そんな理由で」

そこまで言って師々田は怒りを吐き出しきったかのように肩を落とした。

「見捨てたことに変わりはないじゃないっすか。これって監禁でしょ？　予言を避けるためにこんな犯罪まがいのことするなんて、本末転倒っすよ」

「いえ、そうとも言えません」

茎沢の言葉に比留子さんが応じた。

「住人の安全だけを考えるのならここまでしなかったでしょう。ですが私たちのように外部からたまたまやってきた人間が真雁で四人も死んだとしたら、世間はどう思うでしょうか？その日に限って好見の住人全員が外出しているなんて」

それを聞いて俺にも合点がいった。

「偶然と呼ぶには怪しすぎますね。世間は好見の人間がなにか関わっていると疑うに違いない。警察だってそうだ。予言なんて信じてもらえないし、そんなことを口にするだけで怪しさが増してしまう」

「そう。住人たちは自分が死ぬことだけでなく、後に加害者と疑われることも避けなきゃいけない。そのためには自分たちには手を出せない場所で死んでもらう必要がある。だから橋を燃やして好見と真雁を切り離した。それだけなら不審火とかいくらでも口裏を合わせられる」

住人の保身のために見捨てられた。あまりに薄情すぎて現実味が感じられず、俺たちは愕《がく》然《ぜん》とした。

「やっぱり、そういうことだったのね」

しばらく一言も発さなかった朱鷺野が、憎々しげに呟いた。

「昔から好見の住人は皆、サキミ様の予言を恐れてばかり。でもまさか、自分たちが助かるためにここまでやるなんてね」

元住人だった彼女は、好見の異変とサキミの予言との関連性を薄々感じ取っていたようだ。

「予言の期限が過ぎれば救助を呼んでくれるでしょう。我々全員を見殺しにしては、かえって大事件となり彼らの立場も悪くなるでしょうから」と神服は言う。

「最悪だ」王寺が天を仰ぐ。「こんなことになるなんて。バイクに置いてきた財布に御守りも入っていたんだ。手放すんじゃなかった」

「君まで非論理的なことを言うな」

うんざりした顔で言う師々田に、王寺が「信じる人には効くんですよ」と返したのを最後に、沈黙が下りた。

比留子さんが「いただきましょうか」と切り出し、ようやく各々カレーに手をつける。一口食べるなり純が「辛い」と父親に舌を出して見せた。静かな食堂にしばらく食器の音だけが響く。

それにしても。

この騒動を理解しようとすればするほど、好見の住人がいかにサキミの予言に影響を受けているか、異様さが浮き彫りになる。このご時世にそこまで超常的な力を盲信するだなんて。

だが不穏な空気が漂う中、状況を喜んでいる者が一人いた。『月刊アトランティス』記者の臼井だ。

彼は手帳を取り出すと今しがた比留子さんや神服が語った内容を書き留め、「よしよし」と言わんばかりに口元を歪めてベラベラと喋り始めた。

「えらいことになってきたねえ。てっきり婆さんのせこい占いを聞くだけだと思っていたが、こんな騒ぎになるとは。下手すりゃ全国紙に載るレベルの現場に居合わせられるなんて、禍《か》福《ふく》は糾《あざな》える縄の如《ごと》し、だ。神服さん、ちなみに今までにも予言がらみの事件があったら話を聞かせちゃくれませんか」

「知りません」

サキミが婆さん呼ばわりされたことで気分を害したのか、神服は態度を硬化させた。それでも臼井はどこか突き崩すポイントはないかと絡み続ける。

「お宅ね、ちゃんと先のことも考えた方がいいよ。俺はここで起きたことを洗いざらい記事にするぜ。今時はネットですぐに場所や名前が特定されるし、話を聞きつけた物好きたちが押し寄せてくるだろう。協力しとかないと後悔するのはお宅だよ」

懐柔《かいじゅう》できなければ恫喝《どうかつ》か。呆れたジャーナリストだ。さすがに反感を覚えたのだろう、王寺が臼井の態度を咎める。

「迂闊《うかつ》なことは言わない方がいいですよ、記者さん。今時雑誌だけが情報源じゃない。あなたにとって不都合な情報がSNSで流れることだってある」

先ほどまで神服に食ってかかっていた師々田も「まったくブンヤってのはろくなもんじゃない」と腕組みしている。臼井は他の面々を見回したが、どうも旗色が悪いと悟ったのか荒い鼻息を吐いて薄い頭をボリボリと掻いた。

「まあいいや。だがこれだけは聞かせてもらいますよ。この建物はなんなんです？　例の手紙には謎の機関の研究施設だったとか書いてありましたけど」

俺と比留子さんは表情を動かさないまま聴力に全神経を傾ける。

神服の答えは簡潔だった。

「五十年ほど前、サキミ様をはじめ数名の超能力者を対象に研究を行っていたと聞いています。班目機関という組織だったかと」

五

班目機関が超能力研究を行っていた建物、俺たちの目的地である『魔眼の匣』。まさか宿泊することになろうとは、今朝の時点では思いもしなかった。来訪者は俺と比留子さんを含めて九人もいるが、この建物には地下階もあり、部屋数は十分に足りるらしい。

「当時は地下に実験室や研究室、被験者の居室があり、一階の部屋は研究員らの居室に使われていたと聞いています」

神服はこの日に備えて普段は使われていない部屋の掃除をし、泊まれる環境を整えてくれていた。しかしベッドは古いものを捨ててしまったのだそうで、二人分足りないらしい。

「まさかこれほどの人数が来られるとは思っていなかったので……申し訳ありません」

神服が頭を下げる。そこで師々田親子が同じベッドで寝ることになった。残りは一人。

「俺がベッドのない部屋で寝ますよ」

爽やかに進み出たのは王寺だ。年上の彼に申し訳ないので俺が交代を申し出るも、

「ツーリングでは野宿することもあるしね。屋根と布団があるだけで天国さ」

とお手本のような微笑みで押し切られる。小柄な体とアイドルでも通用しそうな甘いルックスからは想像できないが、オートバイを駆るだけあってアウトドアに慣れているらしく、素直に甘えさせてもらうことにした。

広くはないが風呂もあるというので、希望者はありがたく使わせてもらうことになった。地下階の使用者から入浴の順番を回すと取り決め、解散となる。こんな曰くありげな建物に閉じこめられておきながら「おやすみなさい」も「また明日」もおかしいと思ったのか、一同は言葉少なにそれぞれの部屋に去っていった。

六

俺と比留子さんが割り当てられたのは一階の部屋だ。

かつて居室として使われていたというが、簡易ベッドと古い灯油ストーブ以外はなにもない。天井付近に格子付きの通気口が一つあるだけだ。お世辞にも快適とは言えないが、俺たちの方から押しかけた状況なので文句は言えない。

一旦荷物を置いた後、比留子さんが俺の部屋を訪ねてきた。

まず話題に挙げたのは食堂にいた十色たちの行動だ。

「君が見に行った時、彼女たちはなにを?」

なんと答えたものか。

いや、もちろん比留子さんに隠し事をするつもりはない。本来の目的である班目機関の研究に関係があるかは分からないが、十色はバス事故と橋の炎上の二度にわたって不可解な行動を起こしている。きちんと意見を交わしておくべきだ。

だが、黙っていてくれと乞う十色の声にも無視しがたい真剣味があった。

「葉村君？」怪訝そうな声。

悩んだが、食堂で俺が見たものは正直に伝えた上で、できる限り彼女に配慮してやりたいという本音も伝えた。

「そうか」比留子さんは口元に拳を当て、深刻な目で床を見つめる。「二人の態度からして、事件と絵の一致は偶然ではないらしいね。そして十色さんはそのことを他の人に知られたくないと思っている。もちろん自作自演の可能性も捨てきれないけれど」

自作自演。バスの通過に合わせて猪を放ったという推理と同様に、橋に火をつけたのも彼女らの仕業だというのか。

「俺たちがサキミさんと話している間に橋に火をつけて戻ってくるのは時間的に厳しいでしょう。それに橋までは一本道ですから、先に出ていった師々田さんや朱鷺野さんと出くわしてしまいます」

「時限装置を使った可能性もあるよ」

「じゃあ、橋の向こう岸にいた好見の住人らしき人影は無関係ですか？」

「偶然煙を見て様子を見に来ただけかもしれない。神服さんが言ったように、救助を諦めて立ち去ったとか」

可能性としては排除できないが、納得もしがたい。

「それでは十色さんが食堂で絵を描いた理由を説明できません。自作自演が目的なら、俺たちの目の前で描いたはず。俺が食堂に行ったのはたまたまです」

それを聞いた比留子さんは口元を緩めて乾いた拍手をした。

「さすが会長。自作自演となれば他にも協力者が必要だし、相当綱渡りな計画になってしまうから可能性は低いだろうね。それでも自作自演だとしたら次のアクションがあるはずだし、とりあえずは様子見かな。むしろ用心すべきなのは、サキミさんの予言だ」

「あと二日のうちに四人死ぬっていうやつですか。でもサキミさんの予言にしたって、今は真偽を確かめる術《すべ》がないでしょう」

神服や朱鷺野の言葉を信じるなら、サキミはこれまで何度も住人たちの前で予言を披露《ひろう》し、的中させている。例の娑可安湖感染テロやミナミのビル火災の予言もそうだ。だからこそ彼らは予言を恐れ、橋を燃やしてまで真雁を孤立させた。

だが予言というのは嘘で、すべての事件の裏で班目機関が暗躍している可能性も捨てきれないではないか。

「別にどっちだって構わないじゃない」

比留子さんの声に、ごたつく思考が打ち払われる。

「葉村君、私たちは班目機関について探るために来たんだよ。予言が本物にせよ偽物にせよ、サキミさんと『魔眼の匣』を調べることに変わりはない」

なるほど。そう考えると、不可抗力とはいえここに留まることができてよかったのかもしれない。

「時間はある。明日から本格的に調査開始だね」

話が決まり、さらに一時間ほど雑談していると扉がノックされた。王寺が風呂の順番を知らせに来たのだ。もう七人も入浴を終えたのかと驚くと、臼井と師々田親子は着替えがないので入らないらしい。

比留子さんが先に済ませ、俺も浴場に向かう。場所は食堂の一つ先、建物の裏口のすぐ手前にある。銭湯のように男女で分かれてはいない。

壁には上下三つずつに仕切られた棚があり、それぞれに脱衣かごが収まっている。右側の上段を選んで脱いだ服を入れていると、かごの縁に一本の長い艶やかな黒髪が引っかかっているのを見つけた。朱鷺野の髪は赤いし、十色はミディアムカットだ。神服はまだ入浴していないはず。となると使っていたのは。

俺は内心で「お邪魔しました」と呟き、そそくさと隣のかごに服を移した。

湯舟はさほど広くなかったが、いい湯だった。

浴場を出て、ぴんと冷えきった廊下を急ぎ足で戻る。

俺の部屋に続く曲がり角に差しかかると、そこに立ち尽くしている人影と目が合った。

十色だ。

なにごとかと思い立ち止まると、彼女は体の前で両手を揃え、頭を下げた。

「あの、ありがとうございました」

皆の前で絵の話題に触れなかったことを言っているらしい。比留子さんには話してしまったが、最低限の要望には応えたことになるだろうか。

「いや、別に」答えながら迷う。こんなにも早く彼女から接触があるとは思わなかった。先ほど様子見と決めたばかりだが、このままスルーしていいのか。

「それじゃ」

「あの絵だけど」

十色が立ち去る気配を見せたので咄嗟に話しかけてしまった。

「俺には、橋が燃えているように見えた」

十色の顔にわずかな怯えが走った。

「――たまたまです」

昼間のはきはきした態度とは打って変わり、視線を逸らしながらひそめく。

これが演技とは思えない。

「だとしても、あのタイミングで絵を描くのは不自然だ。君たちはサキミさんに興味を持っていたじゃないか。話を聞けるチャンスをふいにしてまでなぜ?」

「絵を描くの、好きなんです。美術部ですから。暇があれば描いているんです」

それじゃ理由になってない。

「だからって……」

「好きなんだから、どうしようもないです」

言い張る十色は泣きそうな目をしている。苦しい言い訳だと彼女自身も分かっているのだろう。俺は少しアプローチの仕方を変えた。

「俺もそう思う。だからこそ隠す必要なんてないだろう」

「分かってもらえるはずがありませんよ」

「話してみなきゃ分からない。比留子さんには俺から──」

「私が、なんだって」

不気味な声がした方を振り向くと、比留子さんが自室の扉を半開きにして顔を覗かせていた。生乾きの髪の隙間から爛々《らんらん》とした左目がこちらを凝視している。魔眼に睨まれたように俺たちは固まった。

「ひ、比留子さん。どこから聞いてたんですか」

比留子さんは心霊写真のような姿のまま一言一句正確に再現する。

「『好きなんだから、どうしようもないです』『俺もそう思う。だからこそ隠す必要なんてないだろう』『分かってもらえるはずがありませんよ』『話してみなきゃ分からない。比留子さんには俺から』だね」

ひいいい！　なんというピンポイントなやりとりを！

冷気を振りまきながら呪詛《じゅそ》のような声は続く。

「昼間からなんか怪しいと思っていたんだ。私の推理は正しかった」

「会話！　会話が意図的に切り取られています！」

「いや。ある意味で安心した。今日から君は立派な肉食獣にカテゴライズだ。会長万歳」

「ストップ、十色さんが凍っているじゃないですか！」

「まあ、冗談はこのくらいにして」

あっさり声音を反転させた比留子さんは廊下に出てくると、手前にある俺の部屋の扉を開いた。

「二人とも湯冷めしちゃう。中に入れば」

「私、絶対モデルさんだと思っていたんですよ。すっごく美人だし、スタイルもいいし」

「スタイルって」比留子さんは苦笑。「厚着じゃ分かんないでしょ。身長だって低いよ」

「それだけじゃないです。好見の様子がおかしいことに気づいたり、臼井さんの職業を言い当てたりしたじゃないですか。すごい人なんだなあ、もっとお話ししたいなあって思ってたんですけど、かえって気が引けちゃって」

並んでベッドに腰かけた十色と比留子さんは意気投合、部屋主である俺はストーブの側に立ったままそれを眺めている。

俺たちを前にして十色ははじめこそ緊張した様子だったが、比留子さんが絵と関係のない話題を続けるとすぐに明るさを取り戻した。大学生活についてから始まった質問は、体型を維持するために日頃意識していることだとか、服はどんな店で買っているのかだとか、比留子さんのプライベートに及んでいた。特に髪や肌の手入れについて先ほどから事細かに聞き出そうとしているが、比留子さんは別段変わったことはしていないと主張する。

「とにかくよく睡眠をとること、かな」

「えー、それだけですかあ?」

謙遜だと受け取ったのか、十色はけらけらと笑い飛ばした。

美容と関係あるかは知らないが、彼女がよく寝ていることは事実だ。だがどうか皆さんは真似しないでほしい。日本中で学級崩壊が起きてしまう。

高校と大学の違い、交友関係について話が及ぶと、今度は比留子さんから訊ねた。

「茎沢君とは仲がいいの?」

すると十色はあからさまに顔をしかめ、「ああー」と頭を抱えた。

「茎沢君とは、別になんでもないんです。中学からずっと付きまとってくるだけで」

「普段から一緒に遊ぶわけでもないの?」

比留子さんの問いに十色は首を振り、

「全然。だって口を開けばUFOとか陰謀とか、わけ分かんないんですもん。今日だって道中で田んぼを見るなりミステリーサークルの話を始めたんです。もうお前米食べるなって話ですよ」と憤る。

「そ、そう」比留子さんはぎこちなく微笑む。「じゃあどうして二人でここに?」

十色はややオーバーなため息をつく。

「えっと、なんて言えばいいんですかね。彼ってどんなに断っても通じないんですよね。自分の都合のいいようにしか解釈しないし、暖簾《のれん》に腕押しっていうか。最近じゃ適当にあしらう方が楽だと思っちゃって」

そう答えた時だけ目を逸らしたように見えたのは気のせいだろうか。

午後十一時を回り、解散することになった。

「葉村君、送っていってあげなよ」

比留子さんは自室に戻る際、そう提案した。

「そんな、大丈夫ですよ」十色が恐縮する。

「だって気味悪いじゃない。暗いし」

彼女の言う通り、すでに廊下の明かりが落とされていた。スイッチの場所もよく分からないし、スマホのライトを頼りに進まなければならないだろう。十色を一人で送り出すのはさすがに可哀想だ。俺は承諾した。

「それと部屋の施錠はしてね。四人が死ぬというサキミさんの予言を信じたわけじゃないけど、用心するに越したことはないから」

そう言い残して比留子さんが扉を閉める。そうか、日付が変われば予言された二日間に入るのだ。

俺たちは揃って歩き始めたが、階段の下り口で十色が足を止めた。

「ここまででいいですよ。私の部屋、階段からそんなに遠くないですし」

「でも」

言い返そうとする俺を押しとどめて、「そんなことより」と十色は話を変える。

「葉村さん、ひょっとして剣崎さんの恋人じゃないんですか」

「じゃないぞ」

断言すると「いやいやいや」と呆れたような嘆息が返ってきた。

「振られたわけじゃないんですよね？　なんで付き合わないんですか。こうやって一緒に外泊する仲なんだし。もしかして視力やばいですか」

反応を確かめるようにライトの前で手が振られる。結構言うな、この子。

この手の話が苦手な俺ははぐらかしにかかる。

「俺の恋愛対象が男だとしたらどうする？」

「あ、それはないです」十色は即答。「だとしたらさっき剣崎さんが嫉妬してみせた理由がありませんし、葉村さんが焦ったのも説明できません」

鋭いな！

「今の関係がいいんだよ、お互いに」

歯切れの悪くなった俺に十色は意地の悪い笑みを向けた。

「駄目ですよ。そういう油断で足をすくわれるんです。ほら、王寺さんだってすごいイケメンじゃないですか。余計な手を出されたら嫌でしょう。もっと積極的にいくべきですよ！」

「茎沢君のようにか？」

俺の反撃に彼女は舌を出した。

「しまった。お互いこの件は要検討ということで」

すぱっと会話を切り上げると、呼び止める間もなく地下への階段を駆け下りていく。俺の見送りを差し障りなく断るために恋愛の話をしたのかと思うような、鮮やかな退散だった。

第二章　予言と予知

一

とても寒い場所を歩いていた。

どこにでもあるような、けれど初めて見る田舎道。

足元がひどく悪い。踏み出すごとに小雨でぬかるんだ泥土がスニーカーのゴム底を呑みこんで吸いつくので、一歩一歩が小幅になる。

目の前を比留子さんが歩いている。俺と違って苦労する風でもなく、足跡を残しながらすいすいと。

置いていかれてはいけない。俺は必死だった。

二人の距離は徐々に開いてゆく。どんどん背中が小さくなる。

比留子さんの足が止まった。

比留子さんの一歩先は急に道が途切れて切り立った崖になっている。視線を上げると岩山の上から滝が落ちており、崖の先が滝壺になっているのだ。いつの間にかドオドオと腹に響く着水音が届いている。かなりの落差がありそうだ。
——危ないですよ。もっとこっちに。
比留子さんは俺の呼びかけに振り向いた。
その口がゆっくり開き、何事かを呟く。
滝の轟音で聞こえない。なんて？
諦めたように比留子さんが笑った。
駄目だ。その笑顔は知っている。
唇が動く。今度は分かる。
——うまくいかないもんだね。
記憶が引きつった悲鳴を上げる。
なぜ、あなたがあの人の言葉を。
不意に比留子さんの体が崖の向こうへ傾く。
細い腕がこちらに伸び、俺は摑もうとするのだが体が動かない。
いつの間にか滝の音まで聞こえなくなっている。
助けないと。
分かっている。俺は分かってしまった。助けられない。もう間に合わない。

俺はまた、俺のホームズを……。

今度は耳元で聞こえた。

「嘘。君は、断ったじゃない」


バチッと音がするかというほどの勢いで目を開いた。夢だったのだ。

びっしょりと汗……はかいていない。むしろ寒い。

ドンドン、と扉を叩く音とともに「葉村君？」と呼びかける比留子さんの声。夢の具体的な内容は八割方消えてしまっていたけれど、その声を聞いて無性に誰かに感謝したくなった。

「今、出ます」

枕元に置いたはずのスマホを手探ると、液晶の光に病室のような白い天井と壁が浮かび上がった。

時刻は午前六時四十五分。

二日で四人死ぬという予言を思い出し、咄嗟にカウントダウンが頭をよぎる。

——残りは約四十一時間。

扉を開けると、すでに身なりを整えた比留子さんが立っていた。

クリーム色のニットはゆったりめのタートルネック。その柔らかいシルエットから黒のスリムパンツに包まれた脚が伸び、スタイルの良さが強調されている。

目がしゃっきりした。

「ごめんね、早い時間に。朝食が始まる前に状況を整理しておきたくて」

「なんで講義がない時はこんなに早く一人で起きられるんですか」

「緊張感の問題。いつ他人が訪ねてくるかと思うと、うかうか熟睡できないんだ」

部屋には鍵がついている。鍵穴はなく、内側からツマミを回すと扉からデッドボルトと呼ばれるかんぬきが飛び出してドア枠の穴に差しこまれる単純な作りのものだ。

つまり室内から鍵を開けない限り寝間着姿を見られることなどないのだが、比留子さんはちょっとした生活感すら人目に触れさせたくないのだという。

椅子もないので、さっきまで俺が寝ていたベッドに並んで腰かける。

「昨日知り合った面子《メンツ》から整理しようか。人数が多いけど、名前は覚えている？」

数ヶ月前、比留子さんと似た会話をしたのを思い出す。

「大体は。比留子さんは下の名前まで覚えているんですね？」

「もちろん」

得意げに頷く。ならば聞かせてもらおう、比留子さんの人物記憶術。

「覚えやすい人から挙げると大学教授の師々田厳雄かな。いかにも厳しい先生っぽい名前だし、顔も厳《いか》めしいね。その息子の純君は親に似ず純粋な性格をしているのに」

「あの歳で親みたいな性格だったら苦労しますよ」

常に気難しそうな師々田の渋面《じゅうめん》が目に浮かぶ。彼の講義の単位を取るのは骨が折れそうだ。

彼らは車の不調に遭ったという話で、葬式の帰りなのか上着の中には礼服を着ていた。

「次にオートバイがガス欠になった王寺貴士。小柄だけれど漫画に出てくる王族か貴族みたいなハンサムだよね。病院に行ったら『おうじさま』って呼ばれるのかな」

昨日観察した限り、王寺はメンバーの中でも話しやすいタイプだ。この状況に困惑こそしているが、誰とでも垣根なく話すことができ率先して消火器を運んだりベッドを辞退したりするなど、紳士的な気配りも見せている。やや芝居がかった言い回しをする点なども王子を連想させる。

「それから好見の元住人だという朱鷺野秋子。昨日の服装はコートも靴も見事な赤色だったね」

「髪や爪も赤く染めてました」

朱は鮮やかな赤のことだし、秋子という名前もそれっぽい。

「彼女はお墓参り、お母さんの祥月命日だったそうだよ」

彼女はもちろんサキミが予言者であることを知っており、恐れているようだ。

「そして『月刊アトランティス』の記者、臼井頼太。彼はもう、薄い」

昨日の無礼な言動を思い出したのか、珍しく比留子さんが毒をこめてこき下ろし始めた。

「言動は軽薄だし、モラルも薄っぺらいし、髪も薄い！」

わーお。公共の電波には乗せられませんな。

「なにもかもが薄いライター。臼井頼太。名は体を表すという言葉がこれほど当てはまる人も珍しい」

まあ、あそこまで露骨に失礼な言動をする人は記者でも相当珍しいと思うが。

「次に『魔眼の匣』の管理やサキミさんの世話をしている神服奉子。神に服すと書いて〝はっとり〟と読むのは珍しいね。奉じると書く名前といい、サキミさんへの忠誠心が篤《あつ》い彼女にぴったりだよ」

まるでロボットのように表情を変えず、サキミに尽くす神服。よくいえば婉然《えんぜん》とした佇まいで、王寺は彼女を好ましく思っているようだが……。

「正直、神服さんは少し苦手です」

俺の吐露に比留子さんは目を瞬く。

「朱鷺野さんみたいな直情型よりは、君と気が合うと思っていたけど」

「だからこそですよ。理性的に見える彼女が、予言者と呼ばれるサキミさんをあれほど崇《あが》めているというのは、なんだか理解しづらくて」

「言いたいことは分かるよ。実際、神服さんは橋が落とされたことにも動じていない。落ち着きという域を超えているね」

そう。今はなにかと世話を焼いてくれているが、彼女は一、二を争うくらい考えが読めないのだ。

「で、サキミさんに関してはまだよく分からない。本名なのか通称なのか、やっぱり〝未来《さき》視《み》〟からきているのかな。班目機関のことといい予言のことといい、彼女には聞きたいことが山ほどある。私たちだけで話をする機会があればいいんだけど」

さて、残るは気になる高校生二人だ。

「まずは十色真理絵。色鉛筆を操り出来事を予見したような絵を描く女子高生。謎の多い子だけど、昨日のうちに少しでも話せたのは収穫だったよ」

普段は明るく人当たりもいいのだが、バス事故と橋の炎上、二度にわたって予知したかのような絵を描いたことに関しては偶然と主張している。

俺は最後の一人に言及する。

「茎沢、なんていう名前でしたっけ」

「忍。茎沢忍だよ」やはり即答。

「いまいちピンとこない名前ですね。まあでも、彼は背が高くて痩《や》せているし、植物の茎みたいだと思えばそうかな。どうです？」

俺は最も単純な思いつきを口にした。

比留子さんは固く腕組みをしたまま動かない。目を閉じているが悩んでいるわけではないだろう。考えにふける時は髪の毛を弄ぶのが彼女の癖だから。

「英語」

「は？」

「その〝茎〟は、英語でなんていうと思う？」

木なら tree だし、葉なら leaf だろうが茎の英訳は習った覚えがない。首を捻っていると、比留子さんは心なしか押し殺した声で正解を教えてくれた。

「stalk だよ」

「ストーク？」

「そう。茎や柄を意味するんだ。また、同じ綴りで忍び寄る、付きまとうという意味もある」

忍び寄る。茎沢の名前は忍だ。

我知らず、ごくりと喉が鳴る。

比留子さんは声の低さはそのまま、見る者を石に変えそうな笑顔でこちらを覗きこむ。

「〝茎〟沢〝忍〟。どっちもストーク。ふむ、なんだかつい最近同じようなことを口にした気がする。なんだったっけ、葉村君？」

まだ根に持っていらっしゃいますか。

二

時刻は七時を十五分ほど過ぎた。

『魔眼の匣』には窓がないので、今が朝だという実感が湧かない。

つい外の空気が恋しくなり二人で玄関に足を向けると、扉が開け放たれていた。吹きこむ空気は顔を背《そむ》けたくなるほど冷たいが、建物内の澱《よど》みが洗われるようで気持ちがいい。夜の間に雨が降ったのか、空には厚い雲がかかり、地面は少し湿っている。

外から昨日と同じような黒のワンピース姿の神服が戻ってきた。手には散弾銃を携えている。

「よくお休みになられましたか」俺たちに気づいた神服は会釈する。

「ええ、おかげさまで」

態度は丁寧だが、愛想笑いは一切ない。彼女が俺たちをもてなすのは親切心からではなく、サキミの従者としての義務感からくるものらしい。

菜園の見回りか、と訊ねる前に神服が告げた。

「昨夜熊が来た形跡はありませんでしたが、一人で外を歩くのはお避けください。どうも最近、この付近をうろついているようですから」

夏に泊まった紫湛荘と比べれば同じ危険でも熊の方がまだ可愛げがある、などと考えたが熊は槍では倒せないのでどっちもどっちだ。

「嫌な空だね」

背後からの声に、俺と比留子さんは揃って肩を跳ねさせた。

振り向くとサキミが立っている。部屋の外を出歩いているのを見るのは初めてだ。おそらくトイレから出てきたのだろうが、足音が聞こえなかった。

「おはようございます」

俺たちの挨拶に頷きを返す。

「朝食はどうなさいますか」神服が訊ねる。

「後でいいよ。奉子さんも他の人の世話で忙しいだろう」

そう答え、サキミは部屋の方に戻っていく。動きは遅いが、床を踏みしめる足取りは思いの外《ほか》しっかりしている。あの様子だと家事以外の着替えや入浴などは自力でできるのだろう。

神服は玄関横の事務室に入った。四体のフェルト人形が並んだ受付窓から、神服が掃除用具をしまうようなロッカーに銃を入れて鍵をかけるのが見えた。そこが保管場所らしい。代わりに数枚の雑巾を手に出てきた彼女は、トイレ前の廊下にかがみこんで床を拭き始める。

見ると、なぜかトイレの前だけが水に濡れていた。

「雨漏りですよ。昨晩また一雨降ったようです。建物のあちこちにガタがきているんです」

拭いたそばから、水滴がぽつりと落ちる。見上げるとコンクリートの天井に細いひびが入っている。

その後、朝食の準備を始めるという神服とともに食堂に向かった。聞けばサキミは食欲が落ちており、今は遅い朝食と早い夕食の二食の生活を送っているらしい。

「サキミさんはご病気なんですか」

比留子さんが訊ねると、神服は初めて、わずかではあるが表情を曇《くも》らせた。

「以前は壮健な方でしたが、数年前から不調を訴えられ、年々症状が重くなっています」

「お医者さんには？」

神服は首を横に振る。

「サキミ様は例の研究のために真雁に連れてこられたそうで、きちんとした住民票がないのです。面倒事が起きるのを嫌って外には出られません」

「じゃあ正確な病名も分からないんですね」

「ええ、ただ……」神服は少し言い淀み、「筋肉の衰えが著しいように思えます。素人の意見ですが、筋萎縮《きんいしゅく》性の難病なのではないかと」

サキミはまだ七十手前だという。顔中に刻まれた皺や細った手から、もっと老いているのかと思っていた。

神服は暗い話題を振り払うかのように、慣れた手つきでフライパンやボウルの準備を始めた。食べる人数も多いしなにか手伝おうかと考えていると、緊張した声音で比留子さんが訊ねた。

「メニューはなんですか」

「簡単なものしかできません。ご飯と味噌汁、野菜炒めと卵焼きくらいでしょうか」

その回答を聞き比留子さんは小さく頷く。

「卵焼き――うん、大丈夫。手伝えま……手伝いますよ、神服さん」

なぜだろう。腕まくりをしてキッチンに向かう比留子さんの背中から、出征前の兵士のような悲壮感がひしひしと伝わってくるではないか。

……そういえば。俺は彼女が料理をしているところを見たことがない。普段一緒に食事を摂《と》ることがあっても外食だし、紫湛荘での合宿では他に世話をしてくれる人がいた。比留子さんは一人暮らしだが、生粋《きっすい》のお嬢様育ちであり、勘当同然の扱いとはいえ実家からかなりの金銭的援助があるはずだ。果たして自炊などしているのだろうか。

俺の不安の籠った視線には気づかず、比留子さんは右手を軽く握るとシンクの角に向かって卵を割る動作のシャドープレーを始めた。

あ、なんかやばそう。


朝食の席に昨日の晩と同じ顔ぶれが揃った。俺と比留子さん、茎沢と十色以外のメンバーは昨日とほぼ同じ格好をしている。それぞれ荷物をろくに持たないまま迷いこんだので着替えがないのだ。

「最悪だわ。私の部屋の通気口、夜の間ずっと中でガサガサ音が鳴ってるの。きっとネズミが入りこんでいるのよ。齧《かじ》られるんじゃないかって、ほとんど眠れなかったわ」

昨日はアップにしていた髪を下ろした朱鷺野は朝から不機嫌そうだ。寝不足かあるいは化粧道具を持ち合わせていないためか、顔色が優れない。

「神服さん。殺鼠剤《さっそざい》とか置いてないの」

「サキミ様の部屋で使っているものが余っていたはずです。後で取りに行くのでお待ちください」

「あとスリッパも。靴のままだと足がむくんで痛いのよ」

皆、橋の炎上やらサキミの予言やらで混乱しっぱなしだった昨晩に比べれば気分も持ち直したようで、見た限りでは平静に食事を進めている。幸い卵焼きの形が崩れているとか、火を通しすぎて固いなどとクレームをつける者はいない。

一方俺の隣に座る比留子シェフを見やると、正面に座った純少年の「あのね、僕たちの部屋ね、お化け屋敷みたいですごく怖いんだよ！」という無邪気な声に頷きながら、自ら切り分けた〝焦げ卵〟とでも呼ぶべき物体をもしゃもしゃと咀嚼している。表情もまた苦々しい——あ、お茶で流しこんだ。

「——で、今日はどうしますかね」

『月刊アトランティス』記者の臼井は旺盛な食欲で朝食を平らげると、周囲の顔を見渡した。

「もちろん〝外〟と連絡をとる手段を探す。こんなところ一刻も早く出ていかねば」

師々田が相変わらず不機嫌そうに答えると、朱鷺野もスマホをテーブルに投げ出してうんざりとした顔で漏らす。

「連日で無断欠勤なんて御免だわ。ママになんて言えばいいか」

想像通り、彼女はホステスのような仕事をしているらしい。

十色が食堂の片隅に置かれた固定電話機を見た。

「でも電話は通じなかったんですよね。スマホの電波も届きませんし、他に連絡をとる方法なんてあるんですか」

「どうにかして川を渡るか山を突っ切るか、方法はあるだろう。——純、箸の持ち方が違う」

言いながら師々田が目ざとく息子の所作を注意するが、純は唇を尖らせた。

「持ち方は人それぞれじゃん。個性は大事だって先生が言ってた」

「屁理屈を言うな。これは礼儀作法の問題だ」

「パパだっていつもパスタの食べ方間違ってるよ」

「あんなもんにルールはない！」

親子の言い合いを横目に神服が忠告する。

「底無川の幅は狭いですが、流れが急ですから落ちれば助かりません。お気をつけください」

私は止めませんよ、無理でしょうけど——と仄めかしている。望まずして閉じこめられた身としては面白くないが、地理に詳しい彼女からなるべく情報を引き出しておくべきだろう。

「上流へ行くとどうなっているんですか」

「滝よ。その周囲も高さ二十メートルくらいの岩壁になっていて、装備でもない限り登れないわ」

朱鷺野が横から答えた。

滝と聞いてぎくりとする。よく覚えていないが、今朝の不吉な夢に滝が出てきたような気がするのだ。

ちなみに下流は他の支流と合流して、川幅がさらに広がっているから渡れないという。

「あとは橋も人里もない森林が続いているだけ。遭難したくなければ入らない方がいいわよ」

元住人である彼女はすでに脱出を諦めているかのような口ぶりだ。昨日一時間以上もかけてバスで上ってきた距離、しかも道なき山中であることを考えると、用具もなしに突っ切るのは無謀だろう。

手持ち無沙汰な臼井が訊ねる。

「サキミさんとは今日はいつ話をさせてもらえるんですかね？」

「まだお聞きになりたいことが？」神服はやはり臼井にそっけない。

「そりゃそうでしょ。記事になるような情報を得られてないんだから」

するとの師々田がせせら笑った。

「そこを空想で補うのがあんたの一番の仕事じゃないのか。ノストラダムスだのマヤだの、予言ネタは慣れたものだろうに」

「センセイにそう思われるのも無理はないですがね」臼井は卑屈な口ぶりで言い返す。「うちみたいなオカルト誌が今の時代でもやっていけるのは、百のネタのうちにたった一つでもいい、本物のネタがあるからなんですよ。科学じゃ説明できない、本物のオカルトがね。だからこそ残りの九十九の嘘にも読者が引きつけられる」

「本物のネタって、例えばどんなのがあるんすか」

オカルト好きらしい茎沢が話に食いついた。

臼井は少し考え、ある記事について述べる。

「最近では、そうだな。確か半年ほど前の記事だが、O県に三つ首トンネルという有名な心霊スポットがあるのを知ってるかい。今はもう使われていない古いトンネルでね」

「ああ、読みましたよそれ！」

荃沢は『月刊アトランティス』を購読しているのか嬉々として頷く。俺もそんな見出しを見た記憶がある。臼井は他の面々にも聞かせるように説明し始めた。

Ｏ県の三つ首トンネルにはこんな怪談がある。十年前、カップルの乗った車がスピードの出しすぎでカーブを曲がりきれずに壁に激突し、トンネル内で炎上する事故が起きた。二人はまだ生きていたが、助手席に座っていた女性が損壊したシートに挟まれ身動きが取れなくなった。すると男はあろうことか助けを求める彼女を炎の中に残し、一人だけ逃げた。鎮火後に現場を調べると、女性の血が焦げついたと思われる手形が焼け残った残骸《ざんがい》のあちこちに付いていた。それ以来、男性が運転する車が三つ首トンネルを通ると女の霊がどこまでも追いかけてきて殺されるという噂が立つようになった。

「去年、そのトンネルに車で肝試しに行った若者四人が帰り道で事故を起こした。ハンドルを握っていた青年が運転中に突然死したんだ。警察の調査で死因は虚血性心疾患と結論づけられた。だが青年の着ていたシャツの肩の部分に、背後から摑まれたような血の手形がくっきりと残っていた」

「いやだ、ほんとですかそれ」

十色がすっきりした一重瞼の目元で笑いながらも白々しく怖がってみせると、話はここからだと言わんばかりに臼井が身を乗り出す。

「怪談の元になった事故は十年前に本当にあった出来事だ。トンネル内には今も火災の跡がはっきりと残っているんだぜ。確かこれでも写真を撮ったはず……」

「見せなくていいわよ、朝食の席で」

朱鷺野に険のある声で制され、臼井は渋々といった様子で携帯をいじる手を止めて話に戻った。

「肝試しに参加した若者の一人に直接取材したんだよ。取材中も『あいつが来る、あいつが来る』って怯えきった様子で、とても嘘をついているようには見えなかったね。しかも彼はその後どうなったと思う？　死んじまったのさ。取材したわずか三ヶ月後、婆可安湖のテロ事件に巻きこまれてね。そして亡くなった彼の服にも無数の手形が付いていたんだ」

思わぬところであの事件の話題が出て、俺は内心ぎょっとする。目だけを動かして様子を窺うが、幸い誰も気づいてはいないようだ。

「さらに面白いことに、ほかにももう一人若者が大阪で起きたビル火災で焼死している。これで三つ首トンネルに行った四人中三人が死んだことになる」

「すげえ。しかもそれって二つともサキミさんが予言した事件じゃないっすか。絶対なにかありますよね。残りの一人はどうなったんすか」茎沢がはしゃぐ。

「分からない。知人たちとも音信不通だそうだ。もしかすると、もう呪いの餌食になったのかもしれない」

臼井はそう締めくくると、誰もが「終わり？」と言いたげな表情を浮かべる。

なんと中途半端な結末だ。これが百に一つのネタだというのか。

師々田は時間の無駄だったとばかりに首を振った。

「娑可安湖のテロ事件も怨霊《おんりょう》の仕業だったと言いたいのかね。馬鹿らしい。あの事件では五千人以上が亡くなっとる。血の手形なんぞ珍しくもなかったろうよ」

臼井もむきになって言い返す。

「なんとでも言ってくれ。お宅なら盆に親の霊が会いに来たって、錯覚で済ませちまうんだろうな」

彼がいらいらした素振りで煙草《たばこ》を咥《くわ》えると、黙って話を聞いていた神服が口を開いた。

「サキミ様のお加減さえ問題なければ昼頃に一度お会いできるでしょう。――ここは禁煙です」

「へえ、どこにも表示がなかったものでね」

臼井の嫌味に神服はぴしゃりと返す。

「臭いんです。私が」

三

午前九時。

食事を終えた来訪者たちは、誰からともなく玄関先に集まった。先ほどは脱出に否定的だった朱鷺野もいる。異様な建物でじっとしているくらいなら、徒労であっても脱出の方法を探す方がましだと思ったのかもしれない。

臼井はいない。特ダネを狙う彼としては、サキミや班目機関について調べる方が優先なのだろう。

「純君は？」

昨日と同じくダウンコートと大判のストールを装備した比留子さんが姿のない少年について師々田に訊ねると、面倒くさそうな口調で返ってきた。

「留守番だ。山を舐めるべきではない。怪我をしたら大変だからな」

よって探索に参加するのは来訪者から臼井と純を除いた七人だ。

全員でぞろぞろと連れ立って歩いても効率が悪いので、二手に分かれることにした。

俺と比留子さんは王寺、朱鷺野とともに『魔眼の匣』の周囲を調べ、十色とストーカー……ではなかった、茎沢の高校生組は師々田とともに燃え落ちた橋の方角に向かうことになった。

師々田組の背中を見送り、まずは元住人である朱鷺野の意見を聞く。

「朱鷺野さんは真雁の地理にも詳しいんですね」

「子供の頃に友達と何度か来たことがある。大人たちにばれて、尋常じゃない剣幕で怒られたものだわ。『魔眼の匣』には近づくなって。好見の住人にとって橋からこっちは〝忌《い》み地〟のような扱いだったのね。私もまさかこの歳になって中に入ることになるとは思わなかった」

忌み地とは呪われているとされ、人々が立ち入りを忌避する場所のことだ。『魔眼の匣』

がそこまで好見の住人に疎まれていることに驚くと同時に、俺は一つ気になっていたことを訊ねた。

「旧地区名の『真雁』と『魔眼』をかけてそう呼ばれていると言っていましたが、予言者と魔眼って少しイメージが違いませんか？　どちらかというと千里眼の方が浮かびますけど」

「どちらでも同じなのよ。住人にとっては――」

彼女は鬱陶しそうに赤い前髪を掻き上げると、コンクリート造りの建物を一睨みし、壁に沿って歩き出した。

「どこに？」俺たちは慌ててついていく。

「『匣』の裏手よ。確かさっき話した滝へと続く道があったはず」

表からだと建物のすぐ背後まで岩壁が迫っているように見えるが、実は抜け道があるらしい。

「好見の人々はサキミさんを嫌っていたんですか」

前を行く朱鷺野の背中に比留子さんが声をかけた。

「恐れていたし崇めてもいた。ただ私たちの目と耳の届かない場所にいてほしかった。だから必要以上にサキミ様と関わろうとはしなかったわ」

「それは、彼女が予言者だからですか」

「馬鹿だと思う？」食い気味に言葉が返ってくる。「信じろとは言わないわ。でも本当よ。あの人は操作しようのない世の中の災害や事件を予言し続けた。時には好見で死人が出ることをぴたりと言い当てることもあった。あの人が口を開くたびに誰かが死ぬ。だけど無理矢理口を封じることなんてできないから——私たちが目と耳を背けるしかないじゃない」

前を行く朱鷺野の表情は俺たちから見えない。ただ硬い声から伝わる畏怖《いふ》の念は本物だと感じた。

先ほど〝どちらでも同じ〟と言った意味が分かった気がする。

遠く離れた場所や人心、未来を見抜く千里眼と違い、悪意を持って相手を睨みつけることで呪いをかけるのが魔眼だ。だが人の死に関してサキミの予言が絶対に外れないのならば、住人たちにとって千里眼も魔眼と同じだ。いや、むしろ死への不安を発散させるためには魔眼と称して忌み嫌う方が好都合だったのかもしれない。

『魔眼の匣』の裏側に回ると、そこには土が剝き出しの狭い空間があり、端には神服が昨日話していた小さな植え込みがあった。廊下やサキミの部屋に飾られていた、エリカという花が色とりどりに咲いている。その裏庭を挟んで岩壁がほぼ垂直にそそり立ち、真ん中に人がちょうど通り抜けられるくらいの裂け目がある。

「ここから滝壺に出られるのよ」朱鷺野が言う。

裂け目を通ると、両側を岩壁に挟まれた二メートルくらいの幅の道が右カーブを描きながら続いていた。岩壁の間に偶然できた隙間を利用した通路らしく、二十メートルほど上で岩が途切れ、空が拓けていた。

「ここを登って脱出するのは無理そうだな」

王寺がしなやかな手つきで岩壁を撫でる。凹凸の少ない壁面は通路の先から流れてくる湿気と日当たりの悪さのせいかじめつき、所々苔が生えていた。

登れないか試しに足をかけてみたが、スニーカーではズルズル滑るばかりで足がかりになりそうな場所がまったくない。素手で登るのはクライミングの競技者でも相当難儀するはずだ。

やがてカーブの先の視界が拓け、同時に道が途切れた。終着点だ。直径三十メートルほどの滝壺を隔《へだ》てて向かい側の崖の上から勢いよく滝が落ちており、下流へ流れている。

「ほら、無理でしょ」

朱鷺野が振り向いて腹立たしげに唇を歪めた。神服の言った通り、滝は勢いが凄まじく、仮に浮き輪があってもすぐに転覆しそうだ。川を挟んだ向こう岸にロープを投げて張ろうにも、よい取っ掛かりになりそうな木もないし、そもそも距離が離れすぎている。

なす術なく地響きのような落水の音を受けとめていると、王寺が「そういえば」と俺たちを見渡した。

「泊まった部屋、なんだかおかしくなかったかい」

俺は自分にあてがわれた部屋の様子を思い出す。ベッドと灯油ストーブしかない部屋。特におかしいことはなかった。だが王寺の指摘は違った。

「俺の部屋だけかな。声が反響しないんだよ。部屋で声を上げても、まるで布団に顔を押しつけたみたいに吸いこまれてしまうんだ」

「そうだったわね」朱鷺野も同意する。

比留子さんを見ると、首を横に振った。

俺や比留子さんの部屋は一階で、王寺や朱鷺野が泊まった部屋は地下。地下にはかつて実験に使われていた部屋もあるという話だった。それが仕様の違いに繋がっているのかもしれない。

俺たちは五分ほど虚しく滝壺を見下ろした後、『魔眼の匣』に引き返した。

「じゃ、部屋に戻るわね」

朱鷺野はやる気を失った様子で背を向けた。すると比留子さんがすかさず頼みこむ。

「急で失礼ですが、部屋の作りを見せてもらっていいですか。さっきの声の反響の件が気になって」

朱鷺野は特に嫌がる風でもなく了承する。

一方の王寺はまだ体力が余っているらしく、少しだけ周囲を散策してみるという。『魔眼の匣』の左右を挟んでいるのは険しい山だが、実際に足を踏み入れたことはない。調べる価値はありそうだが、朝食の席で遭難したくなければ入るなと忠告した朱鷺野は不満そうだ。

「怪我をしても知らないわよ」

「無理はしないよ。本当に森林の中を歩けないか、確かめてみたいだけだから」

俺たちは玄関先で王寺と別れ、朱鷺野の部屋へと向かった。

昨晩からサキミの部屋、食堂、そして自室と一階しか行き来していない俺と比留子さんは、初めて玄関から左に曲がった奥にある階段を下りる。階段には滑り止めの緑色の絨毯《じゅうたん》が敷き詰められており、湿気を含んだカビの臭いが漂っていた。

「暗っ……」

地下階はまるでワインの貯蔵庫のような、弱々しい橙色の光に満ちていた。点々と天井からぶら下がっているのは裸電球。中にはすでに力尽きているものもある。おかげで目の前にいる朱鷺野の顔ですら、ほとんど陰影の塊《かたまり》としか捉えられない。

朝食の席で純少年がお化け屋敷だと騒いでいたのはこういうことか。

「昨晩はよくこんな状況で休めましたね」

比留子さんがげんなりした声を出す。

年季の入った建物の表現としてよく〝昭和の風情を残した〟なんて言葉が使われるが、ここはもう不気味と表現するほかない。すると目の前で朱鷺野の口の影がぐにゃりと歪んだ。笑ったのだ。

「都会育ちのあんたたちには想像できないだろうけど。こういう地域の家にはつい最近まで〝こんな状況〟が残っていたものよ」

「すみません。失礼なことを」比留子さんは謝る。

「別に。間違ってはいないし」

暗さに目が慣れてくると、地下階も基本的な構造は一階と同じだと分かった。食堂の真下に当たる大部屋二つを挟んで二本の廊下が平行に延び、個室らしき扉が並んでいる。

朱鷺野の寝室は階段から遠い方の角を左に曲がった奥の右手側だった。彼女は内開きの扉を体で押しのけるようにして開けた。俺の部屋の扉とは違いずいぶん重いようだ。

朱鷺野が室内の蛍光灯をつけた。交換されたばかりなのか思わず目を背けるほど明るい。

「扉も防音処理が施《ほどこ》されているみたいだね」

比留子さんが扉を調べるのを横目に朱鷺野が灯油ストーブをつける。室内には小さな机があったが、朱鷺野のスマホ以外はなにも載っていない。

実際に室内で声を出してみると、まったく反響しない。小中学校の視聴覚室がこんな感じだった覚えがある。試しに比留子さんを室内に残し廊下に出てみたが、普通の呼びかけ程度では室内に聞こえず、室内の音も外には漏れてこなかった。隙間に顔を押しつけて叫べばなんとか耳に届く程度だ。

「気が済んだ？」

朱鷺野の声に迷惑そうな響きを感じ取り、俺たちは部屋を辞することにした。

「もし脱出方法が分かったら知らせてね」

その言葉を最後に扉が閉まると一切の物音が消えた。

「せっかくだし、ここも調べておこうか」

比留子さんは向かい側にある扉の上方を見た。だいぶ剝《は》げ落ちているが、『実験室1』と書かれたプレートが貼ってある。同じく隣の扉には『実験室2』の表示。ここで超能力実験が行われていたのだと思うと、中を見るのに少し尻込みしてしまう。

比留子さんが手をかけた扉は経年劣化もあり、重くて開けづらそうだった。俺が彼女の肩越しに両手で加勢すると、壁と扉を繋ぐアームの錆《さ》びた音とともにゆっくり開く。

と、胸元の比留子さんが首を捻ってこちらを見上げ、ぽつりと漏らす。

「壁ドン・両手バージョン背式」

「んなっ！」

こちらが狼狽《うろた》える隙にするりと俺の腕の下をかいくぐり、暗闇の中に滑りこんでいった。なにが背式だ。技か。

比留子さんが壁際のスイッチを押すと、天井に並んだ蛍光灯の半分だけがついた。

『実験室1』には長机が二つといくつかの丸椅子が残っていたものの、それ以外はなにもない。元々この部屋にはできるだけ物を置かないようにしていたかのようだ。

続いて隣の『実験室2』に入ると、先ほどとは打って変わって様々な言語の専門書が並んだ書棚や実験に用いられたと思われる器具が所狭しと並んでいた。脳波計のような、無数のプラグと針のついた記録装置が繋がれた機械もある。

「たぶん、私たちの部屋に残っていた荷物は全部ここに集めたんだろうね」

俺たちは注意深く品々を見て回る。当時の実験や班目機関に関する資料が残っていないか期待したのだが、当然ながら人目についても問題のない書類ばかりのようだ。

「これはなんでしょうか」

俺は部屋の一角にある棚を調べた。サキミが着ていたような白装束や、頭巾などの衣装のほか、歪《いびつ》な形をした色とりどりの石ころ、先の尖った一メートルほどの木の棒、曲がった針金などとりとめのないものが無造作に置かれている。

「実験に使っていたのかな」

比留子さんは首を傾げたが、すぐに目を移した。

俺たちはその後も部屋を調べたが、これといった収穫はなかった。できることなら他のメンバーが使っている部屋の様子も知りたかったが、無断で覗くわけにもいかないので地下階を後にした。

四

「なにをしているんですか」

二階に上がった途端に廊下に鋭い声が響き、思わず比留子さんと二人で背筋を伸ばした。

だが声の主はいない。声のした食堂に足を向けると、入り口の前に純が立っていた。

「なにがあったの？」

比留子さんが訊ねると、純は斜め向かいにあるサキミの部屋の方を指差した。

「神服さんがサキミさんに朝ごはんを持っていったら、部屋からあのお姉ちゃんが出てきたんだよ」

トレーを持った神服に見咎められて首を垂れているのは、橋に向かったはずの十色だった。

探索を一人中断してサキミの部屋をこっそり訪ねたのだろうか。取材にばかり興味が向いている臼井ならともかく、彼女がこんな協調性のない行動をとるのは意外だ。

「すいません。お手洗いで戻ってきたんですけど、昨日はサキミさんと会えなかったものですから、今なら色んな話が聞けるんじゃないかと思って」

十色は平謝りだ。

「面会ならお昼からと話したじゃありませんか。サキミ様は体調が優れないのに、お気を煩わすような勝手な行動は慎んでください」

神服に追い返され、十色は肩を落として俺たちの前を通り外に出ていった。俯《うつむ》く顔は思いつめたように強ばっていて、好奇心の一言では片づけられない、緊急を要する事情を抱えているように思えた。やはり彼女の不思議な能力に関してサキミに尋ねたかったのだろうか。

神服がサキミの部屋に消えると、純が期待に満ちた目で比留子さんを見上げた。

「お姉ちゃん、遊べるの？」

「ごめんね。もうちょっと働かないとパパに怒られちゃう」

そう謝ると、純は「じゃあまた後でね」と食堂に戻っていった。ずいぶん比留子さんに懐いている。

いつまでも『魔眼の匣』にいても仕方ないので、俺たちは別働隊の師々田たちの姿を探して橋のあった場所に向かう。その途中、古い石垣や廃屋の見える地点で臼井頼太が一人煙草をふかしていた。できれば会話したくもないのだが、無視すると逆に絡まれる気がするので声をかけた。

「師々田さんたちを見かけましたか」

これ以上なく当たり障りのない質問をすると、煙草を咥えたまま聞き取りにくい言葉が返ってきた。

「女の子はさっき橋の方に行ったよ。おっさんは知らんね。まだ川を渡る方法を探してんじゃない？」

師々田をおっさん呼ばわりか。人のことを言える歳でもあるまいに。適当に礼を言って通り過ぎようとすると、臼井も後からついてくる。

「お宅らさ、ウチの記事を読んで予言に興味を持ったらしいけど、本当にそれだけ？」

ちらりと見やると、粘っこい視線が俺を捉えていた。記者の嗅覚なのか変に鋭いやつだ。黙っていると脈ありと判断したのか、さらにたたみかけてくる。

「そんなに警戒しないでくれよ。長いことこういう仕事やってるとね、オカルトを信じる人種かどうか分かるんだ。茎沢っていったっけ、彼は典型的なマニアだ。けどお宅らは違う。本来なら俺らのことなんて絶対に相手にしない人種だ。なのにわざわざこの場所を調べ上げてやってきたのは、なにか特別な理由があるはずだ。違う？」

臼井の粘っこい笑みが俺に向けられていることに気づく。

比留子さんから話を引き出すのは骨が折れると踏んでのことか。

悔しいが腹の探り合いでは臼井の方が上手《うわて》だ。俺は目を合わせないように歩きながら質問で返した。

「臼井さんこそどうなんですか。もし昨日のあなたの話が本当なら、俺たちはかなり危険なところにいることになる」

「昨日の話？」臼井はしらばっくれる。

「編集部宛に届いた新たな手紙のことです。送り主はサキミさんの死の予言を記した上で、その日に合わせてあなたを真雁に誘い出した。となると――」

「俺は意図的に巻きこまれたって？」

後ろからひくひくとした笑いがついてくる。

「可能性は大いにあるでしょう。ひょっとしたら橋を燃やした住人の中に差出人がいて、まだなにか起こすつもりかもしれません」

雑誌記者がこの程度で怯えるとは思えなかったが、牽制《けんせい》くらいになればいい。そう考えていた。

が、彼は静かになるどころか突然叫んだ。

「そうなってくれないと困るんだよ、こっちはぁ！」

これには比留子さんも驚いて足を止めた。

「当たり前だろ！　おかしな手紙が届くなんざウチでは日常茶飯事なんだよ。社会不適合者が必死にほざく終末論から、乳臭いガキが考えたような〝釣り〟情報までよりどりみどり！　まともな手紙なんて苦情くらいのもんだ」

勢いのあまり煙草が口から落ちる。

「俺らはそういうドブみたいな情報をさらって記事に仕立てなきゃ食っていけねえの。それがハズレ覚悟で来てみりゃ、こんな面白い状況になったんだ。ババアにインタビューしてありがとうございました、で済むわけねえだろ、クソ！　せめて誰か一人くらい死んでくれなきゃ記事になんねえよ」

臼井は日頃の憤懣《ふんまん》をぶちまけながら、吸い殻を散々に踏みつけた。

身勝手極まりない言い分になにか言い返してやろうと思うのだが、呆れからくる脱力感に支配され、言葉が浮かばない。比留子さんの半開きの唇からも今にも「ばーか」という単語が転がり出てきそうだ。

決まりの悪い沈黙を救ったのは、道の先から現れた師々田だった。茎沢と、合流した十色もいる。師々田は俺たちに気づくと端的に告げる。

「駄目だな。川の周辺を調べたがやっぱり渡れそうにない。そちらはなにか収穫はあったか。——あんたも手伝う気になったのか？」

最後のは臼井に対する嫌味だ。さっきまで興奮していた記者は亀のように襟《えり》に首を縮め、不服そうに鼻息を吐くと新しい煙草を取り出し、吸い始めた。

比留子さんは『魔眼の匣』の裏から続く岩壁の道と、その先の滝について報告した。いずれからも脱出の方法が見つからなかったということも。

結局探索の成果を得られないまま、俺たちも『魔眼の匣』に戻ることにした。臼井はその場を動こうとしないので、放っておく。

茎沢と師々田が先頭を歩きながら意見を交わす。

「やっぱり火をおこして好見の近くを通る人に気づいてもらうしかないんじゃないすか」

「やらんよりはましだが、昨日は橋が燃やされても誰も助けに来なかったぞ。焚き火《たび》程度じゃ話にならんだろう」

「ストーブの灯油を使えばなんとかならないっすかね」

二人とも脱出は諦め、救助要請の方法を考えているらしい。

その時右袖を引かれた。顔を横に向けると、比留子さんが目の動きだけで背後を見ろと促している。

すぐ後ろを歩いていたはずの十色がいつの間にか屈みこんで、トートバッグからスケッチブックを取り出しているところだった。続いてポーチから茶の色鉛筆を取り出し、迷いなく紙の上に走らせ始める。

「おい、どうした」

師々田と茎沢も足を止め振り返った。気づいていないのは後方に残った臼井だけだ。

十色は昨日と同じく、一色ずつ猛烈なスピードで絵を描いていく。まるで思考の気配を感じさせない機械的な動きに、俺たちのみならず師々田も目を奪われていた。

そうしてできあがった絵は、昨日の炎上する橋の絵にも増して理解の難しいものだった。

紙を全体的に埋め尽くすのはとにかく茶色。そこに黒が混じって複雑な陰影を形作っている。所々に無機的な直線が見えるのはなんだろう。

比留子さんが硬い声で呟く。

「柱か、なにかの建材……？」

口にした瞬間、毛が逆立つような感覚が全身を駆け巡った。

はるか彼方から重低音が迫ってくる。

まずい。

それは一瞬のうちに数十キロの距離を走破し、内耳ではなく骨を通して直接音を伝えてくる。

「地震だ！」

足元が大きく揺らぐ。

同時に脳内で、十色の絵がなにを示していたのか閃いた。

比留子さんも同じ結論に達したらしい。

「気をつけて！　なにかが崩れます！」

視線の先に、火をつけたばかりの煙草を手によろける臼井を捉える。

その時、一際大きく揺れたかと思うと、ちょうど彼の右斜め上、廃屋の埋もれていた山の斜面が石垣とともにずるりと滑った。まるで見えない巨人が山の一部をバターナイフで削《そ》ぎ取ったような、非現実的な光景。

超弩級《ちょうどきゅう》の質量を伴った土塊は下に佇む雑誌記者の体を一片の悲鳴すら残さず呑みこみ、すり潰した。

直後、轟音と土煙と石つぶての余波が俺たちにも襲いかかる。

「危ない！」

「下がれ、下がれ！」

口々に叫びながら退避する。崩落は先ほど十色が屈んでいた場所まで及び、トートバッグも視界から消えた。

だが幸いにも揺れはすぐに収まり、山は何事もなかったかのように静寂《せいじゃく》を取り戻した。

「収まった、のか――」

ゆっくりと土砂の塊に近づいた俺は、足元に白い紙屑《かみくず》のようなものが落ちているのに気づく。

煙草だった。

臼井の手から離れて風に舞ったのか、皮肉なほど綺麗なままの吸いさしが、土砂に呑まれた主人への弔《とむら》いのように、細い煙を上げていた。

五

臼井の救助は叶わなかった。

辛くも巻き添えを免れた俺たちは、救助に必要な道具をかき集めるため『魔眼の匣』に戻った。『魔眼の匣』も相当揺れたのだろう、玄関では神服や朱鷺野、純だけでなく、サキミまでもが顔を揃えていた。ちょうど山に入っていた王寺も戻って来たため、彼も一緒にすぐさま現場に舞い戻った。

だが臼井を呑みこんだ土砂や倒木が文字通り小山のごとく堆積し、人力で掘り起こすのはあまりにも絶望的だった。

「諦めるしかなかろう」

作業の手を止めた師々田が、非情な現実について口火を切った。

「今から掘り起こしたところで間に合わん。彼には悪いが、救助が来るのを待つしかない」

「そんな！」王寺が忙しなくシャベルを振るいながら非難する。「まだ埋まってから三十分も経っていないでしょう！　もしかしたらわずかな空気を吸って生きているかもしれない」

その反論は予想済みだったのだろう、師々田は冷静な態度で首を振る。

「あんたは見ていないが、彼は崩れてきた石垣の下敷きになり、土砂が降り注いだんだ。万が一にも生きてはいまい。儂らもここにいるのは危険だ。いつ余震が起こらないとも限らん」

その言葉が誘ったかのように、崩れた斜面の上から西瓜《すいか》サイズの石塊が転がり落ち、近くの倒木にドスンとめりこんだ。誰かの頭を直撃していれば大事《おおごと》だ。

師々田の言う通りだ。

電話一本で警察や消防が駆けつけてくれる日常で生きていると、救助に力を尽くさないことや、諦めることがあたかも悪であるかのように思えてしまう。けれどどうしようもない災害、自分の身の安全を優先すべき状況は存在する。

だから経験者が判断しなければ。

「俺も賛成です。ここにいると二次災害の恐れがあります。戻りましょう」

俺が手にした道具を下ろし比留子さんもそれに倣うと、他の面々も黙ったまま、しかしどこか安堵したように続いた。

「なんてことだ。本当に死人が出てしまうなんて」

帰路の途中、王寺が無念そうに呟く。

男女が二人ずつ、四人死ぬ。

予言が現実となることを望んでいた臼井自身が真っ先に死んでしまうとは。彼の望み通りこの事件は近いうちに全国紙の紙面を賑わせることになるだろうが、彼がその恩恵を受ける未来は永久に来ない。

「だから言ったでしょ」朱鷺野の声も力ない。「サキミ様の予言は絶対に当たる。下手に動き回るべきじゃなかったのよ」

足取り重く『魔眼の匣』に帰り着くと、純が廊下の右端で箒《ほうき》を動かしていた。

「あ、お帰りなさい」

先ほどの地震で花台の花瓶が転げ落ちたらしく、板張りの床には黄色の小さな花びらが掃き溜められている。

「掃除の手伝いか」

純は父親の言葉に頷く。

花瓶は割れずに済んだらしく、黄色のエリカは元の場所に戻されている。

「食堂は食器が割れて危ないから、ここの掃除を任されたんだよ。食堂は神服さんがやってる」

食堂に入ると、神服も掃除を終えたところらしく、食器の破片を包んだ新聞をビニール袋に詰めていた。彼女は俺たちの中に臼井の顔がないことで事情を察したらしい。

「臼井さんはお気の毒でしたが、仕方のないことです。サキミ様のお言葉を心に留めて行動していれば、あるいは違った未来があったかもしれませんのに」

「いい加減にしてくれ」師々田が吐き捨てる。「偶然だ。サキミとやらは地震が起きるなんていつ言った？　人間は毎日あちこちで死んでいる。予言なんぞ、後付けでそれらしく聞こえるもんだ」

だが対する神服の答えは余裕すら感じさせた。

「お忘れですか。サキミ様は〝真雁で〟〝この二日間のうちに〟人が死ぬことを予言されました。偶然というなら、どれほどの確率なのでしょうか」

「だがゼロではない」

師々田は頑とした口調で返したが、有効な反論が浮かばないらしく苛立たしげだ。

「ちょっと、なによこれ」

振り向くと、入り口の辺りで朱鷺野が十色の前に立ちはだかっていた。地震の混乱でトートバッグを失った十色は、絵を表にした状態でスケッチブックを抱えていたのだ。土砂崩れの絵を目にした朱鷺野は、あからさまな嫌悪を顔に浮かべる。

「人が目の前で生き埋めになったっていうのに、それをスケッチしてたの？」

あの時『魔眼の匣』にいた朱鷺野は、十色が土砂崩れが起きた後に絵を描いたと思っているのだ。

「これは……」

「呆れた。結局あんたもあの記者と同じ、他人の不幸を平気で食い物にできる人間なのね」

朱鷺野の誤解は無理からぬことだが、突然非難に晒された十色は顔色を失っている。

「勝手なことを言うな！」

そこへ茎沢が割って入った。

「先輩がその絵を描いたのは地震が起きる前だ。嘘だと思うなら師々田さんや葉村さんに聞いてみろ」

朱鷺野や王寺らの目がこちらに向けられる。どうしたものかと比留子さんを窺うと、彼女は苦虫を嚙みつぶしたような表情で茎沢を睨んでいた。十色が隠そうとしていることをなぜ言ってしまうのか、と内心で憤っているのだ。

だが調子づいた茎沢は十色の手からスケッチブックを攫《さら》い、昨日描かれた絵まで朱鷺野らに突きつけた。

「土砂崩れだけじゃない。ほら、昨日の橋の炎上も、ここに来る途中のバス事故も！　先輩は身の回りで起こる事件を絵で予知することができるんだ！　悪ふざけでやってるわけじゃない！」

「茎沢君、やめて」

十色が遮ろうとするが、王寺が口を挟んだ。

「昨日、食堂に残った時もスケッチブックを取り出していた。タイミング的に橋が燃えたのはその直後だ。まさか本当に……」

一方で朱鷺野は疑念に満ちた目を向ける。

「橋の炎上や土砂崩れを予知して絵を描いたですって？　そんな都合のいいことがあるかしら。サキミ様のことを嗅ぎ回っているのも怪しいし、案外全部あんたたちの仕業なんじゃない？」

「ど、どういう意味っすか」

「あの地震が天災ではなく、人為的な仕掛けによって引き起こされた可能性はあるでしょ。たとえば発破用の爆薬を山に仕掛けておいて、絵を描いた後に起爆させるのはどう？」

予想外の形で詰め寄られ、茎沢は怯んだ声を上げる。

「あ、あんたは予知能力の存在を信じているんじゃないのか」

「一緒にしないでくれる？　サキミ様の予言はずっと昔から目の当たりにしている、動かしようのない事実だもの。それに比べてあんたたちはわざと絵を誇示してるみたい。胡散臭いのよ」

痛烈な言葉に茎沢が絶句していると、これまで黙っていた師々田が意地悪く言った。

「だがな朱鷺野さん。あんたの説は十色君だけでなく、サキミさんにも当てはまることだぞ」

「どういう意味かしら」

「サキミさんはこれまで予言が的中したからこそ好見に君臨してこれたのだろう。それらは全て人為的な仕掛けによるものではないのか。そして今回も四人が死ぬという予言を実現させるために、人為的な土砂崩れを引き起こしたのだ。もしかするとサキミさん一人ではなく、彼女を崇拝する誰かが協力しているのかもしれん」

反発したのはもちろん神服だ。

「その誰かというのは、私だと解釈してよろしいので？」

「そう聞こえたかね。儂は最も論理的な可能性を指摘しただけだが」

「では論理的にお返ししましょう。地震が起きた時、私は間違いなく食堂にいましたよ。あ、なたに頼まれて、あなたの息子である純君と一緒に。それなのに外のあなたたちの行動に合わせて起爆させることができますか」

師々田がぐっと詰まったのを見て、神服は続ける。

「それに引き替え、十色さんは臼井さんのすぐ近くにいたのでしょう。ならば臼井さんが目標の地点に近付いたタイミングを見計らって絵を描き、直後に起爆させることは十分可能だったはずです。やはり疑われるべきは彼女ですよ」

「なんだと！」

十色を侮辱され、茎沢が激昂《げきこう》した。

「先輩の予知は本物だ。嘘だと思うなら徹底的に検証してみろ、望むところだ！　そうすれば先輩が特別な人だってすぐに──」

「うるさい！」

それは師々田の怒声の十倍も俺たちを驚かせたかもしれない。これまで誰に対しても人当たりのよかった十色が目を吊り上げ、怒りを剝き出しにしたのだ。

「勝手にベラベラ、いい加減にしろ！　なんのつもりよ。私がいつ超能力者になりたいなんて言った⁉」

「だ、だって皆が先輩のことを信じないから、僕が証明しなくちゃ」

「うるさい、うるさい！　なんだってもう、最悪──」

十色の怒声でできた沈黙を好機と見て、俺は口を挟んだ。

「聞いて下さい。あの土砂崩れは爆発で引き起こされたものじゃない。自然の地震によるものです。地震の前にははっきりとした初期微動を感じましたし、爆発音は一切しませんでしたから」

「その感覚は絶対に信頼できるものでしょうか」

神服は事務的な口調で問う。

「俺は中学の時に震災を経験しています。それに臼井さんが土砂に呑みこまれた場所は俺たちと二十メートルも離れていませんでした。狙ったにしては危険すぎます」

彼女からの反論はなく、陰謀論を唱えた師々田も「確かに」と渋々認めた。「じゃあすべては偶然なのか」

肯定する者もいなければ否定する者もいない。とにかく皆疲れており、議論を蒸し返すのは御免といった体《てい》だ。それでも部屋を満たす無言の圧力は、昨晩からメンバーの中で膨らんでいた猜疑心《さいぎしん》が、十色に向き始めたことを示していた。

話題を変えるため、王寺に散策の成果を聞くと、

「駄目だね。山中は藪漕《やぶこ》ぎしながらじゃないと進めない。それに木に熊の爪の跡みたいなものを見つけたから、すぐ戻ってきたんだ」

と力ない答えが返ってきた。

気づけば正午を過ぎており、神服が昼食の希望を募《つの》ったが、それより汚れが気になると朱鷺野が言い、食事よりも風呂を沸かしてもらうことになった。

「臼井さんは亡くなりましたが、サキミさんとの面会はどうなるのでしょうか。できれば私も直接お訊ねしたいことがあるのですが」

比留子さんの申し入れに、神服は少し考え頷いた。

「まず臼井さんが亡くなったことをご報告した後、話をお通しします。部屋でお待ちください」

「それじゃ、葉村君の部屋に呼びに来てもらえますか」

やりとりを聞き流しながら、俺はぼんやりと考える。

早くも一人が死んだ。予言が正しければ、残り三十六時間のうちにあと三人が死ぬ。

六

今後の方針が決まらないまま場は解散となった。皆で脱出方法を探すはずが、むしろ気持ちが離れる結果になったのは不本意だ。

神服の返事を部屋で待つ間、比留子さんと先ほどの出来事について話し合う。主眼は臼井の死というより、やはり十色が描いた絵についてだ。

バスで猪を轢いた事故、橋の炎上、そして地震による土砂崩れ。俺たちは昨日からもう三度も十色が絵を描いた直後にその光景が現実となるのを目の当たりにしている。偶然で済ませる気にはなれない。

「本来なら師々田さんに賛同して、十色さんがなんらかのトリックを弄したと言いたいところだけれど……、地震は間違いなく自然現象だった。その結果、サキミさんの予言の通りに死者が出た」

「今の段階ではサキミさんと十色さん、どちらの超能力も否定する要素がありませんね」

比留子さんは大判のストールを膝にかけ、土埃《つちぼこり》のついた髪を何度も手櫛《てぐし》で梳《と》かしながら頷いた。

「私だって超能力なんて信じられない。でも、サキミさんが班目機関の研究に関わっていたというのが本当なら、そういう能力が存在しないとは断言できないよ」

俺も同じ意見だ。

常識的には考えられない、オカルトでしか存在しえないはずのもの。しかし班目機関がその一種をすでに現実化せしめたことを、俺たちは娑可安湖の一件で目撃している。

既存の常識に当てはまらないからといって否定するのは、論理的でなくなってしまったのだ。

「仮にサキミさんの予言や十色さんの予知能力が本物だとすれば」

比留子さんはゆっくりと話し始める。

「むしろ参考にすることで悲惨な未来を回避できるかもしれない。ただ今回のサキミさんの予言は、娑可安湖テロ事件や大阪ミナミのビル火災の時と比べて具体的な内容に乏しい」

同感だ。真雁で男女二人ずつが死ぬというだけで、なにが起こるとかどんな死因かということには一切触れていないので、避けようにも対策が立てられない。

「一方で十色さんの絵は現場の光景を描くから具体性はある。でも問題なのは描いてからそれが起こるまでほとんど時間の余裕がないこと」

橋の炎上については定かでないが、バス事故や土砂崩れは絵が完成してから数分のうちに起こった。あれでは常に十色の動向を見張っていないと危険回避に生かせない。

有効な対策を打ち出せずにいると、

「やっぱり、君を連れて来るべきじゃなかったかもしれない」

と比留子さんが項垂れた。

まずい。ネガティブモードだ。

「比留子さんのせいでこうなったわけじゃないでしょう」

「でも私だけで来ることはできた」

今さら出発前の話に戻るか、と内心うんざりする。俺がなんの危険も覚悟せず行動を共にしているわけではないと、いくら言えば分かってくれるのだろう。たとえ比留子さん一人で来ていたとしても、その時は俺が気を揉むだけなのに。

彼女の気持ちを立て直すべく、俺は少し語勢を強めた。

「その反省は的外れですよ。俺たちがここに来たのは単なる旅行じゃない。班目機関のことを調べるためです。その結果」

一度床を踏み鳴らす。

「こうして機関の施設が見つかった。実験の被験者だったというサキミさんも見つけた。俺たちの行動はなに一つ間違っちゃいない。そうでしょう。これからサキミさんに話を聞く。班目機関の情報を一つでも多く得て、無事に帰る！　考えるのはそれだけです」

「――うん、そうだね」

比留子さんは下を向いたままだったが、不安を呑み込むように頷いた。

「そのために、私ができることをする」


午後一時を少し過ぎた頃、神服が呼びに来た。昨日とは違い、俺たち二人だけを連れて昨日訪ねたサキミの部屋へ向かう。神服曰く、サキミからじっくり話がしたいという要望があり、十色とは別に面談を行うことになったらしい。

俺たちを扉の前まで導くと神服は頭を下げた。

「お二人だけでどうぞ。私は食堂におりますので、なにかあればお声がけください。あなた方なら大丈夫と思いますが、あまりサキミ様を興奮させぬよう、どうかお願いします」

神服が食堂に消えたのを見届け、俺たちは扉を叩き入室する。

文机を前に鎮座したサキミは猛禽類のような鋭い視線をこちらに向けた。机の上の小さな花瓶の白い花も昨日と同じ。比留子さんはまずそれを話のきっかけに使った。

「可愛い花ですね。今朝、建物の裏で育てられているのを見ました。エリカというのでしたっけ」

「奉子さんが育てたんだよ。彼女は色々と気を遣ってくれてね」

サキミの声に昨日ほどの厳しさは感じられない。

「神服さんは五年前に移ってこられたと聞きました。その時からずっとサキミさんのお世話を？」

「彼女は若いし、こんな山奥で暮らしても未来がないと諭《さと》したのだけど。ああ見えて根は頑固でね」

サキミの話しぶりは理解しやすく、思考に衰えは見られない。だが痩せ細った体やすぐ側に置かれた薬箱からは病気の気配が漂っている。

サキミは気を利かせてくれたのか、すぐ本題に入った。

「記者の人は亡くなったんだってね。自ら首を突っこんだとはいえ、気の毒なことだ」

他人事《ひとごと》のような口ぶりだが、比留子さんはただ頷く。

「ええ。好見の方々があれほど予言を恐れていたわけが、私にも分かったように思います」

「あんた方は雑誌で私の予言に興味を持ったということだったね」

昨日はゴタゴタのうちに話が終わったが、覚えていてくれたようだ。

「数々の事件を予言していたというあなたの能力には驚きを禁じ得ません。——ですが、私たちがサキミさんに興味を抱いた理由はそれだけではないのです」

老女が目を細める。

「私たちはあなたが予言した、娑可安湖でのテロ事件の現場にいました。その後事件について調べるうちに、テロには班目機関という組織の研究成果が利用されたことを知ったのです。そんな時、雑誌であなたの予言と謎の組織について言及した記事を目にし、一つの疑念が生まれました」

サキミの小さな瞼の隙間から覗く両目には、真剣な光が宿っている。

「娑可安湖の事件に関する予言は超能力ではなく、機関の関係者からもたらされた情報によるものではないか。サキミさんは今も班目機関となにかしらの関係を維持しているのではないか、と」

比留子さんは言葉を切り、相手の様子を窺う。

サキミは近くに置いてあった湯飲みを手に取り一口飲むと、深く息を吐いた。

「まさかこの歳になって他人《ひと》様の口からその名を聞くとは。とうの昔に消滅したと思っていた」

「今はもう関係がないと？」

一片の嘘も見逃すまいと比留子さんが目を光らせる前で、老女ははっきりと頷いた。

「誓ってもいい。彼らがここを去った日から、もう半世紀近く機関の者とは会ってない。テロ事件は以前から予言していたし、実際に好見の住人たちにもあの地域には近づかぬよう忠告していたんだ。後で調べてみれば分かるだろう」

だが比留子さんはなおも機関について追及を続ける。

「おっしゃる通り、班目機関は巨大な研究組織としての活動は終えているのでしょう。しかし現にその成果の一部が大惨事を引き起こしました。班目機関は他にもいくつもの不可思議な研究を行っていたと聞いています。悲劇が繰り返されることは防がなくてはならない。だから教えてほしいのです、彼らに関して、あなたが知る限りの情報を」

熱意が通じたのか、サキミは「そうか」と呟き、遠くを見つめてしばし黙った。やがて発せられた声はこれまでにない寂寥《せきりょう》の響きがあった。

「班目機関は――言うなれば可能性の匣庭だった。昔ここにいた研究者からの受け売りだけどね」

〝可能性の匣庭〟。俺はその言葉を舌の上で繰り返した。

「世の中では往々にして、善かれと思ったことが凶と出たり、災いが福に転じたりすることがある。人の発明なぞは最たるもの。人を救うための技術で殺す一方、戦争のために生み出された技術が今の世を便利なものにしている」

原子炉やGPSは言うに及ばず、今の生活には欠かせないインターネットやパソコン、携帯電話も元は軍事技術からの民生転用であることは俺ですら知っている。また逆の視点では建築用爆薬として生まれたダイナマイトが兵器に転用されたのは有名だし、植物学者が開発した枯葉剤はベトナム戦争で散布され毒として人々に多大な被害をもたらした。

「戦争のように倫理的、道徳的な枷《かせ》が外される状況こそ技術の急速な発展を促す――」

サキミはそこで言葉を止め、激しく咳きこんだ。風邪などではなくもっと深く体を侵《おか》す病からくる、命を削るかのような咳。俺は比留子さんより一瞬早く腰を上げ、老婆の後ろに回り背中をさすった。着物の上からでも背骨の形が手に伝わるほど痩せ細っている。

「すまないね、若い方」

「神服さんを呼びましょうか」

「大丈夫だ——どこまで話したかね。そう、戦争時には技術が凄まじく発展する。逆に平和な時代には人々の心に変化を恐れる気持ちが生まれ、技術の発展に慎重になる。班目機関は、その枷に囚われず研究を進めるために作られた組織なんだそうだ」

「倫理的、道徳的な枷に囚われない研究……」

娑可安湖での出来事を思い出したのか、比留子さんが苦々しげに呟く。

たとえば日本にはクローン人間作成の禁止を掲げた通称ヒトクローン技術規制法があるし、近年のＡＩ技術の発達には必ず危険性に関する論説がついて回る。

それらは研究の広がりという観点のみで見れば、明らかな抑圧だ。

班目機関は、その抑圧に一切干渉されない匣庭を作り、研究を進めようとしたのだ。

「無論彼らもただの無法をよしとしていたわけではない。この施設には研究者の他にも機関から派遣された監督員がいて、常に研究内容を把握し、研究者が暴走しないよう目を光らせていた」

比留子さんが髪を一房摘まみ唇に当てる。

「つまり班目機関の考え方としては、いかなる研究であろうと〝それ自体〟には善も悪もないと。問題は成果を扱う人の側にあり、故に俗世と隔てられた匣庭の中でのみ研究を行っていたと、そういうことですか」

「情報の漏洩《ろうえい》には特に気を遣っていたね。私も機関が撤退する時まで、好見の住人に姿を見られないよう、橋のこちら側だけで暮らしていたから」

約五十年前、未来予知や透視など特殊な力を持つと噂される人員が班目機関によって全国各地から集められた。高名な占い師や修験者、怪しい噂の絶えない奇人など様々。サキミもまた山奥の村で代々巫女を務める家系に生まれた能力者だった。彼女は幼い頃から並外れた予知能力を発揮したが、時代の流れとともに村の主産業だった林業が衰退し経済的に逼迫《ひっぱく》したため、巨額の謝礼金と引き換えに班目機関の研究に協力することになったという。その時彼女は二十歳だった。

協力、と言えば聞こえはいいが、実際は機関に身売りしたということだ。

機関は好見の住人たちに多額の口止め料を支払いこの研究所を建て、超能力研究を始めた。主導するのは若い研究者で、彼が連れてきた助手が一人、そして班目機関から来た三人の研究者が働いていた。警備や生活管理の担当を合わせると、常時十人程度の所員が詰めていたらしい。

はじめに集められた被験者は十一人。最初は相部屋で生活していたが、嘘やトリックを用いた偽者も多く、半年が経つ頃には被験者の数は片手で足りるほどに減った。

「あなた方にとって研究は辛いものではなかったのですか」

俺は娑可安湖での事件の経験から、『魔眼の匣』での研究も非人道的な行いがあったのではと考えたのだが、サキミはそれを否定した。

「能力を最大限に引き出すためには、精神的な負担を極力除かねばならないと考えられていたし、所員は穏やかな人が多かった。ただ――」

サキミの口調が重くなる。

「望まれた結果を出すために毎日必死だった。偽者だと思われてしまっては、故郷に戻ることもできない。一族の恥さらしだと責められるだけだからね」

班目機関に来た時点で、彼女の生きる道は自分の能力を証明し続けることしかなかったのだ。

比留子さんは、サキミの能力についてさらに踏みこむ。

「昨日は〝事件の断片が情報そのものとして届く〟とおっしゃっていましたが、予言の方法について詳しく教えていただけないでしょうか」

老女は「そんなこと知っても仕方なかろうに」と独りごちたが、気分を害した様子はない。

「まずは祈禱《きとう》を行う。できることなら自然の中がいい。ここではよく裏手にある滝の前で行っていた」

今朝調べた滝のことだろう。

「朝と夜にだいたい二時間ずつ、知りたい日時や場所、あるいは事件の規模などを念じながら祈禱を行う。それを三日から一週間ほど続けると、夢で事件の光景が浮かぶのさ。先の出来事になるほど祈禱の負担は増えるがね」

「それなりに時間と労力がかかる。簡単にできるものではないということですね」

「特に最近は祈禱に体がついていかなくてね。情けないものだ」

自嘲して肩を揺らすサキミに、比留子さんは腑《ふ》に落ちない表情で訊ねる。

「班目機関はなぜこの研究所から撤退したのです？　あなたが結果を残し続ける限り、予言の研究は続けられたのではないですか」

サキミは重々しく首を振った。

「四年が経過した頃、私は大きなしくじりを犯した」

「予言が当たらなかったと？」

「違う。予言は当たった。だがそれ故に機関に問題視され、公安にも目をつけられる大事に発展してしまった。それまでは機関と政府に繋がりがあって公安は不干渉の立場だったが、私の予言が班目機関の立場を危うくし、予言の研究意義そのものを否定してしまった。結果的に私は彼らの期待を裏切ったのさ」

サキミは具体的に説明しなかったが、その一件がきっかけで研究は行き詰まり、サキミを残して研究員たちはここを出ていったのだという。

長い告白に体力を奪われたかのように、サキミは長く細い息を吐いた。

ちょうどその時背後の扉がノックされ、神服の声がした。

「サキミ様、そろそろ次の方に」

部屋の時計を見ると、いつの間にか一時間近くが経過していた。十色はずいぶん気を揉んで順番を待っていることだろう。

「最後にもう一つだけ」比留子さんが食い下がる。「十色さん——あの少女も、未来を予知する力があるようなのです。彼女の身元になにか思い当たる節はありますか」

思いもしなかった質問に俺は意表を突かれた。

サキミはぎゅっと唇を引き、一瞬視線をさまよわせた。

「なにも。会ったばかりのお嬢さんだからね。——奉子さん」

呼びかけを合図に俺たちの面談は終わった。残念ながら期待したほどの収穫はなかった。

サキミの言葉を信用すれば、かつてここで研究されていた内容は知ることができたが、彼女と班目機関は関係を絶って久しく、近年の情報はない。また予言については真偽を確認する術もなく、このまま経過を見守るしかないのだろうか。

部屋に戻る途中、不意に比留子さんが玄関の前で足を止めた。なにごとかと彼女の視線を目で追うと、その先には受付窓の前に置かれたフェルト人形があった。

「——減ってる」

元は四体あったはずの人形が、三体しかない。

桜の枝を持っていた、〝春の人形〟が姿を消していたのだ。

七

三体に減った人形の前で首を捻る俺たちに、十色を呼びに行こうとしていた神服が風呂が沸いたことを教えてくれた。今は他のメンバーが順に入っていて、最後の王寺が俺に声をかけてくれるらしい。

「あと、夕飯は七時の予定です。食堂に来てください」そう告げて神服は立ち去った。

比留子さんと別れた俺は部屋で順番を待ちながら、一体減ったフェルト人形について考えていた。人形がなくなるミステリといえば、真っ先に浮かぶのはやはり『そして誰もいなくなった』だろう。死者が出るたびに人形も一体減るという状況も同じだ。まさか――。いや。臼井は事故死なのだ。『そして誰もいなくなった』とはまったく状況が違う。たまたま床に落ちて誰かに蹴飛ばされたとか、師々田の息子の純が遊んでいてなくしたという可能性もある。仮に誰かがミステリを模倣したのだとしても、悪ふざけ以上の意味があるとは思えない。

考えを巡らしているうちにうつらうつらしてしまい、廊下から話し声が聞こえてはっと目を見開いた。時計を見ると午後三時。およそ一時間が経っていた。

すぐノックの音が響き、扉を開けると風呂上がりらしい王寺が立っていた。

「参ったよ。一階の二部屋が君たちの部屋だと聞いていたんだけど、半分の確率に賭《か》けて隣を訪ねたら剣崎さんが出てきてさ。なんだか警戒させちゃったみたいで申し訳ないことをしたよ。あ、彼女が先に使わせてもらうって」

それは災難だったろう。比留子さんは私的な空間に関して特に防御が固い。急に訪ねてきた王寺にドアの隙間から戦々恐々と対応する様が思い浮かぶ。

言伝《ことづて》のために寄ってくれたのかと思っていると、王寺は面映《おもは》ゆそうに手を合わせて意外な頼み事をしてきた。

「あのさ、もし下着が余ってたら貸してくれないか？」

そういえば着替えを持ち合わせているのは俺や比留子さん、十色たちだけで、王寺は貴重品と一緒にバイクに置いてきてしまったのだ。俺は二着ほど予備を持ってきていたし、下着なんてサイズがそう違うものでもないので、一つを彼にあげた。

しかし王寺はまだなにか言いたげな様子だ。

「どうかしました？」

「いやあ、目の前で人が死んだばかりなのに君はずいぶんと冷静だな、と思ってさ」

俺がパニックにならずにいられるのは、単にもっと悲惨な状況を経験しているせいである。

「もちろん驚いていますよ。もう少しで俺たちまで土砂崩れに巻きこまれるところだったんですから」

王寺は素早く周囲に人がいないことを確かめ、声音を落とす。

「君はどう思う？　臼井さんが亡くなったのは本当にただの偶然なのかな。それとも——」

それとも——やはり、俺たちの中の誰かが殺したのかな。

彼は実際には口にせず、唇を引き結んだ。

根拠なく疑いの目を向けることを恥じたのかもしれないし、もしかすると俺も容疑者の一人だと思い至ったのかもしれない。

「すまない、忘れてくれ。下着、ありがとな」

その後、比留子さんと交替して風呂に入った。最後なのでたっぷり満喫して部屋に戻ると午後四時にさしかかろうとしていた。

風呂に行っている間もストーブを焚き続けていたお陰で室内は暖かいままだったこともあり、睡魔が忍び寄ってきた。朝からあちこち動き回った疲れの反動もあったのだろう。

比留子さんが後で訪ねてくるだろうと思いながらベッドの上で寝がえりを打つうちに、俺の意識は深い場所に引きずりこまれていった。

八

たった一人で船に乗せられ、荒れ狂う波の上で木の葉のように翻弄《ほんろう》されていた。

瞬きすると、会ったこともない、でもどこにでもいそうな顔の女に首を絞め上げられ、次の瞬間には重厚感溢《あふ》れるバーでおそろしく度数の高いウォッカだかブランデーだかをラッパ飲みしていた。

いくつめかの場面でさすがに夢であることに気づいたが、抜け出すのにひどく苦労する。後から考えればそれも当然で、すべての夢に共通していた息苦しさと吐き気は現実だったからだ。

突然、爽やかな風を感じ、体を強く揺すられた。

「葉村君!」

比留子さんの声だ。苦労して目を開けると、白い天井を背にこちらを覗きこむ張り詰めた美貌が、一瞬だけ情けなく歪んだ気がした。

急激に、ものすごい吐き気に襲われた。比留子さんは俺の反応を確認すると、すでに開け放たれていた扉に駆け寄って数度開閉させる。どうやら室内の空気を入れ替えているらしい。その向こうにスケッチブックを抱えた十色が立ちすくんでいるのが見えた。俺は吐き気をこらえながら口を開く。

「比留子さん、なにが……」

「たぶん、一酸化炭素中毒だよ。室内の酸素が足りずに灯油ストーブが不完全燃焼を起こしたんだ」

ストーブの火が消えている。俺を起こす前に比留子さんが止めてくれたのだろうか。

症状は軽く、新鮮な空気を吸っていると吐き気もしだいに落ち着いてきた。

時計を見ると午後五時半。風呂から戻ってきて一時間半が経過したことになる。比留子さんが語ってくれたところでは、比留子さんと入れ替わりで俺が風呂に向かった後、彼女もまたうたた寝をしながら俺の戻りを待っていたらしい。しばらくして一度俺の部屋の扉をノックしたが、反応がない。鍵は室内からしかかけられないため、入浴中なら中を確認することはできるが、きっとまだ風呂に入っているのだろうと、そのまま自室に戻った。そしてさらに三十分ほど待ってから部屋を出ると、通路の突き当たりのトイレ前の廊下を十色がうろついているのが見えた。手には例のスケッチブックを抱えている。

比留子さんに気づくと、十色が泣きそうな顔で縋《すが》りついてきたのだという。

「剣崎さん。どうしよう。私、また……」

その手に色鉛筆が握られていることに気づき、比留子さんは事情を察した。

十色はまた〝あの絵〟を描いたのである。急いでスケッチブックを確認すると、描かれていたのは赤い光を灯したストーブと、側のベッドに横たわる黒い人物。そして床に転がる小動物のような影。

「今までの出来事から考えて、どこかの部屋でこれと同じ状況が生まれているんだと思ったんだ。そこで真っ先にこの部屋を覗いたら、ダウンしている君を発見したというわけ」

そう話を締めくくりながら、比留子さんはストーブを調べている。寝る前に比留子さんが来るかもと、鍵をかけておかなかったのが幸いした。

十色はというと、部屋に入ってきてから沈痛な面持ちで立ち尽くしている。いつ責められるのかと怯えているようにも見えた。

「特にストーブに不具合があるわけじゃなさそうだね。典型的な不完全燃焼みたい」

「風呂に行っている間もつけっぱなしにしていたのが悪かったんでしょうか」

俺の疑問に比留子さんは難しい顔になる。

「そうかもしれないけど、扉を開けた時にある程度は空気も入れ替わったはず。通気口もあるし……」

確かに天井付近に一つだけ小さな通気口があり、扉が閉じていても酸欠にはならないはずだ。

と、比留子さんがベッドの下になにかを見つけた。

「これは……」

スニーカーのつま先で掻き出したのは、拳よりも小さな、干涸《ひから》びたネズミの死骸《しがい》だった。

俺はネズミの死体がある部屋で、一酸化炭素中毒を起こして倒れた。

十色はまたもや事故を完璧に的中させたのだ。

「ごめんなさい」

「ネズミなんて、昨日はいなかったのに」

小さな声に目を向けると、十色が涙を零していた。

「ごめんなさい。私のせいで、もう少しで葉村さんも死んでいたかもしれない」

葉村さん〝も〟と十色は言った。絵と臼井の命を奪った土砂崩れとの因果関係を認めているのだ。

「こんな力、いらない。でもどうしようもないんです。いつもパッと光景が浮かんだらそれを描き終わるまで自分じゃ止められなくて、気づいた時にはもう完成していることの繰り返しで……」

「大丈夫、あなたが悪いわけじゃない」

比留子さんがそう慰めるが、彼女は髪を振り乱して拒絶する。

「こんなに立て続けにひどいことが起きるなんて、今までなかったのに。これからも私のせいで人が死ぬかもしれない」

「そんなことない。臼井さんが亡くなったのだって、十色さんの責任なんかじゃ……」

「呪われてるのは私。私が死ねばいいんだ!」

「それは違う」

比留子さんは力強い声で悲痛な訴えを断ち切り、涙でぐしゃぐしゃになった十色の顔を正面から覗きこむ。

「呪いなんてものがこの世に実在するのなら、きっと私の呪いの方が強い。これまで私の周りでは両手で足りないくらいの人が死んでいる」

突然の告白の破壊力に当てられたのか、少女の嗚咽《おえつ》が止んだ。驚きを顔に浮かべる彼女に比留子さんは微笑んでみせる。

「本当のことだよ。おかげで今じゃ実家からも勘当同然の扱いなんだ。それでも私は死にたくないし、誰も死なせたくない。だからあなたには感謝してる。絵を見せてくれたおかげで、いち早く葉村君の元に駆けつけることができたんだから」

その言葉に十色はまた少し泣き、涙を拭《ぬぐ》った。

まさか比留子さんが自分の体質のことを話すとは思っていなかったので、少々驚いた。得体の知れない能力に翻弄される十色の姿が自身と重なったのだろうか。彼女にとってたとえ他人に呪い呼ばわりされたとしても、自ら死を選ぶという虚しい解決は認められないのだろう。

「十色さんに俺たちの事情を知ってもらった方がいいんじゃないですか」

比留子さんも俺と同じ考えだったようで「そうだね」と同意し、身を起こした俺の横に腰掛けるよう十色を促す。

「昨日神服さんが口にした、班目機関って覚えてる？　私たちはその組織について知りたくてここに来たの。でもサキミさんに直接訊ねてみても、詳しい情報が得られなくて」

「あ……」

いきなり十色に反応があった。

「その、当時の研究の様子とかが分かればいいんですか」

「分かるの？」俺と比留子さんの声がハモる。

「ええ。ただ……」十色はそこで言い淀む。「やっぱり先に私の力について聞いてもらった方がいいと思うんです」

十色に特殊な能力が発現したのは、小学校三年生の時だったという。ある日の授業中、窓から外を眺めていた彼女の脳裏に、なんの前触れもなく一つの光景が浮かんだ。

地面に倒れ伏す人影。印象派の絵画のような人影にはっきりとした顔はなく、手足が一本ずつありえない方向に折れ曲がったまま血の池に沈んでいる。不吉な光景だがうたた寝の瞬間に見る夢のようで現実味はなく、彼女は取り乱さなかった。

しかし。

『先生、十色が机に落書きしてまーす』

隣席の男子の告げ口で我に返った十色は、眼前の光景に今度はのけ反るほど驚愕《きょうがく》した。机の天板いっぱいに鉛筆で絵が描かれている。傍目《はため》には落書きにしか見えないが、本人にだけはそれが折れ曲がった人間の体——今見た幻と同じものだと分かった。利き手を持ち上げると側面は黒く汚れている。信じられないことだが、意識が夢想の世界に飛んだわずかな間、一気にこの絵を描き上げたとしか説明できない。

『十色さん、あなたね——』

担任教師が注意しようとした瞬間だった。

窓の外を大きな影が落下し、ズゴンッ、という鈍い音が彼女たちのいる二階にまで響いた。

あちこちで絶叫がほとばしり、担任教師が弾かれたように窓へと駆け寄る。

――うそ。

――なにこれ。私のせい？

地面に叩きつけられた死体を目にした児童が泣き叫び、教室が大混乱に陥る中、十色はただ一人必死で机の絵に消しゴムをかけたという。

次の日の朝礼で、身を投げたのは虐《いじ》めに遭っていた六年生の女子児童だと分かった。

それからというもの、十色は身の回りで惨事が起きる時は必ず直前にその光景を〝受信〟するようになった。十色自身の意思で見ることはできず、あくまで一方的に、どこからか情報が送られてきて、気づいた時には色の出るものならなんでも使って手近にある紙や壁やあるいは地面にその絵を描きなぐるのだ。

頻度は多くても年に一度か二度。怖くなった彼女は何度も両親に相談したが、多感な少女の一種の反抗行為と見なされたのか、真剣に取り合ってもらえなかった。そんなある日、遠くに住む母方の祖父が訪ねてきた。どうやら両親から娘が変なことを言っている、と話が伝わったらしい。普段は優しい祖父なのに、その時ばかりは症状のことを決して他人に話すな、家が恥をかくと鬼気迫る顔で叱りつけられた。十色はまた落ちこんだが、祖父がその話題になると豹変するのは、単に周囲の目を気にする昔気質《むかしかたぎ》の人だからだろうと考えていた。

不都合なことに、成長するにつれて幻を見る頻度は少しずつ増えた。

「私はとにかく目立つことを避けました。あちこちに落書きせずに済むようスケッチブックと色鉛筆を持ち歩き、中学校では不自然ではないように興味もない美術部に入りました。でも校内でぼや騒ぎがあった時、火災ベルがなる前に火事の絵を描いて、それを見た友人から悪い噂が広まってしまって」

人間関係を一新させるため、十色は地元ではほぼ進学する者のいない、県外の高校に入った。

おかげで悪い噂からは解放されたが、カモフラージュのために人前でわざと絵を描いてみせる習慣は止められない。

「暇さえあればスケッチしているので、友人の目にはちょっとした変わり者に映っていると思います。でも美術大学を目指すと公言してるし、いいんです。中学の時みたいに怖がられるよりはるかにましですから」

美術大学と聞き、俺は思わず訊き返した。

「進路までカモフラージュに合わせるつもりなのか。本当に絵が好きなら構わないけど」

「好きなわけがないじゃないですか」

十色は絞り出すように言った。

「絵のせいでこんなに苦労しているのに。でもこの力を隠すためには何倍も描き続けるしかない。そうしないと皆の中にいられないんです！」

俺は質問を恥じた。比留子さんが事件を引き寄せる体質から逃れられないように、十色の人生もまた厄介な能力と切り離せない。彼女なりに折り合いをつけるために必死なのだ。

「ごめん、無神経だった」

十色は素早く目元を拭い、「いえ、続けますね」と言って話に戻った。

高校に入ってからも祖父はことあるごとに十色に症状のことを訊ね、口外しないよう厳命したという。それほど拘《こだわ》るからにはこの力についてなにか知っているのではないかと疑ったが、本人に直接問い質すのははばかられた。

そんな時、偶然にも茎沢が読んでいた『月刊アトランティス』の十月号、すなわち予言とM機関に関する記事を目にした。

「ひょっとしたら自分以外にも同じような能力を持つ人間がいるのかもしれないなって、それくらいにしか考えなかったんですけど」

直後の十月――祖父が交通事故で突然この世を去ってしまう。十色は悲しみの中なにも聞けずじまいになってしまったことに落胆するが、気落ちする祖母を手伝って遺品を整理していた時、書棚の奥に見慣れぬものを見つけた。

「今時誰も使わないような分厚い辞書類の奥に、隠すようにして数冊のノートがあったんです。中身は、ある実験に関する研究ノートみたいで」

「研究ノート？」

俺たちはこの情報に驚きを禁じ得なかったが、十色はさらに続けた。

「祖父の筆跡だとすぐ分かりましたし、最後のページにはサインもありました。問題は書かれていた実験が超能力の研究、主にサキミという名の女性にまつわるものだったこと。私の祖父は、かつて班目機関の研究者だったんです」

九

十色の祖父が、まさに俺たちのいるこの研究所で超能力実験を行っていた。

「ノートにはサキミさんの家系は隔世遺伝《かくせい》で予知能力が受け継がれることに加え、祖父と彼女が深い仲だったことまで記されていました。しかも祖父はこの『魔眼の匣』で彼女との間に子供をもうけた直後、子供だけを連れてここを出ていったらしいんです」

サキミには生き別れの子供がいた。まさかサキミの血脈が真雁の外で受け継がれていたとは。

「その子供の名は――久美《くみ》。私の母の名前です」

これにより十色は自分の能力が隔世遺伝のもの、つまり自分がサキミの孫であることを確信した。けれど迂闊に家族の前で口にすることはできない。今まで祖父はおろか、母である久美からもこんな話を聞いたことはなかったからだ。母自身、祖母と血が繋がっていないことを知らない可能性は高い。祖父を失った心の傷も癒えないうちに、こんな爆弾を投下する気分にはなれなかった。

唯一なにかを知っている可能性があるのは祖母だ。彼女は子持ちだった祖父と結婚したのだから。

「だから私、祖父の思い出話に紛らわせて聞いてみたんです。『おばあちゃんと結婚する前、おじいちゃんはなにをしていたの』って。でも祖母は笑って首を振るだけでした」

十色は自分の目で真実を確かめるため、好見にやってきた。茎沢を同伴させたのは見知らぬ土地に一人で踏みこむ勇気がなかったからだ。

「研究所の場所もそのノートに書いてあったの？」

「好見としか書いてなかったので、自力で探しました。ノート、見ますか？」

願ってもない申し出に、俺たちは期待を膨らませながら彼女の部屋に同行した。彼女が使用しているのは地下階、ちょうど比留子さんの真下の部屋だった。

今朝見せてもらった朱鷺野の部屋と同じ作り、同じ照明。ベッドとストーブ、シンプルな机があるのは同じだが、ベッドと反対側の壁に丸い時計が掛かっている。なかなか洒落《しゃれ》た時計で、文字盤にはガラスの覆いもなく二本の針が剝き出しになっている。俺の電波腕時計と比べても針は寸分の狂いもなく正しい時刻を刻んでいた。

午後六時。

またタイムリミットを計算しそうになり、意識を室内の様子に戻した。

「神服さんの話では研究室として使われていたそうです。もしかしたら祖父の部屋かも」

十色は荷物から日焼けした数冊のノートを取り出し、比留子さんに手渡した。

「どうぞ。私はもう全部に目を通しましたから、しばらくお預けします」

比留子さんは受け取ったノートをさっと流し見て、遠慮がちに訊ねた。

「もしかして、今朝こっそりサキミさんの部屋を訪ねたのも血縁のことを聞きたかったから?」

「昨日は橋のゴタゴタで話せなかったので、なんとか早く確認したかったんです。でも身に覚えがないって否定されちゃって。さっきもう一度面会したんですけど、やっぱり勘違いの一点張りでした」

俺たちの時と同じ反応だったようだ。彼女が寂しげな顔で視線を落とすのを見て、比留子さんは話題を移した。

「茎沢君にはこのノートのことを?」

「言ってません。言いません。絶対」

それはまた冷淡な。

「もし嫌だったら答えなくていいけど、どうして彼は君の能力のことを知っているんだ? 君が教えたのか」

すると十色は大げさに顔を歪めてみせる。

「不可抗力なんですよ。中学生の時、非常階段から転落した人の絵を描いたことがあって。また誰かが怪我をすると思ったから、なんとか未然に事故を防ごうとしたんです」

彼女は二つの校舎の非常階段を見て回ったが、異状はなく首を捻っていると、ちょうど体育館の近くをうろつく男子生徒を見かけた。体育館にも非常階段があることを思い出し、描いた絵を見せた上で強引にその手を引いて体育館から遠ざけた。

その男子生徒こそ茎沢だったのだ。

「当時、非常階段には不良グループがたむろしていて、そのうちの一人が足を滑らせて転がり落ちちゃって。救急車も来て大騒ぎになったんです」

結果として事故を免れた茎沢は彼女に恩義を感じたのか、それ以来周囲の目を気にすることもなくまとわりつくようになり、中学卒業後も県外の高校まで追いかけてきたという。

「彼にとって十色さんは大怪我から救ってくれた恩人というわけだ」

比留子さんはそう笑うが、俺から見るとやはり恩義以上に異性として魅力を感じているからこそこんな奥地にまで同行し、彼女の特異な能力を賞賛しているのではないだろうか。

だが彼が研究ノートの存在を知らないのなら、少し引っかかることがある。

「十色さんが好見の具体的な場所やサキミという名前を知っていたことを、彼はおかしいと思わなかったんだろうか」

「茎沢くんは『アトランティス』の記事に興味を持っていましたし、私の言うことはなんでも鵜呑みにしてくれるので」

「全部遠い親戚から聞いた話ということにしているんです」

隠し事をしたまま連れてきたことについては、さすがに十色も申し訳なさそうだ。

「まあ悪いやつではなさそうだな。いいやつでもないけど」と俺。

「大きな盾が自分で歩いてくれると思えば許せるんじゃないかな」と比留子さん。

俺たちのあまりに遠慮のない茎沢評に十色はたまらず吹き出し、久々に快活な笑顔を見せた。

「お二人はやっぱり気が合うんですね。羨ましい」

比留子さんが真面目な顔になる。

「いや、見方によっては葉村君の行動力の方がヤバ――」

「そうだなやっぱり信頼関係が一番だ」

余計な暴露を咄嗟にブロックし、話題を変える。

「君の絵なんだけど、人物はどれも黒い影で描かれているよね。頭に浮かんだイメージの段階でああ見えているの？」

十色は眉根を寄せる。嫌がっているというよりどう答えたものか言葉を選んでいるらしい。

「最初にパッと頭に思い浮かぶのはイメージというより、ええと、光景の要素なんです。例えば橋が燃えた時は、大きな赤っぽい色と、全体的な黒、人影は細長い物体みたいな」

「ピントが合わない感じ？」

「でもなくって」

十色は一層もどかしそうに頭を抱え、ようやく一つの例えを絞り出す。

「たぶん、プリンターみたいな感じなんです。何色のインクを出せ、座標はこれだ、ってたくさんの命令が届いて、その通りにインクを吹き付けるけどプリンター自身にはその絵がなにか分からない、みたいな。私自身も、できあがった絵を見て初めてなにが描かれているか分かるんです」

「なるほど、つまり」比留子さんが助け船を出す。「『橋が燃えている』とか『男の人が立っている』といった題材の情報が届くのではなく、ミクロな色の配置が分かるだけなんだね」

的を射た言い方だったのか、十色が何度も細かく頷く。

そう考えれば、彼女の描く絵が抽象的である説明もつく気がする。より精緻《せいち》な絵を描くためには、今とは比較にならないほど膨大な色の配置の情報を受け止め、処理する必要がある。

「細かいことを言えば、十色さんの頭に浮かぶ光景は十色さんの視点ではなく俯瞰状態で見たものなんだろうね」

比留子さんは十色に頼み、これまで描いた絵を見せてもらった。

「このバス事故の絵、猪の後ろに五人の人影が描かれている。あの時現場にいたのは運転手と私たち四人。つまり全員を俯瞰している絵だと分かる。さらに橋が燃え落ちた時の絵は、激しく炎が上がっている光景のものだ。だけど私たちが駆けつけた時、橋はすでに燃え落ちていた。どちらも十色さん自身の視点じゃなく、いわば神の視点ともいうべき光景なんだ」

つまり十色は他人だけでなく自分の身に起きることも予知しうるわけか。

十色曰く、描いた光景は絵が完成した直後から約十分以内に現実となるらしい。

続けてスケッチブックをめくっていた比留子さんが「へえ」と感心の声を上げた。

そこには予知の絵ではなく普段彼女が描いた校舎や廊下、グラウンドの風景画や友人をモデルにしたらしい人物画があった。鉛筆や木炭だけで描かれたものや水彩絵具で色がついているものもある。

「専門的なことは分からないけど、私は好きだな」

比留子さんの言う通り、予知の絵は指示通りに色を塗っただけという雰囲気だが、これらは時に力強く、時に軽やかに躍動する一つ一つの線が、単なる描写ではなく紙上で息を吹き込もうとしているかのような、描き手の熱が伝わってくる絵だ。

「そうですか？　えっと、嬉しいです」

はにかむ十色だったが、続けて比留子さんの口から予想外の言葉が飛び出す。

「ねえ、私を描いてよ」

「へっ」十色が間の抜けた声を漏らした。

「この人物画、すごくいいんだもの。私をモデルに描いてよ。何時間でも我慢するから」

「だだだだ駄目ですっ」ミディアムカットの髪が暴れるほどかぶりを振る。「私なんかが剣崎さんを！　駄目です、力量不足です、お顔が劣化します！」

全力で拒絶され、比留子さんは「そ、そう……」とひどく残念そうに肩を落とした。

壁の洒落た時計を見ると、先ほどは真上を指していた分針が真下に向いている。六時半だ。十色の部屋に来てもう三十分経ったのか。そろそろ茎沢あたりが様子を見に来るかもしれないし、やりとりの内容を穿鑿《せんさく》されると面倒なのでお暇《いとま》することにしよう。

扉から一歩出たところで、比留子さんが振り返った。

「さっき一酸化炭素中毒の絵を描いてる時、誰かに見られたかどうか分かる？」

彼女は申し訳なさそうに首を振った。

「自分の部屋から出たところで描き始めたんです。その時は誰もいなかったと思うけど、描いてる最中の記憶がないので誰にも見られていないとは言い切れないです。ごめんなさい」

比留子さんは「気にしないで」と笑う。

一階に向かう階段を先に上っていると、背後からパラパラと紙をめくる音とともに比留子さんの興奮を押し殺した声が聞こえてきた。

「やっと、やっと摑めた。班目の手がかり……」

俺の部屋に戻り、ストーブの不完全燃焼について徹底的に調べてみた結果、通気口の出口付近に設置された防虫網が虫の死骸や埃によって目詰まりを起こしていることが分かった。しばらく使用されていなかった部屋なので無理もないが、十色が事前にそれを知り得たはずがない。それに俺が仮眠したり、比留子さんが最初に訪ねてきた時部屋の扉を開けなかったり、今回の事故は不確定要素が多すぎて故意に起こすのは不可能だろう。

俺たちはますます彼女の予知能力を信じざるを得なくなった。

第三章　相互監視

一

十一月三十日
念願の超能力研究が始まって今日で一ヶ月が経つ。隔離された山奥の生活ではあるが、毎日が興奮と発見に溢れている。

大学にいた頃は冷遇され、なんの評価も得られなかったが、荒唐無稽《こうとうむけい》に思える話にも耳を傾け、多大な援助と恵まれた研究環境まで与えてくれた班目機関には感謝してもしきれない。大学から助手として引き抜いてきた岡町《おかまち》君もこの環境には満足し、熱心に研究に取り組んでくれている。

まず一ヶ月を費やして、全国各地から集めた十一名の超能力者候補——無礼を承知で言えば被験者——たちの観察を行った。

過去、超能力の真偽を確かめようと裁判所や警察といった公的機関が動いた例はいくつも残っている。だがその多くは超能力者自身が指定した状況、あるいは道具を用いた極めて限定的な実験であり、なにかしらのトリックが用いられていた疑いを晴らせないものばかりだ。

まずこの疑いを徹底的に排除せねばならない。

被験者たちには同意の上で一ヶ月間、施設から一歩も出ずに生活してもらった。生活に必要なものはすべてこちらで取り揃え、被験者が持ち込みを申請したもの――超能力の発現にどうしても必要な道具など――は、私と機関から派遣された研究者たちが徹底的に精査し細工のないことを確認。もちろん被験者自身もX線写真等で全身をくまなく検査した。この時点でトリックが露見した四名の被験者には退去を言い渡し、後の世話は機関に任せてある。

十二月二十五日
本格的な超能力の検証に取りかかって二ヶ月。今はひたすら実験と結果検証を繰り返し、確度をはじき出している。

客観的な視点に立つためひとまず私は実験から距離を置き、結果分析のみに注力しているが、現場に立つ岡町君の報告では、七名の被験者中、四名が五割を超える的中率を記録している。

交霊術の宮野藤次郎。

ダウジングの北上ハル。

サイコメトリーの槐寛吉。

そして最も有望なのが天禰サキミ。

まだ二十歳で、少女と呼んでも差し支えないような面立ちをしている。彼女の生まれた山陰地方の山岳地域では原始神道が混じった独自のシャーマニズムが今なお信仰されており、彼女は巫女の家系の末裔だ。一族の中でもサキミは並外れた力を持つという噂を聞きつけ、研究所が身柄を引き取ってきた。巫女としての暮らしがどんなものだったかは知らないが、彼女の管理担当者である岡町君によると、不満ひとつ漏らさずに指示に従っているそうだ。

天爾サキミの能力は現段階で『未来視』と仮定されている。彼女の家系では隔世遺伝によって能力が顕《あらわ》れることが多いらしく、祖母をはじめ先祖たちも未来視の能力持ちだった。ただし未来視の方法には個人差があり、サキミの祖母や姉は口寄せを得意とするが、過去には星見をする者もいたらしい。

サキミはというと、夢見によって未来を視る。

事前の祈禱で対象の土地や日時をある程度指定し、その結果を夢に見るのだ。遠くの場所、遠くの未来になるほど祈禱にかかる心身の負担が増すらしい。信じがたい話だが、彼女は現時点ですでに施設の外で起きた事件を三つも言い当てている。

天爾サキミ。

彼女こそ私の求めた人材である可能性は高い。

二

俺の部屋に戻り、十色から預かったノートの導入部分を二人で読む。

十色勤《つとむ》――十色の祖父であり、かつて超能力研究を仕切っていた人物の研究ノートによると、サキミの姓は天禰《あまね》というらしい。

しかし二ヶ月に三つというのは、俺には些《いささ》か少ないような気がした。予言はそれほど体力を消耗する行為なのか。

隣からノートを覗きこんでいた比留子さんは元の姿勢に戻り、違った見解を示した。

「一つの予言がデータとして有効なものか見極めるのは厄介な作業だったと思うよ。例えば十色勤が『東京で起きる事件を予言してくれ』と頼んだところで、東京では事故や事件が頻発しているから『大変な交通事故が起きます』程度では予言の検証に使えない」

「じゃあもっと人が少ない地域、例えば好見で起きることを予言してもらえばいいんじゃないですか」

「ところが、そういう場所では逆に大きな事件が滅多に起きない。『一ヶ月後に好見で起きる事件を予言して』と頼んでも、『大きな事件は起きません』という予言になっちゃう」

そこまで説明されてようやく納得した。

超能力を立証するのなら珍しい事件を予言してみせなければならない。一方で、珍しい事件はそう都合よく起きない。信頼できるデータを積み重ねるためには、慎重を期す必要があったのだろう。

『月刊アトランティス』の記事を読んで以降、俺も予言について調べてみたのだが、日本でも明治時代に千里眼事件と呼ばれる騒動が起きている。これは透視や念写の能力を主張する女性たちに対して東京帝国大学や京都帝国大学の教授らが公開実験を行い、その真偽について巻き起こった論争だ。『リング』の貞子《さだこ》のモデルになったとされる高橋《たかはし》貞子なる女性も同時期に念写実験を行っているが、いずれの場合も実験の手順や道具が被験者の希望に沿ったものになっていたり、環境を変えて実験が行われていなかったり、イカサマの余地が排除されていなかったりと、科学的な証明とはいえず、今ではトリックによるものだったとする見方が主流だ。

十色勤はそういった不備を排除すべく、過度とも思えるほど徹底して被験者を管理していたようだ。そうして行われた検証の結果、七人の被験者たちの中でもサキミは特に有望な存在だったらしい。

時計を見ると、あと十五分ほどで七時になるところだった。

今頃神服が食事の支度をしているだろう。研究ノートの続きが気になったが、俺たちは客でもないのに彼女に頼ってばかりじゃ申し訳ないと思い、読むのをやめて部屋を出る。

食堂に入ると、キッチンで神服が忙しなく動き回っているのが見えた。

今朝の比留子さんの苦闘《くとう》を思い出し、色んな意味で苦い思いを避けるべく足早にキッチンに滑りこんだ。

「なにか手伝うことはありますか！」

俺の勢いに神服はちょっと驚いた風だったが、「では皮をむいた野菜を一口大に切ってもらえますか」と一歩横にずれた。狭いキッチンはこれでいっぱいだ。

比留子さんはほっとしたような少し悔しいような複雑な表情を浮かべながらも、今朝と同じ席に腰を下ろした。

「サキミさんの食事は？」

「気分が優れないので、召し上がらないとのことです」

包丁はどこかと視線を巡らすと、ゴミ箱に放りこまれた鶏のモモかムネ肉らしき塊が目に入った。

「あれは？」俺の問いに神服が嘆息する。

「冷蔵庫が故障したのです。昼までは異状なかったのですが。気温が低いからまだ腐っていないと思いますが、病人を出すわけにいかないので生ものは捨てることにしました。しばらくは常温で保存している野菜やお米だけでまかなえるはずです」

別にこちらとしては問題ない。

鶏肉といえば、神服は散弾銃を持っていたことを思い出した。

「神服さんは猟もするんですか」

「狩猟免許は持っていますが、銃は菜園を荒らしに来る獣を追い払うために使うくらいです。獣を持ち帰っても、処理が重労働ですから。ライフルの所持許可は持っていません」

「えっ、散弾銃とライフルの所持許可って別なんですか」

神服は鍋の昆布だしに酒やみりんを混ぜて火を通す。

「ライフル銃は散弾銃を所持して十年の経験年数が必要なんです。私の場合まだ五年しか経っていないので」

だし汁に味噌を溶き、煮立ったところで具材を入れる。野菜たっぷりの味噌鍋だ。仕上げにバターを入れたことでマイルドかつ濃厚な味になり、ご飯に合いそうだ。

結局ほとんど手伝うこともなかった。

そのうちに他のメンバーも続々と集まり始めた。俺と比留子さんと同じ奥側のテーブルにはよれたシャツとスラックスを着続ける師々田と純、借りたスリッパをペタペタ鳴らしながら現れた朱鷺野は師々田らと背中合わせの形で入り口側のテーブルに、高校生二人は少し遅れてやってきて、十色は入ってすぐの席に座り、茎沢は顔色を窺いながらその横に着いた。

だが予定の七時を過ぎても王寺が現れない。

「まだ部屋でしょうか」

比留子さんの言葉に、師々田が自分の腕時計を睨みながら唸《うな》った。

「待つ必要はなかろう。約束の時間を十分も過ぎている。レポートの提出期限なら留年決定だぞ。いいか、時間にだらしのない人間にはなるなよ」

最後の一言は息子の純に向けてのものだ。だが悲しいかな、その純はお気に入りの比留子さんに「昼にね、ペンキとか置いてる倉庫の中でネズミがカラカラになってるのを見つけたんだ」と熱心に喋っており、父親には見向きもしない。

ぐつぐつ煮立つ鍋を前にじっとしているのもおかしな気がして、王寺を待たずに夕食が始まった。

サキミの予言した二日のうち、ようやく一日が過ぎようとしている。あと一日生き残ることができれば——いや、連絡が取れないことを心配した家族、あるいは職場の同僚などが警察に連絡し、橋が落ちたことに気づいてくれれば一日を待たずして脱出できる可能性もあるが……。

「残念だが、職場には親戚の不幸だとしか伝えていない」

食卓で真っ先に師々田が可能性を否定した。妻が話に出てこないということは、父子家庭なのだろうか。

朱鷺野は電波の届かないスマホを苛立たしげに突《つっ》きながら零した。

「どっちかと言うと、無断退職だと思われるわよ」

頼みの綱は未成年の十色と茎沢だ。さすがに高校生が二日も学校を無断欠席し、親とも音信不通となれば警察が動く可能性が高い。

「でもどこに行くかは親に伝えてないので、すぐには気づいてもらえないと思います」

十色はそう項垂れる。彼女らの地元はここからバスと電車、さらに新幹線を乗り継いで五、六時間かかるらしく、明日までに警察が辿り着く確率は低い。

暗い話題に傾いたこともあり、それ以後はしばらく食器の音だけが寂しく響いた。

「そういえば、気をつけてほしいんですけど」

俺は部屋の通気口が詰まっていたことと風呂上がりに一酸化炭素中毒になりかけたことを話し、皆にも注意を呼びかけた。

「この食堂は大丈夫そうね」

朱鷺野は十色たちの後ろ、わずかに隙間の空いている扉を見る。俺はあの隙間から十色の絵を覗いたのだ。

「外観はまるで逃げ場のない建物だが、廊下の雨漏りもあるし、だいぶ老朽化が進んでいるようだ」

師々田のぼやきに、珍しく純少年が声を上げた。

「僕、皆が外に行っている時に建物を探検したんだよ」

「探検？」

「遊び場もないので、私が案内したんです」神服が答える。

午前中に皆が脱出経路を探している間、神服が純の暇つぶしに付き合っていたらしい。

「なにか宝物は見つかった？」

比留子さんが聞くと、純は瞳を輝かせて大きく頷く。

「秘密の〝あんごう〟の紙があった！」

暗号？

皆が顔に疑問符を浮かべると、師々田は料理を口に運ぶ手を止めて解説する。

「暗号じゃなくてウィジャボードだ。部屋に持ち帰ってきおった」

「ウィジャボード？」

朱鷺野が聞き慣れない言葉を反復すると、それまで十色の横で神妙にしていた茎沢が「ウィジャボード！」と嬉しそうに椀から顔を上げた。

「交霊術のために使われる文字盤っすね。日本でいえばこっくりさんとか」

文字がたくさん並んでいたから純には暗号に見えたわけだ。

「それも超能力の実験に使われていたんでしょうか」

十色の疑問に、師々田がぴしゃりと返す。

「くだらない、そんなもんはオートマティスムを利用した詐術だ」

「オート……なに？」

毎度のように聞き返す朱鷺野に、師々田の眉が不機嫌そうにひくついた。どうやら彼は説明を繰り返す手間を嫌うらしい。彼の向かいに座る比留子さんが解説する。

「オートマティスム。筋肉性自動作用といって、自分の意思とは無関係に動作を行う現象ですよ」

十色から預かった研究ノートにも交霊術を得意とする被験者の記述があった。その被験者は手製のウィジャボードを通じて霊と交信し、あらゆる質問に答えるのだという。もっとも実験の成功率はさほど高くなかったようだ。

　師々田は熱い具を咀嚼しながら器用に喋る。

「ウィジャボードでは通常、盤に書かれた文字を指し示す小さな器具の上に、参加者全員が指を乗せる。こっくりさんでいえば十円玉だな。その器具が動いて霊の類と会話や交信を行うわけだが、参加者は指に力をこめていないつもりでも、実は無意識に筋肉を動かしているわけだ。その証拠に参加者の誰も知らない言語で質問すると、動きが止まってしまうという実験結果が出ている」

「詳しいんですね」

　社会学を専門としている師々田がそんなことまで知っているのが意外で感心すると、彼は当然といいたげに鼻を鳴らした。

「超能力なんてのは、すべて科学的に説明がつくもんだ」

　サキミの信奉者である神服が気分を害するのではと心配したが、当の本人は素知らぬ顔で黙々と箸を動かしている。一方でオカルト好きの茎沢は面白くなさそうに「こっくりさんはいつから多言語話者《マルチリンガル》になったんですかね」と隣の十色に愚痴《ぐち》っている。

「では師々田さん。もしサキミさんのように未来を予言する人が現れた場合、どうやってその真偽を検証しますか」

　比留子さんが訊ねると、一同が食事の手を止めて興味深そうな視線を送った。師々田は不意を突かれたように一瞬黙ったが、腕組みをして「そうだな」と考えを整理し始める。

「まず考慮すべきはホットリーディングだろう。あらかじめ有用な情報を下調べしておく方法で、メディアに登場する占い師なんかがよく使う手だ」

「情報を元に未来を予測するということですね。広い意味では天気予報などもそれに属するといえるかもしれません」

天気や為替の動向とて、必要な情報が揃えばある程度の予測は可能だ。超能力による予言を立証するには、予言者がそれらの情報から完全に隔絶された状況でなければいけない。

「バーナム効果にも気をつけねばならん。あえて曖昧《あいまい》な表現をすることで解釈を広げる手法だ」

またもや聞き慣れない言葉を発した師々田に、すかさず比留子さんが補足を入れる。

「例えば『不幸が訪れる』や『大きな被害を受ける』というような表現の予言だと、起きたのが災害だろうが失恋だろうが、すべて当たったように都合よく解釈できるわけですね。性格分析などでよくあるやつです」

なるほど。予言はできるだけ具体的な表現で残さなければならないのか。

大人たちの議論を聞くのが退屈になったのか、純が「ごちそうさま」と告げて食堂を出ていった。トイレにでも行ったのだろう。

「あとは……いくつもの予言を語っておき、後で的中したと解釈できるものだけ意図的に拾い上げることとか。君らは知らんだろうが、七〇年代から九〇年代に騒がれたノストラダムスの予言は格好の例だろうな」

こうして挙げた三つの条件を排除しただけでも九分九厘《ぶりん》のトリックを暴くことができるだろう、と師々田は断言した。比留子さんは頷いているが、内心では納得していないはずだ。なぜなら十色の祖父が遺した研究ノートには、それらの点に慎重を期した実験が行われていたことが明確に記されていたからである。被験者たちは外部からの影響を排除するため施設内でのみ生活していた。テレビもなければラジオも繋がらないし、実験はすべて防音の個室内で行われた。それでもなお若かりし頃のサキミは、ただの一度も予言を外しはしなかったと記録されているのだ。

どう考えたものか。

班目機関は得体の知れない組織であるが、無闇にオカルトを信奉する集まりとは思えない。むしろ常人に理解しがたい技術を実現することに関しては――。

シャ、シャ、シャ……

俺も比留子さんも、ぎょっとして立ち上がる。

まったく気づかなかった。

俺たちが師々田の論説に気を取られている隙に、いつからか、鉛筆が紙の上を走る音がテーブルの一角から響いていたのである。

例のごとく取り憑かれたように絵を描き続ける十色の横で、茎沢は俺たちの視線を受けて完全に狼狽えていた。

俺は瞬時に状況を理解する。茎沢はただ一人十色が絵を描き始めたことに気づきながら黙っていたのだ。十色の描く災いは間もなく近くで起きるものだと誰より知っているくせに。彼への怒りを抑え、とにかく十色の元に駆け寄る。ほぼ同時に十色の手が止まり、黒い鉛筆が音を立ててテーブルの上を転がった。絵を描き終えたのだ。

「これは……」

黒く塗りつぶされた体を丸めるように倒れている人影の側に赤っぽい点の連なりがいくつも散らばっている絵だった。倒れた人影は両手で首に触れ、苦しげに見える。そこから俺が連想したのは。

「ど、毒死？」

俺の発言に朱鷺野が「ひっ」と短い悲鳴を上げる。この場にいるメンバー全員はとうに料理を平らげてしまっている。本当に十色の絵が現実になるのなら、すぐにでも誰かが苦しみ始めるのではないか。

俺たちは互いに顔を見合わせるが、体の異状を訴える者はいない。比留子さんがはっと顔を上げた。

「純君は？」

そうだ。部屋を出ていったあの子は、今頃どこかでもがき苦しんでいるかもしれない。

「純！」

血相を変えた師々田が食堂を飛び出そうとした。

その時、ちょうど扉が開いて王寺と純が連れ立って姿を見せ、皆が腰を浮かしているのを怪訝そうに見つめた。

「すまない。部屋で居眠りしちゃって。……皆怖い顔して、どうしたんです」

彼らも無事だ。では誰が？

俺の背後で神服が息を呑む。

「まさか、サキミ様……！」

ここにいないのは彼女だけだ。俺たちは急いで食堂を出て左手のサキミの部屋に続く角を曲がる。

だが行く手の廊下に場違いな明るい赤色が目に入り、俺は思わず立ち止まる。

花だ。玄関を入ってすぐの廊下の両端に飾られている、白と黄の花と同じエリカという種。小さな赤い花をびっしりと付けた小枝が、引き戸の前にばら撒かれた様は、つい先ほど十色が描いた絵を連想させた。

その時、部屋の中から苦しげな咳の音が聞こえてきた。

「サキミ様！」

神服が赤い花を踏みつけながら引き戸に飛びつく。鍵はかかっておらず、すぐに開け放たれた。

そこには十色の絵が丸々写し取られたかのような光景が広がっていた。

「げぇっ！　ごほっ、ごぼっ！」

身を捩《よじ》りながら畳の上に横臥し喉を掻きむしるサキミ。明らかにこれまでに見た咳とは様子が違う。神服は手当てすることも忘れ、ただその瘦軀《そうく》を抱いて呼び続ける。

「サキミ様！　サキミ様……！」

「ここにも赤い花が……」

背後で茎沢が呟く。

文机の上にあった花瓶が倒れ、サキミの周囲には廊下同様に赤い花が散らばっていたのだ。

三

サキミの容態は芳《かんば》しくないものの、最悪の結果は免れることができた。

なにか毒物を飲んだのだろうが、発見が早かったことと、比留子さんがすぐに催吐《さいと》の処置をしたのが幸いした。

一通りの処置が終わると、俺たちはサキミを布団に乗せて食堂の正面に位置する神服の部屋に運びこんだ。神服はサキミの体に負担をかけると反対したが、

「臼井さんの時と違って、犯罪の可能性が高いです。これ以上手がかりを踏み散らすのは避けなければ」

と比留子さんが説得したのだ。だが神服は皆を容疑者と定め、処置を行った比留子さんと

俺以外を部屋から追い出してしまった。

　サキミに意識はあるが、口がきける状態ではない。

　それでも比留子さんのいくつかの簡単な質問に指差しで答えてもらい、最低限の情報は得ることができた。彼女が異変を感じたのはやはり湯飲みの中身を口に含んだ直後のことで、舌に刺激《しげき》があり思わず吐き出したらしい。

「湯飲みの中身から臭いがしなかったから、なんの毒物か分からなかった。サキミさんの指先に麻痺の症状が見られたから神経毒に当たりをつけて処置したけど、運がよかったよ。もし腐食作用のある毒物だったら吐かせることでかえって粘膜が傷ついていたかもしれない」

　比留子さんは謙遜するが、彼女がいなければもっと深刻な事態になっていたのは間違いない。

「サキミ様を恨む誰かが毒を盛ったのです」

　神服の声にはこれまでにない敵意があった。

「しかし、ここにいる人たちはほとんどサキミさんと初対面です。彼女を狙う動機がありません」

「裏を返せば得体の知れない人ばかりだということです」

　感情が昂ぶっている様子の神服にも、比留子さんは粘り強く問いかける。

「一つ気になることがあります。サキミさんの部屋の前と室内、この二ヶ所に赤いエリカが散らばっていました。昼間にサキミさんと話をした時、室内の花瓶に生けてあったのは白いエリカだったはずですが、神服さんが替えたのですか」

「夕食の支度にとりかかる前、六時頃に取り替えました」

六時。俺たちが十色の部屋にいた頃か。

「廊下に散乱していた花も、その時室内の花瓶に生けたものでしょうか」

神服は首を横に振る。

「いいえ。花瓶は小さいので室内に散らばっていた分くらいしか入らないと思います。廊下の花は別に裏庭の植え込みに咲いているものを持ってきたのでしょう。……それがどうかしたのですか」

サキミの側にいると言い張る神服を残し俺たちが部屋を出ると、廊下を落ち着きなくうろついていた十色が駆け寄ってきた。

「サキミさんは、あの人は無事なんですか！」

「うん、予断は許さないけれど、今のところ意識ははっきりとしているよ」

胸をなで下ろす十色になにをしていたのか訊ねると、サキミの部屋の前に散らばった赤いエリカを掃除していいものか迷っていたのだという。

改めて見ると、廊下にばら撒かれたエリカは花台や部屋の中に飾られていたものと様子が違う。飾られている花は神服が切り花として余分な枝葉を落とし見栄えをよくしているのに対し、ばら撒かれている花は植え込みから乱暴に枝を折ってきた感じの、庭木そのままの状態だ。一見大量にあるように思えるが、実際の数は六、七本といったところか。

「本来なら触れずに保存しておくべきでしょうが、俺たちが踏みつけてしまいましたからね」

ボリュームのあるエリカは無残に平たく潰れ、小豆《あずき》ほどの大きさの花があちこちに散っている。比留子さんの提案で現状をスマホで撮影し、エリカの枝はまとめてビニール袋に保管しておくことにした。

片付けを終えると、俺たちは玄関と裏口を回り、内側から鍵とかんぬきがかかっていることを確認した。裏庭の地面は乾いており靴跡は見つからなかったが、植え込みと裏口を結ぶ線上と裏口を入ってすぐの廊下にぽつぽつと赤い花が落ちていたことから、何者かが植え込みから赤いエリカを運んだことは明らかだった。

比留子さんはその後、全員を食堂に集めた。

サキミの容態や毒物を飲まされた可能性が高いことなどが語られると、朱鷺野が疑問の声を上げた。

「ちょっと待ってよ。サキミ様は夕飯を食べていないじゃない」

「毒は元々部屋にあった湯飲みに盛られていたようなんです」

湯飲みも電気ポットも茶葉も今朝神服が用意したもので、ずっと室内にあった。サキミは俺たちとの面談後は部屋から出ていないと証言したし、もちろん不審者が出入りしなかったことは確認を取っている。

しかも俺たちと話をした時、彼女は目の前で湯飲みに口をつけた。つまり毒を盛られたのはそれ以降ということになる。

「いよいよ大事になったぞ」師々田が純を守るように引き寄せた。「この中の誰かが毒を盛ったんだ。しかも毒を持ち込んだということは、ここに来る前からサキミさんを狙っていたことになる」

「でもどうして。サキミさんを狙う理由なんか」

十色が震え声で呟くと、王寺が答えた。

「脅迫状だよ。臼井さんが言っていたんだ、彼の編集部に届いた手紙に、サキミさんを断罪すると書かれていたって。彼女を狙うとすればその差出人しか考えられないよ」

昨日サキミに会ったばかりの俺たちには殺意を抱く理由がない。以前から殺意を抱く〝脅迫者〟が、この中に紛れこんでいると考えるのが妥当だ。

比留子さんが順を追って振り返る。

「土砂崩れの後、まず私と葉村君がサキミさんと面談しました。その後に十色さんも一人で面談に臨んだ。それから夕飯前に花を取り替えに入った神服さん。部屋に立ち入ったのはこれで全員だとサキミさんに確認しました」

「ちょっと待った」

話の雲行きが怪しくなってきたことを悟ったのか、茎沢が口を挟んだ。

「先輩はサキミさんと昨日初めて会ったんだ。あの人を殺す動機なんてない。あるとすれば神服さんだ。ああ見えて、日頃からサキミさんにいいように扱われて鬱憤《うっぷん》が溜まっていたのかもしれない」

だが朱鷺野は異を唱える。

「彼女を含め、住人がサキミ様に抱く畏怖は本物よ。殺そうとするなんて思えない。それにこの中の誰かがサキミ様を憎んでいても、初対面の私たちには確かめようがないじゃない」

朱鷺野の言い分には筋が通っている。動機から容疑者を絞るのは無理だろう。

しかし――。

「難しく考える必要はなかろう。犯人は誰の目にも明らかだ」

師々田が断言した。

「いいかね諸君。我々はサキミさんが毒を盛られるなど夢にも思わなかった。なのに現場に駆けつけるよりも先にその光景を知っていた者がいるじゃないか、ええ?」

十色は怯えた顔でスケッチブックを抱きしめる。師々田は歩み寄ると、彼女のスケッチブックに手を伸ばした。

「師々田さん」比留子さんが抗議する。

彼は手を止めたが、冷淡な声で「見せなさい」と十色に要求した。それに食ってかかろうとした茎沢を十色が押しとどめ、スケッチブックの一番新しいページを開く。

「見ろ。これはサキミさんの部屋の状況そのものだ。食堂にいた十色君に描けたのは、彼女こそ毒を盛った犯人――〝脅迫者〟だからとしか考えられん。しかもトラブルに遭った我々と違い、彼女は自分の意思でここに来たのだから、毒を準備できたはずだ」

「そんな馬鹿な！」韮沢が血相を変えて叫んだ。「犯人が犯行現場の絵を描いて見せびらかすなんて、意味不明じゃないか！ そんなことをする理由がない！」

「理由ならあるとも。昼間に言った通りだ」師々田の口調には余裕がある。「君らは昨日から予知能力の存在を熱心にアピールしていた。なのにその主張が誰にも受け入れられなかったから、同じことを繰り返した」

「せ、先輩の予知能力をアピールするために人を殺そうとしたって言いたいのか」

「私はそんなこと絶対にしません！」

十色は動揺のあまり目を潤ませている。周りの顔を見回すと朱鷺野は師々田に賛成のようだ。一方、難しい顔をしているのは王寺だ。

「十色さんのような子が、そんな理由で人を殺そうとしますかね」

「人を殺すのにまともな理由などない」と師々田はにべもない。

彼を感情的な意見で納得させるのは難しそうだと考え、俺は矛盾点を挙げる。

「十色さんはサキミさんと面会した時に毒を入れるチャンスがありました。しかしその時、部屋に生けられていたのは白いエリカなんです。神服さんの手で赤いエリカに交換されたのは夕飯の支度の前。つまり十色さんはあの部屋に赤い花があることを知らなかったはずです」

「なんだって？」王寺が目を見開く。「それなのに彼女が赤い花を描いたということは――」

茎沢が水を得た魚のごとく復活した。

「そうだ！　それこそ先輩の予知能力が本物だという証拠だ！」

黙っててくれ。お前が口を開くとややこしくなる。

「本当に彼女は知らなかったのか？　例えば神服さんが赤い花を持って廊下を歩いているのを目撃した可能性はないか」

師々田がまだ疑わしそうに念を押すが、それを否定する材料は揃っている。

「神服さんの証言では、花を取り替えたのは六時頃だったそうです。その時間、十色さんは俺たちと一緒にいました」

まさに十色の部屋に行き、研究ノートを借り受けた時間だ。神服を目撃できるわけがない。

そう主張しながらも、俺には先ほどから比留子さんが黙っていることが気になった。この程度の理屈、彼女ならとうに気づいているはずなのに。

師々田は俺の主張を吟味《ぎんみ》するように何度か頷いた後、再び語り始めた。

「葉村君といったか。君の話はなかなか説得力がある。だが儂はその矛盾を説明できるぞ」

自信に満ちあふれた声に、師々田の体が一回り大きくなったかのような錯覚を抱いた。

「室内の赤い花はサキミさんが花瓶を倒してぶち撒けたものだ。だがもう一つ、部屋の前の廊下にも赤い花が散乱していただろう。あれをやったと名乗り出る者が誰もおらん。しかるに〝脅迫者〟の仕業と考えるのが自然だろう。では目的はなにか？　花なんぞ撒いたところで足止めにもなりはしないのに」

場違いなものが現場に散乱している理由。

俺はミステリでよくあるパターンを挙げる。

「廊下に残った痕跡を隠そうとした、とか」

「木を隠すなら森の中、か？　それは簡単に隠滅できない痕跡が残ってしまった場合の話だろう。水に濡れた跡とか、ガラス片が細かく散らばったとかな。だが花でなければ隠せない痕跡とはなんだ？　あれでは逆に悪目立ちしただけだぞ」

その通りだ。廊下は汚れていなかったし、簡単に拾えないような痕跡――微細なガラス粒や髪の毛であればそのまま放置しておいた方が気づかれにくい。花をばら撒くのは逆効果だ。

「逆に俺たちの注目を引くため、でしょうか。俺たちに気づかれたくない痕跡が別の場所にあって、目を逸らさせようとした」

「だったらわざわざ裏庭から花を持ってくる理由がない。近くに浴場もあることだし、洗濯物でも洗面器でも転がしておけばいいだろう」

師々田の反論はいちいち筋が通っている。

「そこで儂はこう考える。廊下の赤い花は、そこにばら撒くことが重要だったのではないか。毒死した人間の側に赤い花が散らばっているという、絵にそっくりの状況を作り上げるために。確か夕食の時、彼女と茎沢君は少し遅れて食堂に来たな？　彼女はあの直前、廊下に赤い花をばら撒いていたんだろう」

つまり、十色はサキミとの面会中、隙を見て湯飲みに毒を盛る。そして夕飯の時に皆の前で毒殺現場の絵を描いてみせ、予知能力をアピールする計画だった。だが人が倒れているだけの絵ではいま一つインパクトがない。そこで赤い花という、本来そこにないはずのものを登場させることにしたというのだ。皆が食堂に集まった隙に赤い花を廊下にばら撒き、なに食わぬ顔で夕食に参加する。機を見て毒殺死体と赤い花の絵を描き、皆と一緒に現場に駆けつけたところまでは計画どおりだった。ところが室内の白い花を神服が赤い花に替えていた。偶然にも絵と同じ状況が室内で完成していたのだ。

「儂は予言や予知などという非科学的なものは信じない。なかなか手のこんだ計画だが、〝脅迫者〟は十色君だとしか考えられん」

俺は彼の説に納得できず、唸った。まず超能力のアピールのために毒を盛るという動機は、やはり強引だ。そして絵にインパクトを与えるためだとしても、十色はなぜ面会の時に見た白い花ではなく、わざわざ新たに赤い花を廊下に撒いて描いたのか。要するに師々田の説は十色の予知能力がイカサマという前提があり、それに沿ったストーリーを展開しているのだ。ということは、十色の無実を証明するためには予知能力が本物だと立証しなければならないのか。予知能力は非科学的、非論理的だから。おかしな風向きになってきた。

十色はすでに予知能力としか説明できないような現象を何度も俺たちの目の前で披露している。それを頭ごなしに否定することもまた、非論理的な行為ではないのだろうか。まずは十色がイカサマをやったという立証が行われるべきだ。

「超能力を認めろとは言いません」

俺の苦悩が伝わったのか、比留子さんが切り出した。

「ですが師々田さんの説を肯定した場合、臼井さんが亡くなった時に彼女が土砂崩れを予知したのは稀な偶然……いわば奇跡ということになりますね」

師々田はそれを認めた。あの地震は人為的に引き起こされたものではない。

「では、サキミさんの毒殺未遂についても〝奇跡で当たった〟という可能性を考慮すべきではありませんか？　超能力でないにしろ、十色さんの描いた絵がたまたま現場と一致したのであれば、彼女は無実です」

この奇妙な理屈に師々田のみならず俺も面食らった。代わりに朱鷺野が口を挟んだ。

「さすがにそれは……。そんな偶然が何度も重なるなんて非論理的だわ」

「一度はよくて二度は駄目ですか？　それはなぜ？」

まるで霞《かすみ》の上を歩くような論理だが、比留子さんはこう言っているのだ。師々田の説は、十色が地震を予知したのは偶然であるという仮定の上に成り立っている。ならばなぜ毒殺の件は意図的に偶然の枠から外し、イカサマだと断定する？　それこそ作為的ではないのか、と。

「ええい、くそ。分かった分かった」

師々田が白髪の多い頭を掻く。

「なぜ彼女があの絵を描けたのか、超能力なのか奇跡なのかトリックなのかは知らん。だが立て続けに彼女の絵が現実になっているのは事実だ。それは認めるな？」

比留子さんは慎重に頷く。偶然にしろ超能力にしろ絵を模倣した犯行にしろ、十色の絵はすでに皆の意識に大きな影響を与えている。

「ならば逆説的に考えて、今後彼女が絵を描く行為を禁止するべきだ。そして彼女には自室に籠ってもらう」

「差別だ！」茎沢がすぐさま嚙みついた。

「差別ではない。彼女には毒を入れる機会があり、現場の状況を見る前から把握していた。重要な容疑者であることに変わりないだろう。儂らは助けが来るまでここで過ごさねばならんのだぞ」

「そうね。それならひとまず安心だわ」

賛成側に立つ朱鷺野に対し、王寺は気が進まない様子で言った。

「証拠もなく女の子を軟禁するような真似は信条に反しますね」

「別に拘束するわけじゃないわ。部屋で大人しくしてもらうだけよ」

言い争いを制したのは十色本人だった。

「分かりました。皆さんがそれで安心できるのであれば」

張り詰めていた緊張が緩む。力ずくで彼女を閉じこめることなど誰も望んでいないのだ。

師々田が食堂の時計を見る。

「今は……八時半か。とりあえず朝の七時まで部屋で過ごしてくれ。儂らはこのまま食堂で夜を明かし、誰も彼女を訪ねてはならない。念のためスケッチブックはこちらで預からせてもらおう」

十色は学校の机にも絵を描いたことがあると話していた。スケッチブックを取り上げたところで意味はないのだが、俺たちも茎沢も口を挟まなかった。

「その、恥ずかしいので中は見ないでくださいね」

希望に従い、スケッチブックはキッチンボードの引き出しにしまわれた。

「サキミさんと神服さんはどうします？」

比留子さんの問いに師々田は首を振る。

「我々と一緒にいろと言っても聞きゃせんだろう。それに神服さんの部屋は食堂の目の前だ。扉を開けておけば監視できる」

俺たちの決め事を報告しに行くと、容態の安定したサキミの横で神服は「私はここで寝ずの番をします」と宣言した。

ミステリの世界では滅多に実現しない団体行動。その有効性を身を以て試す日が来るとは。

十色は手洗いを済ませてから俺と比留子さんと師々田が部屋まで送り届けることになった。

地下の十色の部屋の前で、比留子さんが彼女に頭を下げた。

「ごめんね。こんなことになって」

「謝らないでください。必死に弁護してくれる剣崎さん、すごくかっこよかったです」

師々田が扉に手を添える。

「不自由に感じるだろうが明日の朝まで我慢してくれ」

扉が閉まる寸前、「あの」と十色が言葉を挟んだ。

「剣崎さん」

「ん？」

「やっぱり剣崎さんの絵、描かせてもらえませんか。満足してもらえるかは分からないけど、たくさん練習しますから」

比留子さんが目を丸くする。

「本当は私、子供の頃からよく人物画を描いていたんです。死んだ祖父もとても喜んでくれて、力が発現する前は画家になりたいと思ったこともありました。お二人と話した後、そんなことを思い出して。ひょっとしたらこれからの人生、この力に振り回されるだけじゃないかも、って」

比留子さんの顔にゆっくり笑みが浮かぶ。

「楽しみにしているね」

はい、とはにかむ十色を残し、扉が閉まった。

内側から鍵がかかる音。これで十色が自分の意思で出てこない限り、誰も手を出せない。

食堂へと戻りながら、比留子さんは師々田の背中に声をかけた。

「十色さんの自由を奪ったことで我々の中に秩序が生まれました。ですがこれは人柱です」

その声には非難の響きがあった。

「分かっている。このまま犠牲者が出ず、警察が彼女の無実を証明した時には好きなだけ償を責めてくれて構わん」

他人に対してだけでなく、自分に対しても厳しい。彼の姿勢は好ましく思えた。

「すみません」比留子さんの声から怒りが消え、師々田は再び「構わん」と呟く。

やはり、比留子さんは自分と十色を重ねているのだ。

階段を上ったところで師々田がふと足を止めた。

「ずっと気になっていたんだが、君らはずいぶんと落ち着いて状況を観察しているな」

王寺にも言われたなと思いながら比留子さんに目くばせする。俺が冷静なのは彼女の補佐役に徹していることが大きいのだが、彼女を探偵と紹介するのは気が引ける。どう説明したものか。

「まあ、二人ともミステリを多少なりとも嗜《たしな》んでいますので」

それを聞いた師々田がくっと喉を鳴らす。

「なるほど。言われてみれば小説の探偵のような話しぶりだったな」

「師々田さんもお読みになるんですか」

比留子さんが問うと、「ふん」とまるで馬鹿にしたような笑いが返ってきた。

「あんなものは子供の頃に卒業したよ」

ずいぶんな言われ様だ。師々田の推理だって似たようなものだと感じたが。

「ところで、比留子というのは本名かね」

「ええ、そうですが……?」

どこかに偽名を疑う機会でもあっただろうか。そんな俺たちの疑念を察したのか、彼は少しばつが悪そうに早口で喋った。

「いやなに、ご両親になにか考えがあったのかと思ってな」

俺は単に〝ヒル〟という響きが血を吸う環形動物を連想させるからかと思ったが、違った。

「イザナギとイザナミという二神は知っているだろう。古事記によるとヒルコというのは二神の間に生まれた最初の神とされているんだが、未熟児だったために葦《あし》の舟で流され、二神の子の数には入れられん存在なのだ。子供の名前としちゃいささか縁起が悪かろう、と」

「――わが生める子よくあらず」

比留子さんが呟く。

「二神のヒルコに関する言葉らしいです。ヒルコが生み損ないの神の名であることは、私の両親も知っています」

生み損ない。その響きに俺はぞっとする。しかし比留子さんは気にした風もなく淡々と語る。

「私の名前を決める際、昔から付き合いのあった占い師に助言をもらったそうです。現在ではヒルコを蛭《ひる》の子と書いてエビスと読むこともあるらしく、縁起のいい名前だからと」

師々田は納得したようだったが、比留子さんと実家との事情を知る俺は、苦い感情を抱かずにはいられなかった。

玄関の前に差しかかった時、比留子さんが足を止めて受付窓に顔を向けた。

「比留子さん?」

前を行く師々田が振り向き、怪訝そうに訊ねる。

「人形が……」

「人形がどうかしたのか?」

「数がどんどん減っているんです」

見ると、昼間三体に減っていた中から、さらに麦わら帽子の〝夏の人形〟が消えている。

「ひょっとしたら純のやつが持っていったのかもしれんな」

師々田の言葉に頷いた比留子さんだったが、表情は強ばったままだった。

四

念のため玄関と裏口の戸締まりを確認していると、茎沢と王寺の口論が廊下まで聞こえてきた。食堂からも神服の部屋の出入りが見えるよう観音開きの扉を開けっ放しにしていたのだ。

師々田と顔を見合わせて食堂に戻ると、身を縮こまらせていた純が駆け寄ってきた。

「お兄ちゃんたちが喧嘩し始めた!」

少し離れた席で傍観者に徹している朱鷺野がうんざりした表情で茎沢を顎でしゃくった。

「彼、ガールフレンドと引き離されたことがよっぽど不服だったみたい。彼女は濡れ衣を着せられたんだって、王寺さんやそこの坊やにまで難癖をつけてきたのよ」

「純君にも？」

するとの茎沢が興奮した様子でかぶりを振った。

「難癖なんかじゃない！」

十色が籠ってくれたおかげで一段落したというのに、また話を蒸し返すつもりか。俺がげんなりして師々田の顔を窺うと、彼の渋面からも疲れの色が読み取れた。

「明日まで顔を合わせておらねばならんのだ。時間はたっぷりある。とにかく落ち着いて話を聞こうじゃないか」

皆が席に着くと、朱鷺野が騒ぎの原因となった主張を話した。

「サキミ様の部屋の前の赤い花は、十色さんに罪を着せるために〝脅迫者〟が撒いたって言うのよ、彼」

「罪を、着せる？」

俺が問い返すと、茎沢が「そうだ！」と声を上げた。

「さっき師々田さんは、先輩が予知能力をアピールするために赤い花をばら撒き、その絵を描いてみせたって言いましたよね」

「予知能力なんて信じられんからな。それ以外に説明のしようがない」

「そこが違うんすよ。花を撒いた後に絵が描かれたんじゃなく、先輩の絵を見た誰かがその内容になぞらえるために花を撒いたとしたらどうっすか」

「はあ。なんでそんなことを？」朱鷺野が気の抜けた声を出す。

俺たちの反応の鈍さに業を煮やしたのか、茎沢は「だから！」とまくし立てた。

「〝脅迫者〟は夕食の時、先輩が毒殺現場の絵を描き始めたことに気づいた。犯行を見透かされたみたいで驚いたと思います。でも絵をよく見ると、サキミさんの部屋にあった白い花ではなく、赤い花が描かれている。そこで〝脅迫者〟は閃いた。『ならば彼女の絵の通り、赤い花を現場の近くにばら撒いておこう。そうすれば誰も知らない現場の光景を彼女だけが知っていたことになり、疑いの目は彼女に向くはずだ』と」

茎沢の説では、〝脅迫者〟は十色の絵を見てから花を撒いたということになる。思い返せば、絵を描き終えた時に十色が手放した鉛筆の色は黒だった。つまり赤い花はもっと前に描いていたはずなので、それを見て花を撒くのは可能だったろう。けれどあの時、ほとんどのメンバーは彼女の周りに群がっており、食堂を出るチャンスはなかったはずだ。ではそこにいなかったのは誰か。

王寺が不満げに口を挟んだ。

「俺は部屋で寝過ごしたから、食堂に来てすらいないよ。彼女の絵を見るのは不可能だ」

「違う」途端に茎沢は立ち上がると、食堂の入り口に駆け寄った。「俺と先輩は入り口のすぐ側の席で、扉に背を向けて座っていた。見てよ、この扉はきっちり閉まらず、ほんの少し隙間が開くんだ」

まさに昨日、〝炎上する橋〟の絵を盗み見た時と同じ状況だ。食堂に入らずとも、廊下から絵を見ることはできる。茎沢は追及を強める。

「王寺さん、あなた本当は扉のすぐ外にまで来ていたんでしょ。扉の隙間から先輩の肩越しに絵が見えた。そこで中には入らずに花をばら撒きに行ったんだ」

「馬鹿な！」王寺が茎沢を睨みつける。

「なるほど。それで純も容疑者に入るわけだ」師々田が顎に手をあてて呟く。「途中、こいつはトイレに立ったからな。通り過ぎざまに絵を見るのは不可能じゃない」

純はこれまで大人たちの会話を上の空で聞いていたようだが、絵という単語に顔を上げる。

「絵なら見たよ。すごいよね、描くのめちゃくちゃ早かったもん！」

はああ、と師々田が深いため息を吐くのが哀れだ。小学校低学年の少年には今の証言の深刻さが理解できていないらしい。ミステリ読め、少年。

茎沢は少しばかりペースを乱された風だったが、気を取り直して一同を見渡す。

「つまり王寺さんか純君には、先輩の絵を見てから花を撒きに行くことができたんだ」

「でもおかしくない？　どうして〝脅迫者〟は廊下にばら撒いたの。絵の内容を忠実に再現するのなら室内に撒けばいいのに」

「湯飲みに盛られた毒を、いつサキミさんが口にするかは〝脅迫者〟にも分からないんすよ。サキミさんがまだ生きているかもしれないんだから、室内に入れないじゃないっすか」

朱鷺野の疑問に茎沢は即答した。これまではどこか空気を読めないというか、短慮な性格だと思っていたが、なかなか議論になっている。

だが重要な点が抜け落ちていることを見逃してはならない。俺はそれを指摘する。

「王寺さんにも純君にも、毒を盛る機会はなかった」

サキミの部屋に立ち入ったのは俺たちと十色、そして神服だけだとサキミ本人が証言したのだ。しかし茎沢は粘る。

「サキミさんの証言が嘘だとしたら？」

「自分を殺そうとした〝脅迫者〟を、サキミ様が庇《かば》っているってこと？　なにそれ」

朱鷺野はまったく信じる気がない様子だ。

「ありえない話じゃないでしょう。仮に純君がサキミさんの部屋を訪れて、毒を盛ったとする。毒を飲んだサキミさんは生死の狭間で彼が犯人だと気づくけれど、まだ幼い彼を告発するのは忍びないと思い、彼が部屋に来たことを隠した」

純少年はあらぬ疑いをかけられていることを察したようで、

「僕はトイレに行っただけだよ。なにもしてないって！」

と父親のシャツを摑んで訴えている。

師々田は馬鹿馬鹿しいとばかりに首を振った。

「君の説は十色君の予知能力を鵜吞みにした、たわごとだ」

「あなたの説だって、先輩をインチキ扱いするたわごとっすよ」

早くも険悪になった食堂の空気に、俺は新たな教訓を得た。

おそらく多くのミステリファン、特にクローズドサークルものが好きな人なら一度ならずこんな不満を感じたことがあるだろう。

『犯人は間違いなくこの中にいるんだから、自室になんか戻らずに一晩中互いを監視すればいいじゃないか。皆馬鹿なの？』と。

当事者として言おう。相互監視など無理だ。まだ三十分も経っていない状況でこれなのだ。疑心暗鬼下での集団行動は常に不満を孕んでおり、ものすごくストレスフルである。こんなことなら鍵のかかった部屋でじっとしていた方がマシだ、と考えるのも無理はない。

だがそんな疑心の応酬も長くは続かず、茎沢がぐったりと席に腰を下ろした。どんなに説を論じても十色が一人部屋にいる状況に変わりはないと分かったのだろう。

議論は行き詰まったかに思えたが、師々田が意外な方向に話を振った。

「おい、剣崎君。これまでの話で気づいたことはないか」

「私ですか？」比留子さんは目を丸くする。

「真相が分からんにしても、事件の要点は理解しておくに限る。儂や茎沢君が仕切るより、他の者も納得しやすいだろう。探偵ごっことでも思えばいい」

確かに比留子さんならばいたずらに誰かを刺激するような発言もあるまい。

「それでは……まず十色さんの予知能力が本当だった場合について話をさせてください」

比留子さんはそう切り出した。

「私が注目したのは、サキミさんの部屋の前に撒かれていたのが、裏庭から持ってきた赤いエリカだったこと。あの花はまず間違いなく、サキミさんと神服さん以外の誰かが、十色さんの絵を見てから撒いたことになります」

サキミと神服以外？

この断定はいささか飛躍しているのではないか。師々田も同感だったらしく、比留子さんにその根拠を求める。彼女は嚙んで含めるように順序立てて説明を始めた。

「思い出してください。一階には廊下の両端の二ヶ所に花台があり、それぞれ白と黄のエリカが飾ってあります。それなのに犯人は白や黄ではなく、わざわざ裏庭の植え込みから持ってきた赤いエリカを廊下にばら撒いた」

比留子さんの言葉に、一様に頷きが返る。

「そこまでして赤い花に拘った理由は、茎沢君の言う通り十色さんの絵に合わせたとしか考えられません。しかしサキミさんか神服さんが花を撒いたのであれば、わざわざ裏庭の花を持ってくるはずがないのです」

サキミと、花を交換した本人の神服だけは、すでに部屋に赤い花があると知っていたからだ。

「これは王寺さんと純君のどちらかが花を撒いたという茎沢君の推理に合致します。しかし、二人には毒を盛ることができなかった。これでは犯人を導き出せません」

毒を入れるチャンスがあったのは俺と比留子さん、十色、神服、そしてサキミ自身。

十色の絵を見てから廊下に花を撒けたのは王寺と純。

両方をこなすことができる人物がいない。

「そら見ろ。やはり十色君の予知能力はイカサマだったと解釈するしかない」

師々田は勝ち誇った。イカサマだったとすれば、絵を描くより前に十色自身が赤い花を撒いておいた、という解釈ができる。十色は毒を盛ることと花を撒くことの両方が可能な、唯一の人物となる。

「ですが、私は十色さんが〝脅迫者〟だとも思えないんです」

比留子さんの言葉に、師々田は虚を突かれたようだ。

「なぜだ？」

「私たちがサキミさんと面会を終えたのが午後二時、その後に十色さんはサキミさんと面会し、毒を盛ったことになります。しかしさっき茎沢君が言ったように、サキミさんがいつ毒を飲むか、誰にも分からないのです」

そうか。十色が予知能力をアピールしようとしていたのなら、サキミの毒殺死体が見つかる前に絵を描いて皆に見せなければならない。だが毒を盛った直後にサキミが湯飲みに口をつけてもおかしくなかったのだ。それでは絵を描く暇がないどころか、自分が真っ先に疑われる。逆に絵を皆に見せるタイミングが早すぎると、サキミが湯飲みに口をつける前に騒ぎになり、毒殺自体が失敗に終わるかもしれない。

「お分かりでしょうか。絵を描いた直後にサキミさんが毒を飲むというタイミングはあまりにも出来すぎているのです。予知はイカサマという前提の話なのに、結局十色さんが事件を予知したとしか考えられなくなる」

こうして十色もまた容疑から外れる。

「長々と話して申し訳ありませんが、現段階では誰が犯人か分からないのが正直なところです」

「ちょっといいかしら」

そう断って、朱鷺野が手を挙げた。

「別に意地悪を言うつもりはないんだけど、今の剣崎さんの推理は廊下に撒かれた赤い花を軸に組み立てられたものよね。そう考えてもらうことこそが犯人の計画だったとしたらどうなるの？　〝そうするはずがない〟という状況をわざと残すことで、容疑を逃れようとしていたら」

比留子さんは「そうですね」と認めた。「正直、犯人が私たちの裏の裏をかくような綱渡りをしたとは思えませんが、可能性はゼロではありません」

「しかし、そんなことを言い始めたらなにも信用できないよ。サキミさんや神服さんが嘘をついているかもしれないし、この中の数人が手を組んでいるのかも」

王寺が途方に暮れたように言う。

「可能性は広がるばかり、か」

師々田が芋虫のような指で瞼を揉みながらぼやく。

少しの沈黙を挟み、比留子さんが切り出した。

「ところで、玄関横の受付に置いてある人形の数が減っていることに気づきましたか」

師々田が息子の純に「お前が触ったんじゃないのか」と質すも、本人はこう否定した。

「地震で揺れた後、四つとも床に転がっていたのは覚えてる。外にいたパパたちが道具を取りに戻ってくる前に僕が戻しておいたんだ」

その後、サキミと面談を終えた時に、三体に減っていることに比留子さんが気がついた。

「ちょっと待って。夕食前、食堂に来る途中に見かけた時にはもう二体になってたっすよ」

茎沢はそう証言した。

だが肝心の、誰がそれをやったかについては名乗り出る者がいない。

「本当に、誰も身に覚えがないんですね？」

比留子さんが念を押す。

「誰も名乗り出ない以上、〝脅迫者〟がやったと考えるべきでしょう」

「考え過ぎじゃないか？」王寺が疑いを挟む。

「いいえ。一体目の人形がなくなったのは臼井さんが生き埋めになった後。これは誰にでもできます。けどサキミさんの時は違う。夕食前の時点ですでに人形が減っていたということは、サキミさんが毒を飲む前に人形が処分されたことになります。つまり毒を盛った〝脅迫者〟が意図を持って人形を減らしている」

そこまで言われれば、当然俺には比留子さんの考えが伝わる。

他の面子で最初に反応したのは意外にも朱鷺野だった。

「それ、小説で読んだことあるわよ。人形が減る度に死人が増えるっていう、アレじゃない」

比留子さんが頷く。

「『男女が二人ずつ、四人死ぬ』。サキミさんが告げた予言です。人形の数は〝あと死ななければならない人数〟をカウントしたものではないでしょうか」

「いわゆる〝見立て〟か」

師々田の言葉に王寺が首を傾げる。

「なんです、それは？」

師々田は説明を任せるという風に比留子さんを見、さらに比留子さんは俺を見る。思わぬところで役割が回ってきた。

「〝見立て〟とは普通、なにかになぞらえて表現するという意味です。ただしミステリの中では単なる表現ではなく、犯人の様々な意図が込められています。先ほど話に出た人形の例は有名なアガ――」

「ちょっと待て」急に師々田が割りこんでくる。「作品のネタをばらすつもりか。君はそれでもミステリファンかね」

変なスイッチが入ったらしい。薄々感じていたが、やはり師々田は相当なミステリマニアじゃなかろうか。

「別にいいよ、ばらしても」

王寺は興味なさそうに言うが師々田は頑なに譲らない。

「君がいいかどうかではなくマナーの問題だ」

俺は話を本題に引き戻すため声を大にした。

「とにかく、見立ては連続殺人によく用いられ、被害者たちの名前やその土地に伝わる伝説、童謡などとの関連性を想起させるアイテムが現場に残されていることが多いです。最も単純な目的として、犯人のアイデンティティを示したり、標的に対してメッセージを伝えるということがあります」

今回の場合、先ほど比留子さんが口にしたように俺たちにサキミの予言を意識させ、「あと二人も人が死ぬ。もしかしたら自分かもしれない」と恐怖を与えることが考えられる。

だが比留子さんは納得がいかない表情をしている。

「メッセージにしては回りくどいね。もっと分かりやすい方法がありそうなものだけど。他にどんな目的が考えられる？」

「ええっと、予言という超常的なものが死因だとアピールして容疑から逃れる、とか」

「犯人は毒を使用している。これを超常現象と言い張るのは矛盾だ」

すぐさま比留子さんに論破される。

「俺たちを誘導するため、というのはどうでしょう。人形がなくなれば人が死ぬ、という法則を印象づけたことで、今後また人形が減った時、俺たちは誰かが死んだと思いこんで犯人の誘導どおりの行動をとってしまう」

「もしそうだとすると、この見立てが真価を発揮するのは今後になる。他には？」

さらなる要求に応えるべく頭の中でいくつものミステリに思いをめぐらせてみたが、今の状況にぴったりとはまる解釈が見つからない。つい恨み節が口をついた。

「さすがに絞れませんよ。ミステリなら、一件目の事件とは無関係な人物が便乗しようとしたとか、犯行によって生じてしまった不自然な状況を誤魔化すとか、犠牲者たちのミッシングリンクを隠そうとしたとか、色々あるんです」

「ミッシングリンク！」

比留子さんの目が光り、王寺が天を仰いだ。

「勘弁してくれ、また知らない言葉が増えたぞ！」

五

まあまあ、と王寺を宥《なだ》め、俺は説明する。

「簡単に言うと、すぐにそれと知られないような被害者と犯人、あるいは被害者同士の関係性ですよ。実は親が小学校の同級生だったとか、新幹線の隣の席に乗り合わせたことがあるとか」

ミッシングリンクが犯人の思わぬ犯行動機に繋がることがある。

「葉沢君」

急に比留子さんに呼ばれ、葉沢は身構えるように「な、なんすか」と返す。

「夕食の時、君たちが好見に来ることを両親にも告げていないと言っていたけど、他の人には話していない？　クラスの友達とか」

「今、関係なくないすか」

茎沢は素直に答えようとしない。だが比留子さんは苛立つことなく、皆に向けて粘り強く訴える。

「サキミさんを殺そうとしたのが〝脅迫者〟だったとして、なぜフェルト人形を減らしたのか、はっきりとした理由は分かりません。ですが四体ある人形を順に減らしている以上、サキミさんを殺すことだけが目的だったとは思えない。そこでミッシングリンクです。臼井さんは〝脅迫者〟からの手紙で真雁に誘い出されました。他にも同様に誘い出された、あるいはここに来ることが予想されていた人がいるのではないでしょうか。ひょっとしたら私たちの中の誰かと〝脅迫者〟の間には、当人でも気づかないような些細な関わりがあるのかもしれません」

表向きはこの場にいる全員に対して話しているが、俺には比留子さんの考えが読めた。

ここにいるメンバーは初対面ばかりということになっている。仮にこの中に〝脅迫者〟がいて、サキミの他にも標的がいるのであれば、第一候補は神服だ。サキミの信奉者であり、『魔眼の匣』に通っているのだから計画にも加えやすい。

そして第二候補が十色なのだ。〝脅迫者〟がサキミと十色の関係を知っていたのなら、憎しみの矛先が十色にまで向けられてもおかしくない。問題はサキミと十色の関係、あるいは十色がこの日程で好見に来ることを誰が知りえたのか、ということだ。

「暇だし、一人ずつ喋ってもいいんじゃない。ただ顔を突き合わせていても気が滅入るだけでしょ」

朱鷺野が気だるげに時計を見上げる。

午後九時三十分。十色を見送ってからまだ一時間しか経っていない。

「自分の身の安全にも関わる話だ。単に監視するんじゃなく、協力し合う方が有意義だね」

王寺も同意し、師々田からも反論は上がらなかった。

成り行き上、一番手になった茎沢は居心地が悪そうに椅子の上で数度尻の位置を変えた後、テーブルの中心に視線を落としたまま話し始めた。

まず茎沢は生まれてからずっと関東で育ち、このW県に来たのも初めてだと語った。

「僕も先輩も学生だから、親に内緒で遠出するのも簡単じゃないし」

「十色君とはいつから知り合いなんだ？　彼女は昔からあんな風に絵を描いていたのか」

師々田の問いに彼は頷く。

「知り合ったのは僕が中学一年の時です。一つ上の学年にちょっと気味が悪い女子生徒がいるって話は有名でした」

十色自身は小学三年生の時に初めて上級生の自殺を予知し、以降も年に一、二回は同様の現象が起き、その頻度は少しずつ増えたと言っていた。

茎沢はぼそぼそと話を続ける。

「僕は入学直後から上級生の不良グループに虐められてたんです。いつも放課後に体育館裏の非常階段に呼び出されて、お金を巻き上げられた。数百円とか大した額じゃなかったけど」

その日も授業が終わってから重い足取りで体育館へ向かっている途中、急に駆け寄ってきた十色に腕を摑まれ、行ってはいけないと制止されたらしい。

「先輩のスケッチブックには階段下に横たわる黒い人間が描かれていた。最初は意味分かんなかったけど、すぐ後に不良グループのリーダーが非常階段でふざけて足を滑らせて落下したって、大騒ぎになったんだ」

怪我人は病院に運ばれ二日後に意識を取り戻したが、脳挫傷の後遺症が右足に残り、卒業までの一年余りをまるで別人のように塞ぎこんで過ごした。この一件をきっかけに茎沢は十色と行動を共にするようになり、進学先も彼女と同じ高校を選んだ。高校で十色は能力をひた隠しにしているため、茎沢だけが彼女の理解者なのだと誇る。

茎沢の口ぶりからは十色に対する熱意が伝わってきたが、十色がそれをどう感じているかの視点が欠けているように思えてならない。別に皆の前で指摘する気はないけれど。

比留子さんが先刻の質問を繰り返した。

「じゃあ、クラスの友達にも君たち二人がここに来ることは話していないんだね」

「友達なんていないっすよ」

茎沢はそう吐き捨てた。

「考えの凝り固まった馬鹿ばかりだ。今あいつらに先輩の能力について教えたって、先輩が白い目で見られるだけだ。だから有無を言わせないくらい確かな証拠を揃えて、いつか世間に先輩を認めさせてやるんです」

この発言に朱鷺野が目を丸くした。

「予知能力のことを公表するつもり？」

「先輩には十分なデータが揃ったら相談するつもりです」

「それは、十色さんは嫌がるんじゃないか」

俺の言葉に、茎沢は心底驚いた表情を見せる。

「なんでっすか。先輩の能力は僕を事故から守ってくれただけじゃない。教師もクラスメイトも見て見ぬふりしていた虐めから解放してくれた。人の役に立つ能力なんです。それなのに先輩は能力を押し隠しながら、不自由な生き方をしなくちゃならないんすか。それって差別ですよ」

思慮が足りないと思いつつ、茎沢の言い分も理解できてしまう。

十色の能力が先天性のものであるのなら、いずれ科学的にその全容が解明される日が来るかもしれない。だが今は能力の存在そのものが世間に認知されておらず、ひた隠しにせざるを得ないばかりか、十色の進路まで不本意な道に追いこまれている。不当といえばその通りだ。

一方で、それほどに十色は平穏を望んでいる。

能力を認められなくてもいい。普通の高校生として生活したがっているのだ。

いったい、どちらが本当に彼女のためになるのだろう。

その後も茎沢は十色が身近で起きる交通事故や火事をいかに予知してきたかを熱弁した。皆が軽く聞き流す中、師々田が密かに居眠りしていたことを俺は見逃していない。講義で眠くなる学生の気持ちが分かるいい機会になったのではなかろうか。

結局、ここにいる面々との接点は思い当たらず、彼らが好見に来るとは周囲の誰にも教えていないということだった。

茎沢は四十分以上話し続けて満足したらしく、「トイレ、行っていいんすよね」と聞いてきた。俺たちは居眠りを続ける師々田を見やり、

「一人ずつならいいんじゃないかな。席を外した時間を記録しておきましょう」

と比留子さんが許可を出した。

時刻は午後十時十五分。

六

茎沢が戻ってきてから次の話を聞こうと待っていたが、十五分ほど経っても彼は食堂に現れなかった。トイレにしては長すぎる。

「あのお姉ちゃんと会ってるのかも」

純の発言に俺たちは顔を見合わせた。お姉ちゃんとはもちろん十色のことだ。

「ありえそう」朱鷺野がため息をつく。

「まずいですよね。彼女に近づかない約束ですから」

ちょうどその時、茎沢が姿を見せた。なにをしていたのか問うと、彼は唇を尖らせる。

「ちょっと玄関で新鮮な空気を吸っていただけですって。雨が降っているし外にも出ちゃいない。先輩の立場を悪くするようなことはしないっすよ」

どの口が言うのか。

ともかく、王寺の話が始まる。

彼は東京生まれの東京育ち。東京の私立大学を出て飲料メーカーに就職したが一年前に会社を辞め、関西に移って加工食品会社に転職した。今回は連休をとってツーリング中。バスが走っていた道をさらに奥に進むとバイク乗りの間で有名なドライブウェイがあり、雄大な渓谷と山並みの景色を楽しんだ帰りだったらしい。

そこまで話し、王寺は比留子さんに向く。

「ここに来るのを誰が知ってたか、だったかな。ツーリングのことは同僚に伝えたけど、行き先は詳しく話さなかったはずだ。三日を通して千キロ近く走る予定だったから」

「ガス欠でここに立ち寄ったわけですし、誰にも予想できませんね」

「ああ、君の言う通りさ」

何気ない言葉でも王寺が言うとハリウッド映画の台詞みたいに聞こえてしまう。

「ひょっとして王寺さん、ご両親のどちらかが外国の人じゃないかしら。色白だし、目鼻立ちもはっきりしているし」

「じいさんがルーマニア人だったんだ。できれば身長も受け継ぎたかったんだけどな」

　そう王寺はおどけてみせる。

「僕、最初に遠くから見た時、女の人かと思った」

　純がぽつりと呟いた。王寺は苦笑する。

「純君くらいの歳の時、よくからかわれたよ。女子だ、女子だってね。茎沢君の虐めとは比較にならないだろうが、誰にも自分を認めてもらえなくて悔しかった。男らしくなりたくて柔道を始めたこともあったけど、チビだから全然勝てなくてね。結局やめてしまった」

「僕もスポーツは苦手なんだ。やっぱり弱いとダメなのかな」

　日頃から悩みがあるのか、表情を曇らせる純を励ますように王寺は言う。

「子供の頃は声が大きくて足が速い子が目立つものさ。男らしさってのは、人を大事にできることだよ」

　純がこくりと頷く。これに朱鷺野が吹き出した。

「よく言うわよ。昨晩、地下で私と鉢合わせて悲鳴を上げてたじゃない。腰まで抜かしかけて、まるで女の子みたいだったわよ」

「あ、あれは急だったし、暗くて誰か分からなかったからだ。仕方ないだろう!」

　夜中にトイレに行こうとして王寺が部屋を出たところで鉢合わせたらしい。あの不気味な地下でそんな目に遭ったら、俺も悲鳴くらい上げるかもしれない。

　恥ずかしさのせいか王寺は顔を赤らめた。見ると額にも汗が浮いている。彼は昨日から革ジャケットを着っぱなしなのだ。俺のシャツを貸したはずなのだが、見られるのが恥ずかしいのだろうか。

比留子さんが気を利かせてストーブを止めるか訊ねたが、彼は「大丈夫」と断った。

「ねえ。さっきの話だけど」朱鷺野が真面目な顔をした。「王寺さん、ほんとに男よね？」

「おいおい、どこまで冗談が続くんだ」

「ちょっと気になったのよ。サキミ様の予言じゃ男女二人ずつってなってるけど、性別って単純には括れないでしょ。なにを基準に判定されるのかしら」

それは盲点だった。最近ではトランスジェンダーなど、多様な性のあり方も広く知られてきている。一口に性別と言っても肉体の性別か心の性別か、戸籍上登録されているものか自分で認識しているものかで変わる。サキミの予言がどれを指しているのか分からないのだ。

「自分の認識はともかく第三者の認識している性別が重要なのでは？」

例えば俺が心は女性だとしても、男の体をして服装や言葉遣いなども男として振る舞っていれば予言でも男としてカウントされるだろう。心は女性という部分まで予言が配慮してくれるとは思えない。

「私は身も心も女よ、ほら」

朱鷺野はそう言って財布から保険証を取り出して見せる。確かに女という記載がある。

「僕もありますよ」

茎沢も男子と記載された学生証を俺たちに示し、純は寝ている師々田のセカンドバッグから財布を抜き取り保険証を見せた。親子ともに男だ。俺と比留子さんも倣う。

「だから俺は貴重品を全部バイクに残してきたんだって」王寺は途方に暮れる。

「じゃあジャケットを脱いでもらえる?」

朱鷺野が食い下がるも、

「もういいだろ。ちょっと一服してくるよ」

王寺は話を打ち切るように立ち上がり、食堂を出ていった。

「なにあれ、ほんとに女性なんじゃないの?」

朱鷺野は訝るが、

「でも僕、あのおじさんが立っておしっこしてるの見たよ」

と純が証言する。

たぶん彼なりに事情があるのだろう。

時計を見ると十時五十分だった。

七

王寺が戻ってきたのは約十分後、ちょうど十一時になったところだった。

彼も外の空気を吸ったらしく、前髪がわずかに雨に濡れていた。

「かなりひどく降ってきた。これじゃやっぱり山を抜けるのは無謀だよな。今の時期じゃ凍死する危険もある」

次は朱鷺野が話す番だが、他の面々に比べて彼女の口は重かった。とにかく好見での暮らしは不便で、中学校すら車での送迎が必要なほど遠く、当時の友人たちはすでに皆出ていったという。

「父との二人暮らしで、経済的にも苦しい家でね。父が亡くなって好見を出ることにしたのよ。行き着いたのはターミナル駅近くの古い歓楽街のスナックだけど、これでよかったと思う。世の中に触れているって感じがするもの」

話の腰を折るつもりはなかったが、気になっていたことを訊ねた。

「赤色が好きなんですか」

墓参りに来る服装にしては派手すぎる。朱鷺野は苦笑した。

「死んだ母が好きな色で、私もよく着るようになったのよ。ある常連さんにその話をしたら、ことあるごとに赤いものばっかり買ってきてくれるの」

「えーと。いい人、ですね」

「そういうのに慣れてない、不器用な人なのよ」

そう語る朱鷺野の表情は初めて見る柔らかさだった。

とにかく最近では墓参り以外で好見に来ることはなかったらしい。

「毎年お墓参りに来ているのなら、昨日朱鷺野さんが来ることは予想できたということですか」

比留子さんの問いかけに、不承不承頷く。

「それはそうかもしれないけど、私が真雁にまで足を運ぶことになったのは師々田さんが電話を使いたいって言ったからよ。いつもなら住人の姿が見えなくたって、お参りを済ませて帰るわ」

師々田が好見の近くで立ち往生したのは車のトラブルが原因で、そもそもは親戚の葬式に来たと純が教えてくれた。師々田はまだ寝ている。

「超能力研究が行われていた頃についてご存じのことはありませんか?」

朱鷺野は右手で大きく髪を掻き上げた。

「もう半世紀近くも前の話でしょ。大人たちは昔のことを喋りたがらなかったからね」それでも少し考え、なにか思い当たることがあったようだ。「好見の住人たちは研究所の人から結構な額のお金を受け取っていたらしいのよ。だから組織が撤退した後もなにかとサキミ様のお世話をしていた。けど人間って卑《いや》しいもので、数年が経つと不満を漏らす住人が増え始めたらしいのね」

俺たちは使用人でもないのに、なぜあんな余所《よそ》者の面倒を見なければいけないのか?不満を募らせる住人は年々増えた。それでもサキミは悪びれる様子もなく暮らしていたが、秘密に満ちたサキミを気味悪く思ったのか、ついには彼女に立ち退きを求める一派ができたのだという。

するとある日、その〝立ち退き派〟の会合の場にサキミが姿を現し、初めて住人たちの目の前で予言を残した。

「正確には分からないけれど、土砂崩れが起きて数人の死者が出るっていう予言だったみたい。でも住人たちはてんで本気にせず、もし予言が当たらなければ出ていけっていう条件を取りつけたらしいわ」

だが結果としてその年の夏、巨大台風により好見では土砂崩れが発生。三軒の家屋が巻きこまれ、合計六人が死亡した。犠牲者には立ち退き派の中心人物も含まれていたという。班目機関の研究が終わった後も、サキミの予言能力は健在だったのだ。

「それ以来、誰もサキミ様の陰口を言わなくなったそうよ」

「でもサキミさんの予言はいわゆる呪いとは違って、誰が死ぬか明言しませんよね。そんなに怖がることですか」

俺が不思議がると、意外にも茎沢が「分かりますよ」と反応した。

「先輩も絵の内容をコントロールできない。僕はそれを知っているから先輩を怖いとは思わない。でも中学校ではまるで先輩が災いを引き起こしているかのように気味悪がられていた」

「そういうこと。もし万が一、サキミ様の機嫌を損ねて大事件が起きてしまったら。そう考えると彼女の顔色を窺うしかないのよ」

つまり、サキミは予言の能力を誇示することで住人たちの反抗を封じたのだ。それは一人ここに残された彼女にとって仕方のない手段だったのかもしれない。けれどそのせいで住人と彼女の間には底無川より深い断絶ができてしまったのだろう。

「ちょっと失礼するわ」

朱鷺野が、自分の話でまとわりついた雰囲気を払うかのように手洗いに立った。

時刻は十一時二十分。彼女の話も短時間で終わった。

先ほどから純は目をしょぼつかせている。

「眠い?」

比留子さんの問いにぶんぶんと首を振る。

最近の子供はずいぶんと遅くまで起きているものだ。俺が小学生の頃は九時半までに寝るのが家のルールだったが。

朱鷺野は男二人とは違い、五分ほどで戻ってきた。

師々田もまだ寝ていることだし、ここは純に話を聞くことにしよう。

八

ところが純からの聞き取りには少し苦労する羽目になった。

これまで大人同士で難しい話にかかりきりになっていた比留子さんが相手をしてくれるものだから、純はお喋りに夢中になってしまったのだ。

「比留子お姉ちゃんは大学生なんだよね。大学って楽しい? パパはいつも文句言ってるけど」

「パパは成績ばっかり気にするんだ。図工が『ふつう』でも怒るんだから」

「比留子お姉ちゃんはかっこいいね。可愛いっていうより、かっこいいって感じ」

どうも俺たちの存在は眼中にないらしい。頼みの師々田はまだ居眠り中。王寺と目を合わせると彼は「諦めよう」というように無言で首を振った。

よし。比留子さんに任せよう。

「お父さんは怖い？」

「怖くないけど、声が大きいしよく怒るのはちょっと嫌」

「勉強以外でも怒るの」

「最近だと、UFOとか手品の番組を見ている時に怒るよ。あんなのはインチキだ、って」

やはり師々田はあらゆるものに理屈をつけなければ我慢できない質《たち》らしい。

手品という言葉に、比留子さんはポケットからハンカチを取り出した。

「いいものを見せてあげる。この十円玉をよく見ててね」

仕掛けがないことを示すように袖をまくり、十円玉をハンカチで包む。アブラカタブラと適当な呪文を呟くと、ハンカチの端を摘まんでパッと広げて見せた。するとそこから落ちるはずの十円玉がない。もちろん比留子さんの両手の中も空だ。

純は目を丸くしたが、比留子さんの手前降参したくないのか、何度も手とハンカチを見比べる。

俺はタネを知っている。ハンカチに十円玉を包んだ際、その根元をヘアゴムで縛ったのだ。

やがてそれに気づいた純が「あった、あった！」と縛られた膨らみを指差す。

「正解。じゃあ次は」

比留子さんは次の手遊びに移りながら、うまく家庭の話に彼を誘導する。

純によると、彼が小学校に入る前年に師々田は妻と離婚したらしい。事情は分からないが純は父側に引き取られたのだ。

「今までこの近くに来たことはある？」

「ううん、ないと思う」

純たちが住んでいるのはここから遠く離れた日本海側のT県。親戚の家まで車で約五時間かけて来たらしい。こんなに長時間車で移動したことは記憶にないという。

「親戚のお葬式だったんだよね」

「うん。パパのお母さんなんだって」

この言い回しには皆で顔を見合わせてしまう。

「おばあちゃんには会ったことなかったのかい？　夏休みに遊びに行くとか」

王寺が穏やかな口調で訊ねた。

「一度もないよ。家に行ったのも昨日が初めて。古くてすごく大《お》っきな家だった。おじいちゃんにも初めて会ったけど、師々田じゃなかった」

「師々田じゃない？」

「師々田はママの名字だったんだって。パパはおじいちゃんと同じ〝えんじゅ〟だったんだけど、結婚して師々田になったたって言ってた」

これまで純を祖父母に会わせなかったことといい、実家とは相当仲が悪かったようだ。離婚後も元妻の姓を使い続けているのは、純のためを思ってのことだけではなく、実家との関わりを避けたいからかもしれない。

ところで先ほどから純は喋りながらもじもじと腰を動かしている。ははあ、これは。

「純君、トイレ行きたいの？」

少年は小さく頷くが動こうとしない。

建物内は窓がないため昼でも夜でも様子は変わらない。けれど事件続きの中、夜のトイレというだけで足が向かなくなるのは理解できる。しかも先ほどは一人でトイレに行ったために疑いをかけられる羽目になったのだ。

「一緒に行ってあげようか」

比留子さんの言葉にも、さすがに恥ずかしいのか首を横に振り、居眠りを続ける父親を揺すった。

「パパ、トイレ行こうよ。ねえ、ねえ」

ようやく目を開けた師々田は首を巡らして少しばつの悪そうな顔をした後、純に手を引かれて食堂を出ていった。

しい。

九

師々田親子の帰りが遅いので心配していると、十五分も経った頃にようやく戻ってきた。交替でトイレを使用した上に純がなかなか一人で個室に入ろうとしないため時間を食ったらしい。

時刻は十一時五十五分。

「やっと一日が終わるか」

師々田が安堵とも疲労ともつかぬため息を吐いた。

今のところこれといった異状はなく、相互監視作戦はうまく機能しているように思える。

そういえばサキミと神服はどうしているだろうか、と考えているところにちょうど食堂の向かいの部屋の扉が開き、神服が姿を見せた。

「お変わりはないようですね」

「サキミさんの様子は?」

「今のところ安定しているようです」

そう答えると、神服もトイレの方に向かった。

もうじき日付が変わる。

毒殺未遂はあったが、二人目の犠牲者を出さずになんとか持ち堪えている。このままあと二十四時間凌ぐことができれば。

俺は針の動きを目で追い、午前零時を示したのを見届けた。

その時だった。生色を失った神服が駆けてきて、叫んだ。

「銃は、事務室の散弾銃はどこにやったのですか！」

その甲走った声に、弛緩《しかん》していた空気が縮み上がる。

「銃がどうしたんですか」

「ないんです！　ロッカーの鍵が壊されていて、中が空なんです！」

今朝菜園の見回りをした後、彼女がロッカーに散弾銃をしまうのをこの目で見た。あれがなくなったというのか？

「いつなくなったか分かりませんか」

食堂を離れた面々を見回すが、誰もが分からないと首を振る。

だが落ち着け。食堂にいる俺たちがあんなものを隠し持てるはずがない。だとすれば……。

「十色さんしかいない」王寺が呟く。

比留子さんと茎沢が、弾かれたように食堂を飛び出した。他の者も後に続く。

古びた板張りの廊下、緑の絨毯敷きの階段、そして弱った白熱電球の中にぼやける地下階。

その先に十色の部屋だ。

「十色さん！」

呼びかけに反応はなく、比留子さんは迷わず扉の取っ手に手をかける。すると、手応えなく回った。

俺たちが送った時に確かに施錠《せじょう》されたはずの扉が、開く。

まだ中は見えない。なのに。

ああ、この臭いは――。


電気をつけると、まず目に入ったのは床に落ちた散弾銃。

そこから少し離れた場所に、胸に大穴を開けて仰向けに倒れた十色がいた。

「ああ……」

誰の声だったのか。

ただ目の前の比留子さんがバランスを崩して倒れかかったのを咄嗟に支えたのは覚えている。

「あああぁぁぁぁ――」

空気を引き裂くような、あるいは怒れる獣のような絶叫が、匣を虚しく揺らした。

十

凶行の現場となった室内は、まるで嵐でも通り過ぎたかのように悲惨な状況だった。

内開きの扉から向かって右手にはベッドがある。十色は左手の奥の床に仰向けに倒れ、胸は赤黒い血で染まっている。射殺されたのだ。ぱっちりと目を見開いたままの彼女を俺は直視できなかった。恐怖や苦痛に歪んでいないのは救いかもしれないが、あんな人形のような——。

背後の壁には血しぶきが散っている。そして部屋中に引き裂かれた布団や彼女の持ち物の着替えや色鉛筆、壁に掛かっていた時計もバラバラに砕かれて散乱していた。無傷なのは火がついたままのストーブくらいだろうか。

右手のベッド側の壁にはまるで爪で掻きむしったかのような跡が無数に走り、よく見るとそれが絵であることに気づく。俺たちが想像した通り、スケッチブックを取り上げられた十色は、目の前の白壁をキャンバスに見立てて未来の光景を描き上げたのだ。

恐らく柔らかい防音素材の壁に色鉛筆を突き立てたため、色が乗るよりも爪跡のような傷になったのだろう。それでもわずかに色味の残った軌跡を読み取ると、今目の前にある惨状を描写したものであることが分かった。

「うわあああっ」

絶叫して遺体に縋りついた茎沢を、師々田が羽交い締めにした。

「みだりに触れてはいかん！　どんな証拠が残っているか分からんのだぞ」

「知るか！　なんで、なんで先輩がやられるんだよお！」

茎沢は痩軀のどこから湧いてくるのかと思うほど強い力で暴れ回り、豆タンクのような師々田を振りほどこうとする。俺と王寺が加勢してようやく遺体から引き離すことができたが、その爛々とした眼光で俺たちを睨め付けた。

「見ろ、先輩は〝脅迫者〟じゃなかった！　お前たちが先輩をはめたんだ。畜生、畜生！　絶対に殺してやるからなあ！」

俺たちの手を振りほどくと、ぐしゃぐしゃになった泣き顔のまま踵《きびす》を返し、一階へと駆け上がっていく。やがて玄関の鉄の扉が開く音が聞こえた。

「彼、外に出たわよ！」朱鷺野が驚く。

「待てよ。もし彼が十色さんを殺したんだとしたら、みすみす逃がすことになるぞ」

王寺に俺と師々田も加わり、男三人で後を追う。一階の玄関に辿り着くと、雨でぬかるんだ泥の上を一筋の靴跡が暗闇へと消えていた。どうやら橋の方向ではなく『魔眼の匣』の右手に迫る藪を掻き分け、道なき山の中に飛びこんだらしい。

「どうします？」

二人の顔を窺うと、「どうもこうも……」と師々田が低く唸った。

「夜山に入るのは危険だ。怪我で済めばいいが、遭難するかもしれん。それに今の彼は冷静さを失っている」

「じゃあ、このまま扉を開けて帰ってくるのを待つんですか？　キレた彼が凶器を拾って襲ってくるかもしれない」

王寺の懸念を否定できず、俺たちはひとまず元通りに扉を閉め、かんぬきをかけた。表にはインターフォンもあるし、茎沢が対応を求めてきたら気づけるはずだ。

玄関脇の事務室は、散弾銃が保管してあった場所だ。受付窓から中を覗くと神服の言った通り、一番奥に設置されたロッカーの扉が開いていた。中に入って確かめると、扉の鍵の部分がねじ切られていた。床に金切り鋏が落ちている。隣の倉庫から持ち出して使ったのだろう。

「もっと厳重に保管する規則なんじゃないんですか」

王寺の不満そうな声に師々田が首を振った。

「田舎じゃこんなもんだ。ここだって普段は二人きりなんじゃ管理が杜撰《ずさん》でも無理はない」

地下階に戻ると、廊下で朱鷺野が座りこんだ純を慰めており、神服だけが部屋の前に立って中を注視していた。おそらく比留子さんが現場を調べているのだろう。

入り口から遺体の前に屈みこむ比留子さんの背中が見えた。長い髪に隠れて顔は見えないが、検分の手際は今まで見てきた迅速《じんそく》で的確なものとはかけ離れている。手を動かすでもなくじっと俯き続けるその姿から、彼女が相当に動揺しているのが伝わってきた。

「比留子さん」

声をかけると、ゼンマイ仕掛けのようにぎこちなく顔が上向いた。

「あ……、葉沢君は？」

「外に出てしまいました。かなり平静を失っていたので、念のため扉はかんぬきをかけています」

そう、と吐き出した比留子さんは振り向いて師々田を見た。

「本来手を触れるべきではありませんが、今のうちにできる検分はしておきたい。私の行為に不正がないか、証人になってください」

「そんなことまでできるのかね。まあいい、様子を動画に収めておけば後で言い訳も立つだろう」

師々田の顔色もよくはなかったが、比留子さんからスマホを受け取り撮影を始めた。

「今の時間は零時十五分。死斑ははっきりせず、死後二時間以内と思われます。指には色鉛筆のものと思われる粉が付着」

俺と比留子さんは力を合わせて十色の上体を少し起こした。首を支えた際にまだ体温の残る彼女のうなじがぺたりと腕に触れ、その水分の抜けた豆腐のような感触に俺は悲鳴を上げそうになる。

耐えろ。俺にできることはこれくらいしかないんだ。

十色の背中に開いた穴は胸部より大きく、体内でなにかが破裂したような凄絶な破壊痕だった。神服は熊避けのために銃に単発弾を装塡していたはずだが、本物の銃創とはここまでひどいものか。

「銃弾は」比留子さんの声が苦しげにつかえた。「銃弾は胸の中央から左後背のやや上部へと貫通したようです。斜めから撃たれたというより、体内で跳ねて弾道が変わったような感じでしょうか」

それだけ確認し血だまりの中にそっと戻す。比留子さんが立ち上がったのを見て師々田が撮影をやめ、神服が持ってきたシーツを遺体に被せた。

「自殺、という可能性はないだろうか」

師々田は控えめに主張したが、否定せざるを得ない。俺は床に落ちた散弾銃を指し示す。

「拳銃ならともかく、銃身の長い散弾銃を胸に当てて引き金を引くのは不自然ですし、やるなら下から顎にでも当てるでしょう。それに傷口の周囲に火傷《やけど》や煤《すす》の跡がなく、銃が転がっていた位置も遺体から遠すぎます」

ミステリで読み知った知識だ。

発砲の際に銃口から飛び散る煤や金属粉が体や衣服に付着した痕跡を発射残渣《ざんさ》というが、散弾銃の銃口を自分に押し当てて撃ったのなら、少なくとも銃口から噴き出した炎や高温のガスによる火傷や煤の跡が、銃創の周辺に残るはずなのだ。十色にはそれがない。つまり銃口は彼女から数十センチは離れていた。自殺の可能性はないと見ていいだろう。

ベッド脇の壁に描かれた絵に注目する。柔らかく脆い白壁の表面に描かれた絵はボロボロだったが、それでも赤い色の中に黒い人影が倒れているのは見て取れた。

「まさか彼女も、絵の中の人物が自分だとは思いもしなかっただろうな」

王寺が暗い声で呟いた。

「彼女ははっきりとしたイメージを認識するわけではなかったようですから。もし自分だと分かってさえいれば……」

俺はそこで言葉を切る。

分かっていたらどうだというのか。

本当に彼女の予知が当たるのなら、なにをやっても避けられないのではないか？

――そう、まるで呪いのように。


十色は自殺ではない。

それ以外に収穫はなく、十色の部屋を後にした俺たちは再び食堂に集まった。神服の話では発射されたのは元々散弾銃に装填されていたスラッグ弾一発だけだという。

「現場に落ちていた薬莢《やっきょう》も一つだけですし、まず間違いないでしょう」

地下階の部屋は防音仕様になっていたため、一階にいる俺たちにまで銃声が届かなかったのだ。

「もっとちゃんと銃を管理していればこんなことにならなかったのに」

朱鷺野の非難にも神服は泰然とした態度を崩さない。

「本来銃は私の家で管理しています。今回は仕方なく事務室にあった掃除用具ロッカーに入れていただけです。一応鍵もかけていたのですから、殺人の責任を負わされる謂れはありません」

散弾銃は重要な証拠品だったが、このまま置いておくのは危険だという意見で皆が一致し、銃身を歪めた上で残弾はすべて破壊した。

「十色君は〝脅迫者〟ではなかった。我々はとんだ勘違いをしていたということだ」

さすがの師々田も意気消沈している。

「なあ、外部の人間が犯人という可能性はないのかな。外に隠れている犯人が忍びこんできて彼女を撃ったとか」

王寺が縋るような声を出したが、比留子さんはそれを否定した。

「十色さんを部屋に送った時点で玄関も裏口も戸締まりを確認しました。鍵も神服さんが肌身離さず持っていたそうです。また雨で外の地面はぬかるんでいて、茎沢君がつけた以外の足跡はありませんでした」

「けどここは昔変な研究をしていたんだろう。どこかに抜け道や隠し部屋があってもおかしくない」

『匣』の不気味な雰囲気はそういった想像を掻きたてるのに十分だ。しかしこれにも比留子さんは首を振った。

「少なくとも、あの部屋に仕掛けはなにもありませんでした。扉に鍵穴はなく、内側のツマミを回さなければ鍵を開閉できない。地下階の部屋は防音のために密閉される作りになっていて、扉の隙間から紙一枚差しこむこともできません。つまり中にいる十色さん自身が鍵を開け、犯人を部屋に入れた。犯人は彼女が知っている人物ということになります」

サキミの部屋にいた神服が俺たちを咎めるように睨んだ。

「あなた方はずっと一緒にいたのでしょう。銃を持ち出せたのはいったい誰なのですか」

俺たちは顔を見合わせる。奇しくも神服が銃の紛失に気づく前、俺と比留子さん以外の全員が一度は席を立っているのだ。

茎沢、王寺、朱鷺野、師々田親子の順である。

それに銃の紛失に気づいた神服自身もチャンスがあったと見るべきだ。

「トイレに立った時、ロッカーの異変に気づいた人はいますか？」

比留子さんが訊ねるも、誰も名乗り出ない。そう都合よくロッカーなど見ていないのだ——と思われたが。

「ねえ、こうなった以上本当のことを言わせてもらうけど」朱鷺野が切り出す。「私がトイレに行った時、例の数が減った人形を思い出して受付窓に寄ったのよ。その時にロッカーも見えたけど、鍵は壊されてなかったわ」

その発言に緊張が走った。ということは散弾銃を盗んだのは彼女よりも後の、師々田親子もしくは神服しかいない。

「馬鹿な！　適当なことを言っては困るぞ、あんた」

師々田が血相を変えて抗議する。

「適当じゃないわ。それに十色さんの部屋を見たでしょ。ロッカーから銃を盗んで彼女を殺害した後、あれだけ部屋を荒らしたり物を壊したりしようと思ったら五分では時間が足りないわ。だとしたら私や神服さんには犯行は不可能よ」

彼女の言い分が正しいかどうか、俺たちは簡単な検証を行った。

金切り鋏でロッカーの鍵の部分をねじ切ること、部屋を荒らすことにどのくらい時間がかかるのか、余った備品を他の部屋からかき集めて実際にシミュレートしてみたのだ。検証は最短の時間を計るために男性である俺と師々田と王寺で行った。

結果、鍵をねじ切ることと部屋の布団を引き裂くことに五分以上の時間を要することが分かった。最初に挑戦した俺が合計で最長の八分、その様子を見てコツを摑んだ師々田が六分、王寺が六分半で作業を終えた。実際にはこの時間に食堂からの移動時間、十色に話しかけて部屋に押し入る時間などが加算されるのだから、朱鷺野の主張通り五分では足りず、十分は要すると断定してよい、と皆が納得した。

メモを見ると、朱鷺野は五分ほどで食堂に戻ってきた。神服が戻ってきた時は俺自身が時計を見ながら日付が変わるまでカウントダウンをしていたので、これもまた不在は五分程度だと証言できる。それに対し男たちは十分以上席を外していた。茎沢や、純と二人一緒に席を外した師々田は戻ってくるまでに十五分もかかっている。

「儂は純と順番に個室を使ったから遅くなっただけだ。どちらもトイレの前で待っていたし、この子もそう証言するだろう」

「同時にアリバイのない二人が証言し合うなんて意味ないわ。そうでしょう?」

朱鷺野と師々田はテーブルを挟んで睨み合った。

「我が子に人殺しの片棒を担がせたというのか? ふざけおって。なら言わせてもらうが、ロッカーに異状がなかったというあんたの証言が嘘であれば、茎沢君や王寺君にも犯行は可能だぞ。彼らも十分以上は席を外していたからな」

師々田は矛先を神服にも向けた。

「あんただって一人では無理かもしれんが、朱鷺野さんと組んでいたとしたらどうかね。二人で合計十分だ。朱鷺野さんが十色君を射殺し、神服さんが部屋を荒らす。これなら可能じゃないか」

「朱鷺野さんと組んで十色さんを殺す？　馬鹿馬鹿しい」

結局また罪のなすり合いになってしまう。しかも今度は誰もが一人では犯行不可能、ただし共犯ならば可能なので疑心暗鬼がさらに広がっている。

王寺が大げさにため息をつき、皆に両手を向けて「落ち着け」というジェスチャーをした。

「思い出してください。さっきまでの話で、我々は互いに初対面だし、ここで会ったのは偶然だとはっきりしたでしょう。サキミさんを憎む〝脅迫者〟がいたとしても、十色さんを殺す理由なんて誰にもありませんよ」

俺は内心で否定する。理由ならある。サキミと十色には血縁があったのだ。〝脅迫者〟はそれを知っていたのだろうか。だが十色は茎沢にすら秘密にしていた。知っていたのはサキミ本人だけと考えるべきだ。そのサキミは神服の部屋から一歩も出ていない。

「初対面だからどうだというんだ。ようするに〝脅迫者〟はここに来てから十色君を殺す動機ができた。それだけのことだ」

投げやりな師々田に対し、比留子さんが異議を唱えた。

「それではおかしいんです。アリバイや動機も重要ですが、もっと基本的なことを考えなくては」

「基本的なこと？」

それは数ヶ月前、俺が比留子さんに教えたミステリ用語だった。

「クローズドサークル」

「今、私たちは好見に通じる唯一の橋を落とされ、逃げることも助けを呼ぶこともできないクローズドサークルにいます。これこそが今最も重要なことなのです。なぜならクローズドサークルはそのうち必ず開かれるものだから」

それを耳にした瞬間、俺は大きな見落としをしていたことに気づいた。

そうか、それは確かにおかしい！

「橋のこちら側から逃げられないのは犯人も同じ。外から警察や救助が来た時、中で殺人事件が起きていたら警察はどう考えるでしょうか。犯人が私たちの中にいることは明白で、全員が身辺や過去を徹底的に調べ上げられます。犯人が捕まる可能性は限りなく高い。つまり、クローズドサークルほど犯罪に不向きな状況はないのです」

ミステリでは誰にも邪魔されないから、標的に逃げられる心配がないからチャンスだと思った、などと独白する犯人もいる。だが後で警察の取り調べを受けると分かっている状況で人を殺すのは、衝動的な犯行よりもずっと馬鹿げている。サキミや十色にどんな殺害動機を持っていたとしても、ここに閉じこめられている間だけは行動を起こさず次のチャンスを待つべきなのだ。

それこそ夏の紫湛荘での事件のように、捨て身の覚悟を持った犯行でない限り。

「その通りよね。私が誰かを殺すつもりだったとしても、この状況でやろうとは思わないわね」

朱鷺野も頷きながら賛同する。

「にも拘わらず、すでに二度も犯行が起きています。まして私たちはサキミさんの毒殺未遂について、十色さんを容疑者と見なしていたのです。犯人にとっては願ってもない展開だったはず。それなのに十色さんを殺したせいで、濡れ衣を着せる相手がいなくなってしまいました。犯人の意図がまったく読めない。一旦、〝脅迫者〟という犯人像は忘れるべきかもしれません」

比留子さんは真剣な顔で、摘まんだ髪の房を強く唇に押し当てる。

「そんなにおかしなことでしょうか」

驚くべきことに、そう告げたのは神服だった。

「私からすれば、この状況で殺人が起きるのは至極当然に思えるのですが」

「そりゃないよ、神服さん」

王寺は当惑しているが、神服は自明のことのように説明する。

「お忘れですか。サキミ様は男女二人ずつが死ぬと予言されているのです。それを知ったあなた方の誰かが〝同性の人間が二人死ねば自分は助かる〟と考えたとしても、なんら不思議ではありません」

「――は」

王寺の口から気の抜けた声が漏れた。

死の予言から助かるために誰かを殺す。

そう考えて当然だと、神服が真顔で告げたことに俺たちは衝撃を受けた。

「自分と同じ性別の人が二人死ねば、絶対安全なわけです。犯人はそのためにサキミ様を狙い、さらに十色さんを射殺した」

「いやおかしいでしょう。人殺しですよ？　予言なんかのために人を殺すなんて」

王寺の反論にも神服は冷静だ。

「剣崎さんの言うように今の状況が犯罪に不向きなら、今起きている殺人は〝この状況下だからこそ必要性が生まれた〟と考えるべきでしょう。その必要性はサキミ様の予言以外にないのでは？」

「あ、あんた自分の言ってる意味が分かってるの？」

朱鷺野が引きつった声で抗議する。

「それ、犯人は女性だって言ってんのよ」

しかも神服の部屋から一歩も出ていないサキミと、ずっと食堂にいた比留子さんには十色を殺せない。残る彼女らのどちらかが犯人ということになる。

「それだけではありません」

神服は物憂げに一度言葉を切り、

「今後少なくとももう一人女性が殺される、私はそう言っているのです」

食堂の空気が凍《い》てついた。

犯人がサキミの予言から逃れるために十色を殺したのだとすれば、犯人は女性。目的の達成にはあと一人、女性の犠牲が必要だ。

「本当なの？」

純が不安そうに父親を見上げる。

「馬鹿馬鹿しい」

師々田は語勢も乏しく大きくため息をつくと、

「十色君が死んだのは儂の責任でもあるが……。もう互いの監視は意味がないだろう。まだ犠牲者が増える可能性があるというのなら各々で自分の身を守るしかない」

そう言い残し、純を連れて食堂を去っていった。

十一

また女性が殺される。

不吉な言葉に互いの顔を探るように見た後、王寺も、朱鷺野も悄然《しょうぜん》として自室に戻った。

食堂にいるのは俺たちと神服だけ。

残る女性は四人。比留子さん、サキミ、神服、朱鷺野。そのうち一人は犯人で、さらに誰かが死ぬ？　だが十色の射殺は単独では実行不可能だ。そして比留子さんとサキミには完璧なアリバイがある。

とすれば、犯人は。

俺の考えを知ってか知らずか、神服は勝ち誇った表情を浮かべている。

「サキミ様の予言は必ず当たります。今回の予言も、数年前からとうに残されていたのですから」

その発言にこれまで黙考していた比留子さんが反応した。

「真雁で四人が死ぬというのは、今年住人に知らされた予言ではないのですか？　神服さんだけ事前に教えてもらっていたと？」

迂闊な言葉だと気づいたのか、神服は少しばつが悪そうに俯いた。

「サキミ様は一年ごとに未来を視るわけではなく、夢で見た出来事をその都度記録に書き留めていらっしゃるのです。その中に近々住民の身に関わる出来事があれば公表します。私は、その、移住してきたばかりの頃につい好奇心から記録帳を盗み見てしまったことがあるのです。今回の予言は当時すでに記録帳に書いてありました」

十色の祖父の研究ノートにも、サキミが数年先のことまで予言したとの記述があった。

比留子さんは記録帳を見せてもらえないかと頼んだが、盗み見た事実がサキミに知れることを恐れたのか神服は承知してくれなかった。その代わり明日サキミの調子がよくなれば、もう一度面会をさせてくれるという。

「じゃあ、これだけ教えてください。あなたが記録帳を見た時、今回の事件より後の予言はありましたか」

「いいえ。この予言が最も新しいものでした。今はまた増えているかもしれませんが……」

記録帳の話題が出たことで、俺は十色のスケッチブックがキッチンに保管されていることを思い出した。事によると、手がかりになりそうなことが描かれているかもしれない。

「確認しておいた方がいいんじゃないですか」

比留子さんに言うと、「もし重要な手がかりがあった時、私たちが手を加えたと思われるかも」と危惧し、神服に立ち会ってくれるよう頼んだ。

俺と神服が見つめる前で、比留子さんがキッチンボードの引き出しからスケッチブックの両端に手を添えて取り出す。遺品となってしまったことを意識しているのか、ひどく慎重な手つきだ。一度ボードの上に置き、古いページから順にめくっていく。サキミの毒殺未遂の後に新しい絵はなく、白紙のページが続いている。思い過ごしだったか。

だが、一度スケッチブックを閉じた比留子さんがなにかに気づき再びページに手をかける。

これまで見てきた絵とは逆の、最後から数枚にわたって別の絵が描かれていたのだ。

そこに現れたのは――見覚えのある美しい顔。

比留子さんだ。

予知の絵ではない。十色自身の力で描かれた、比留子さんの人物画だった。

それも一つではない。様々な表情を、いくつも、いくつも。

——たくさん練習しますから。

十色の声が耳に蘇る。

絵にはまだ続きがあった。神服がはっと息を呑む。

現れたのは老女の顔。サキミだ。俺たちが面会した時の表情よりも柔らかく見えるが、威厳のある顔立ちや強い意志を湛える目は数回しか顔を合わせていないとは思えないほど特徴を捉えていた。

俺に絵のことは分からない。けど二人の人物画は他のどの絵よりも熱が込められ、生き生きとして見えた。人物画の話をしてから夕食までのわずかな時間に、十色はどんな思いでこれだけの鉛筆を走らせたのだろう。絵を描くことに長い間苦しまされ、憎みすらしていたはずなのに。

比留子さんは無言で顔を伏せゆっくりとスケッチブックを閉じると、今度は決して離すまいというように両腕で抱きしめた。

食堂を出ると、無言のまま比留子さんは歩き、俺の部屋の前を通り過ぎて自室に向かった。

彼女を送る形で俺も続く。

なんと声をかければよいのだろう。

十色の死で比留子さんが受けたショックの大きさは、俺などとは比べものになるまい。いつも話し合いの際には俺の部屋に向かうのに、こうして自室に戻ろうとしているのは、彼女はきっと一人になりたいのだ。

だが、残る女性の中に犯人がいるのなら、神服と朱鷺野は共犯の可能性がある。つまり次に犠牲になる可能性が高いのは比留子さんなのだ。できるだけ二人一緒にいた方がいい。

無言で扉を開ける彼女とそのまま別れるわけにもいかず、かといって気の利いた台詞も思い浮かばぬまま、俺はふらりとその後に続く。

くそ、本当にストーカーかよ。

「うぐっ……」

扉が閉まった瞬間、彼女の中で砦《とりで》が崩れる音がした。

俺が慌てて手を差し伸べると、次の瞬間には胸元への軽い衝撃と同時に彼女のつむじが見えた。スケッチブックを抱いたまま寄せられた体に、俺はそっと手を添えることしかできない。

それからの出来事は、思い出すのも辛い。

とにかく彼女は全身を震わせて叫び、壊れてしまったのかと思うほど涙を流した。

――約束したのに。

自責の言葉が、振動となって俺の体に伝わる。

繰り返し、繰り返し。

生まれ持った能力のために自分を責め続けた十色。比留子さんと同じ宿命を背負った十色。

最期まで解放されることなく、彼女は逝《い》った。

俺は十色のみでなく、比留子さん自身を救い損ねたのだ。


彼女の涙が涸れた頃、俺は夜を一緒に過ごすことを提案したが、比留子さんはこれ以上の犠牲を防ぐために考えることがあると、俺に部屋に戻るよう告げた。

その代わり、十色から預かった研究ノートを今夜のうちに読破してほしいという。そう頼まれれば断ることはできない。俺は戸締まりだけは気をつけるよう告げて部屋を後にする。

——それじゃ。

別れ際の挨拶が、不安の澱《おり》となって俺の底に残った。

第四章　消えた比留子

一

四月六日
早くも研究を始めて二年半になる。

　これまで慎重に慎重を重ねて検証してきたが、サキミの未来予知を事実として認定するのに十分な数のデータが揃った。研究の虫である岡町君は、興奮のあまりこのところ寝不足が続いているらしい。

　無理もない。サキミのような逸材は、この世界に二人としていないだろうから。

　他の被験者たちは残念ながら超能力と判断できる結果を残せなかったため実験を打ち切り、故郷へあるいは機関の紹介で新たな生活の地へ移ってもらった。私の研究にはもはやサキミさえいればよい。

　サキミには厳正なる条件下にて四十件以上の未来を予言してもらい、その全てが的中した。

　驚くべきは、彼女の予言は無作為なものではなく、ある程度の地域、期間を指定できることである。我々が「一年後、東京の銀座で起きる事件を」と条件を付すと、彼女はその条件を祈禱に乗せ、符合する未来を夢に見る。無論、偶然と区別できるほどの大事件はそう起こらないので、実験の際には細心の注意を払って条件付けしなければならなかったが。

先週、機関から連絡を受け取った岡町君が喜び勇んで報せを持ってきた。二年前にサキミが予言した事件が的中したという。それも日本で初めてのハイジャック事件だそうだ（予言の研究のため、我々は相変わらず外部の情報と隔離されているのだ）。

はるか未来の予言はまだまだ残っている。この先の検証が実に楽しみでならない。

彼女の睡眠時の脳波を調べたところ、予知夢を見た夜に限ってレム睡眠とノンレム睡眠のリズムが崩れ、三、四時間にわたってノンレム時よりさらに低い周波数の脳波が記録された。通常ノンレム時に見る夢はほぼ記憶に残らないはずなのだが……。

予知夢のメカニズムについてはまだ不明な点が多いが、その解明と並行して次の実験に移る。

彼女の予言を危険回避に役立てることである。

班目機関も我々の研究に大きな期待を寄せている。順調にいけばこの研究は機関の名声を高め、国から予算を引き出すことも可能かもしれないとのことだ。そうなればますます研究は発展し、日本は予知能力研究で世界を牽引《けんいん》することになる。

サキミも意義を理解し、どんな実験の指示にも「先生のお役に立てるのなら」と従ってくれる。

一つ問題があるとすれば、これまで研究一筋だったせいで、私が十近く歳の離れたサキミとの接し方に自信がないことか。いや違う。この戸惑いは日を追うごとに大きくなっている。故郷で巫女を務めていたサキミは研究所に来るまで男性との接触がほとんどなかったらしく、私のような唐変木《とうへんぼく》相手にも物怖じせずに距離を縮めてくる不思議な娘だ。

こんなこともあった。所用で彼女の部屋を訪ねた時、寝具の陰からネズミが飛び出してきたのだ。私が人を呼んで殺させようとしたのをサキミは必死になって止めた。彼女は施設から一歩も出られない寂しさから、部屋でネズミを世話し、話し相手にしていたという。私にとっては見るのもおぞましいものだが、サキミは昔から相手が蜘蛛《くも》でも蜥蜴《とかげ》でも友達にしていたらしい。サキミはネズミのことを口外しないよう白い指を私の指に絡め、「私たちだけの秘密ですよ」と指切りして笑った。

情けない話だが認めなければならない。私は今や実験の予定がない時でも、なにかと理由をつけてサキミと顔を合わせている。だが、研究のこと以外気の利いた会話をする知恵もない私は、その度に独り相撲をしている。

さっきは来月に迫ったサキミの誕生日になにか贈り物をしたいのだが案はないかと岡町君に相談したが、「先生はもっと女性のことを勉強すべきでしょう」と呆れられてしまった。

十一月十二日

また失敗だった。

いや、サキミはなにも悪くない。彼女の予言が当たったという意味では、私たちの研究はなに一つ間違ってはいないのだ。

だがその応用。サキミの予言した災いを回避するという実験は、未だ一度も成功していない。

彼女が台風による水害を予言した時は、当該地域の住人を避難させようとした。機関から政府に働きかけてもらい、避難指示まで出したのだ。けれど気象上の予兆が少なかったためにほとんどの住人はそれに従わず、予言通り高潮や川の氾濫《はんらん》で十人以上が死亡した。

電車の脱線を予言した時にはわずかな見落としもないよう厳重な点検を行ったが、大型ダンプカーが猛スピードで踏切内に侵入するという予想外の原因で脱線事故が現実になった。

他にも班目機関の権力を用いて様々な対策を講じたが、ただの一度もサキミの予言した災害や事件を回避することはできていない。

彼女の予言は必ず的中する。的中してしまう。

昨日岡町君が青い顔で、機関の幹部らがこの研究の先行きを悲観し、予算の縮小を検討していると報告してきた。

馬鹿な。サキミは空前絶後の予言者だ。今諦めては予知能力研究の歴史が何百年遅れるか分かったものじゃない。

私は研究をやめるわけにはいかない。

今日もサキミは私を待っている。

勤さん、勤さん。次はなにを視ればいいんですか。

私を心底信頼してくれているサキミの笑顔を見るたびに、罪悪感で心が折れそうになる。

それでも人の死を予言させなければいけない。私の研究のために。

サキミ、愛しいサキミ。

君は人類をあらゆる災厄から守る可能性を秘めた、救世主なのだ。

もう少し、きっともう少しだ。

私が君の真の価値を証明してみせる。

二

予言二日目の朝。

部屋にノックの音が響いたのは、七時前のことだった。

俺が返事をすると、扉越しに思いがけない人物の声が聞こえた。

「朝早くすみません。神服です」

「ちょ、ちょっと待ってください」

動揺しながら乱れた布団を丸めてベッドの端に寄せる。少しは整って見えるだろう。

迎え入れると、神服は珍しく落ち着きのない様子で室内に視線を巡らした。

「剣崎さんは来られてませんか」

「比留子さん？　なにがあったんですか」

嚙みつくように訊ねると、神服は右手に持っていたものを差し出した。

比留子さんのスマホだ。

「浴場前の廊下に落ちていました。昨夜動画を撮るのに使っているのを見たので、剣崎さんのものだと分かったんです。部屋に届けたのですが……」

いくらノックしても反応がなく、取っ手を回すと鍵はかかっておらず扉が開いた。空っぽの室内に荷物だけがそのまま残っていたらしい。

「他の場所は」

「トイレや浴場にはいませんでした。てっきり葉村さんと一緒だと……」

言葉が終わる前に俺は上着も着ずに部屋を飛び出し、他のメンバーを片っ端から起こして回った。俺には十色殺害時のアリバイがあったので、皆が用心しながらではあるが扉を開けてくれる。

「剣崎さんがいなくなった？」

事情を説明すると、師々田は俺と神服を交互に見る。純も「お姉ちゃん、一人で出ていったの？」と悲しげに俺を見上げた。

「また女性か。ということはやはり……」

師々田の呟きに朱鷺野が目を吊り上げる。

「やめてよ。朝っぱらから無意味な言い争いをしようっての？　剣崎さんを探すのが先でしよ」

　念のため彼らの自室も覗かせてもらったが、どこにも比留子さんの姿はない。他に臼井や茎沢が使っていた部屋と十色の部屋も確認して回ったが結果は同じだった。

「ひょっとして茎沢くんみたいに外に出たのかな？」

　王寺の言葉を神服は否定する。

「あの通り、玄関には内側からかんぬきが……」

　言葉が途切れた。神服が釘付けになったのは玄関の脇。例の受付窓の前に置かれたフェルト人形が、雪の結晶を施した一体だけになっていたのだ。

　全員がそれに気づき、顔色を変える。

「また減っている！」

「まさか、次は剣崎さんが」

　玄関から出ていないとすれば、残るは裏口だけだ。俺たちは連れ立って建物の奥へ急ぐ。すると昨日の晩は確かに施錠してあったはずの裏口の鍵が開いていた。

　扉を開くと自然光に目が眩んだ。昨晩降りしきっていた雨は上がり、太陽は見えないものの空には白い雲が浮かんでいる。

「これは……」

　裏口から一組の靴跡が雨でぬかるんだ裏庭を突っ切って、滝に向かう岩壁の道へ続いている。地面は緩いが、靴跡には特徴的な靴底の模様がはっきりと残っている。等間隔に並んだギザギザ模様。比留子さんのスニーカーだ。

「あれ、なに？」

朱鷺野の声に視線を上げると、裏口から靴跡を数メートル辿った地点、その真横に黒い布が落ちている。俺は靴跡を踏まないよう駆け寄り、それを拾い上げた。間違えるはずもない。

「……比留子さんのストールです」

雨水を存分に吸いこんだそれを両腕で強くかき抱き、俺は靴跡を追って滝に続く道へと走り出した。

「おい！」

師々田の声を無視する。急がなくては。

両側を岩壁に挟まれ大きくカーブする道を、泥を飛ばしながら走り抜ける。

誰ともすれ違うことなく靴跡の終着地点まで辿り着いた俺は足を止めた。

目の前には水量を増した滝が轟々と流れ落ちている。

「おおい、剣崎さんは──」

追いついてきた王寺は、俺の視線の先に落ちているものに気づいて言葉を切った。

靴跡は崖の縁で消えている。ただ一つ、所在なげに転がる片割れのスニーカーだけを残して。

「まさか、身を投げたのか？」

滝壺から響く水音に負けないよう王寺は声を張り上げる。師々田も崖に駆け寄ろうともがく息子を捕まえながら答えた。

「馬鹿な。なぜ彼女が！　自殺するような娘ではなかろう」

「けど、どこにもいませんよ！」

俺は道標となった比留子さんの靴跡を振り返る。皆が俺に倣って避けてくれたおかげで綺麗に残っている。他に靴跡がなかったのは間違いない。

「岩壁を伝って戻った、というのは無理か」

王寺が道を挟む岩壁を見上げる。表面にろくな窪みがないばかりか、雨に濡れたせいでぬめりを帯び足をかけることさえできそうにない。

「仮にできたとしても、裏庭を飛び越えることはできないわよ」朱鷺野が弱々しく呟いた。

俺は地面に膝をついて滝壺を覗きこみ、比留子さんの名を呼んだ。これほどの大声を発したのはいつ以来か、喉が焼けるように痛む。

だがいくら呼んでも返事はなく、無慈悲な水音が声を呑みこんだ。


一旦裏口の側まで戻った俺たちは、比留子さんの行方に頭を悩ませた。

「靴跡は彼女のもので間違いないんだな」

「ええ。落ちていたスニーカーは比留子さんのものですし、靴底の模様も一致します。皆さんの靴跡はどれも違う」

答える声がわずかに震えてしまう。朱鷺野は俺を気遣うように指摘した。

「犯人が剣崎さんのスニーカーを履いてあそこまで歩いたとは考えられないかしら」

即座に師々田が反論する。

「じゃあ彼女はどこに消えたというんだ」

「それは……監禁されているとか」

「そんな手間をかける意味があるか。滝に向かったのが剣崎君にせよ犯人にせよ、靴跡は往路の分しかないんだ。ここにいない彼女が歩いて行ったと考えるしかないだろうが」

吐き捨てるような物言いに朱鷺野が腹を立てる。

「葉村君の前でそんな言い方、無神経じゃない」

「彼は冷静だ。この程度のことなどとっくに考えているとも。ミステリでどれほど足跡トリックが扱われてきたと思っている？」

師々田の口から出たトリックという単語に、王寺が反応する。

「ドラマで見たな。例えばさ、往路でつけた靴跡を後ろ向きに踏んで戻ってこれるんじゃないか」

今の鑑識にかかればどちらに向かう靴跡か、人物の体重などすぐに看破されるだろうが、泥に付いたこの靴跡は緩すぎて俺たちにはよく分からない。警察が来るまでに消えてしまうだろう。

「それは無理ではないでしょうか」

後ろから神服が口を挟んだ。

「スニーカーの片方は靴跡の先に落ちていたではありませんか。仮にもう片方のスニーカーだけ履いて戻ってくるにしても、泥の上を片足跳びで、しかも後ろ向きで靴跡を踏み外さず戻ってくるのは不可能だと思います」

王寺がその場で実際に片足跳びをしたが、ぬかるんだ地面はジャンプする瞬間には粘着するし、着地すると泥が飛び跳ねて靴跡が乱れる。均一な歩幅や向きからしても、残っているのは歩いた跡だとしか思えない。

「ちくしょう、駄目か」と彼は声を落とし、落ち着かない様子で爪を嚙んだ。

俺が立てた仮説も打ち明ける。

「両方のスニーカーを履いたまま後ろ向きで裏口まで戻ってきて、最後にスニーカーを投げれば可能かと思ったのですが、無理ですね。スニーカーが落ちていた崖の縁までは五十メートルくらいありますし、そもそも岩壁の道は大きくカーブしているので奥まで届きません」

「やはり靴跡の主は道の奥まで自分の足で歩き、滝壺に消えたとしか考えられないわけか」

その人物は比留子さんしか考えられない。すると純が声を上げた。

「昨日いなくなった背の高いお兄ちゃんは？」

そういえば茎沢もいなくなったのだった……忘れていたわけではない。

俺たちが『魔眼の匣』の裏手から正面に回ると、昨晩茎沢が出ていった時の靴跡がおぼろげながらも残っていた。向かう先は木々の生い茂った山の中だ。

「彼も無事に夜を越せたのだろうか」と師々田。

「いやあ、きついですよ」

王寺は昨日実際に山に踏み入った経験を語る。

「これぞ獣の住む場所って感じで、草木が伸び放題。足場は倒木や落ち葉で埋め尽くされて、なかなか前に進めないんです。登山道もない自然の山がこんなに険しいんだって、俺も初めて知りましたから。まして夜中にろくな装備も持たずに歩くなんて正気の沙汰じゃない」

「好見の人間も慣れた山にしか入りません。以前に熊に襲われて死んだ住人もいましたし」

神服が同意すると、朱鷺野がもういいというように声を大きくした。

「彼のことよりも今は剣崎さんよ。彼が無事だとしても、『匣』は施錠されていたのだから剣崎さんに手を出せないじゃない」

「葉村君はなにか思い当たる節はないのか」

王寺の問いを受け、俺は昨夜の最後のやりとりを思い出す。

「比留子さんは、十色さんの死にとても落ちこんでいました。彼女が殺された責任を感じていたみたいで。……やっぱり側にいるべきだったんだ」

やがて神服が静かに告げる。

「昨夜私が言ったことを覚えていますか。犯人はサキミ様の予言から逃れるために自分と同性の人を殺している。剣崎さんは十色さんの死に責任を感じ、進んで犠牲になろうと決断したのでは」

男女それぞれ二人ずつが死ぬ予言。

十色と比留子さんが死ねば、女性に関しては予言が成立したことになり、朱鷺野と神服、そしてサキミは安全ということになる。

皆がこの考えに納得したのか、黙りこくった。ただ一人を除いて。

自殺ではなく自己犠牲。

「違うよ！　お姉ちゃんは生きてるよ！」

純は怒りを漲らせた目で大人たちを睨みつけ、小さな体で懸命に叫んだ。

「なんだよ、なんでもっと一生懸命探してあげないんだよ！　偉そうなことばかり喋って、みんな心の中ではほっとしてるんだろ！」

少年の叫びは思いもかけない角度から皆の本心をえぐったらしい。これまで幾度となく論駁を繰り広げてきた大人たちが、父の腕の中で暴れる少年になにも言い返せず視線をさまよわせる。

俺もまた純を正視できないまま呟いた。

「犠牲だなんて俺も考えたくない。でも犯人がサキミさんの予言から逃れるために犯行を重ねているのなら、あと一人、男性が狙われるかもしれません」

「なぜだ。犯人は女性ではないのか」

「思い出してください。十色さん殺害時のアリバイや犯行にかかる時間から考えると、単独で実行可能な人が誰もいなかったじゃないですか。つまり犯人は二人組の可能性があるんです。仮に男女の二人組だとすると、男の犯人はまだ目的を達していない」

「だったらなおさら、茎沢君の安否を確認すべきじゃないか？」

王寺が提案したが、師々田は乗り気ではない。

「仮に無事だとして、今の彼はなにをしでかすか分からん。我が身の安全を優先すべきだ」

「助けが来るまでの辛抱です。おかしな疑いを避けるためにも、俺たちは警戒を緩めず互いの部屋に近づかない方がいいでしょうね」

結局は王寺も神妙な顔つきで俺の言葉に頷いた。


神服は朝食の準備を済ませていたようだが、サキミが毒を盛られたこともあってか誰も食事をする気にはならない。数に限りはあるがキッチンにインスタント食品を置いておくのでご自由に、という神服の言葉に頷き、それぞれ部屋に引き返していった。

皆の背を見送り、俺が手元に残った比留子さんのストールの泥をできるだけ払い落としていると、ただ一人残っていた神服が遠慮がちに話しかけてきた。

「このような時に不謹慎かもしれませんが、サキミ様との面会はどうされますか」

すっかり失念していた。だが一人でもなすべきことはなさねばならない。

「今はちょっと混乱してるので。昼頃でお願いできれば」

神服は「分かりました」とあっさり承諾する。

「サキミさんはお話ししても大丈夫なんですか」

「まだお辛そうですが、サキミ様自身もお話しを望んでおられます。おそらく十色さんのことでお聞きになりたいことがあるのでしょう」

「じゃあ昼過ぎに訪ねます。女性はもう大丈夫でしょうが、神服さんもお気をつけて」

神服は俺の気遣いに少し驚いた顔を見せ、黙って頭を下げると廊下の奥へと姿を消した。

今度こそ一人になり、自室へと足を向ける。薄暗い廊下に俺の足音だけが響く。

部屋に入り扉を閉めた途端に全身から力が抜けてしまい、膝を抱えてうずくまった。

その瞬間、ベッドの端に寄せていた布団が生き物のように蠢いた。

中からにょきりと現れたのは黒い髪と綺麗な額。

「――どうだった？」

座りこんだままの俺に、比留子さんはやや赤く腫《は》らした目で訊ねたのだった。

三

――皆に私が死んだと思わせよう。

今朝早く俺の部屋を訪ねてきた比留子さんは開口一番そう提案をしてきた。

なぜそんなことをと困惑する俺に、比留子さんは赤く泣き腫らした目で訴えた。

「私たちはすでに一触即発の状態にあるんだよ。

最初はサキミさんの予言を知っても、誰も自分が死ぬなんて考えなかった。臼井さんが亡くなったのは事故だったし、サキミさんが狙われたのも〝脅迫者〟の個人的な恨みによる犯行だと思っていた。だから皆は犯人探しをしつつも事件をどこか他人事のように感じていたんだ。

けど今は違う。初対面の十色さんが殺され、死の予言から逃れるという動機が浮上したことで、自分が殺される危険を意識し始めた」

犯人対全員という構図が、十色の死をきっかけに自分対他人に変わってしまったのだ。

「例えば師々田さんは予言なんて信じないと豪語しているけれど、純君が狙われているとあらば正当防衛と称して誰かを傷つけるかもしれない。予言や予知を信じていなくても、身を守るために他人を殺す。それがありえるくらい私たちは疑心暗鬼に陥ってしまった。

だから次の犠牲者が出る前に、犯人の動きを封じる手を打たなきゃならない」

それ以上の説明は後回しになり、俺は比留子さんの指示に従ってすべての準備を終えた。

その直後、神服が俺の部屋を訪ねてきたのである。

彼女もまさかベッドの端に寄せられた布団に人が包《くる》まれていたとは思わなかっただろう。

「なんとかやり遂げましたよ。声が震えちゃいましたけど」

ようやく緊張から解放された俺は冷たくなった両手を揉み合わせる。

誰にも演技はばれていないと思う。比留子さんに懐いていた純少年には悪いことをしたが。

「大丈夫。葉村君の演技力は信頼しているから。君がどんな風に私の失踪を嘆いてくれたかは見てみたかった気もするけどね」

勘弁してくれ。滝壺に向かって名前を絶叫する場面を比留子さんに見られるくらいなら、そのまま身を投じてやる。

「これ、すみません。汚れちゃって」回収してきたストールとスニーカーを比留子さんに返す。「急遽考えたにしてはなかなかの足跡トリックでしたね」

俺の賛辞に比留子さんはすまし顔で頷く。

「会長さんの日々のご指導の賜物《たまもの》だろうね。私も一応ミステリ愛好会のメンバーだから」

事情を知らない皆は現場を見て驚いただろう。滝に向かう靴跡は比留子さんのスニーカーのものだけ。そのスニーカーは道の最奥に落ちており、他に歩けるような足場はなかった。道は高い岩壁に挟まれて大きくカーブしており、裏口からスニーカーを投げても届かない。どう見ても比留子さんが自分の足で歩いていき、滝壺の前でスニーカーを脱いで身を投げた状況だ。

俺たちが弄したトリックは単純なものだ。

皆が起きてくる前、まず靴跡を残しながら滝壺の前まで歩いた比留子さんは、そのまま後ろ向きで靴跡を踏んで裏口まで戻ってくる。そして脱いだスニーカーの片方を大きなストールの真ん中に包み、根元をヘアゴムで縛る。比留子さんが純にやってみせた十円玉消失の応用だ。そのストールを、あたかも歩いている途中で落としたかのように裏口から数メートル先の靴跡に向けて投げておく。この時、〝秋の人形〟も滝壺に捨てた。

あとは俺の仕事だ。

皆が靴跡を見つけた時、落ちているストールに真っ先に駆け寄り回収する。そして靴跡を追う振りをして皆より一足先に滝壺に向かい、道がカーブして皆の視界から外れたのを見計らってストールからスニーカーを取り出し、靴跡の先に転がしておく。

皆から見れば俺は手ぶらで裏口から出ているので、まさかスニーカーを運んだとは思われまい。

こうして俺たちは比留子さんの死を偽装することに成功した。

比留子さんが俺の部屋にいることがばれないよう、廊下に気を配りながら、小声で会話を続ける。

「もういいですよね。どうして比留子さんが死ぬことが犯人の動きを封じることに繋がるのか、教えてもらえますか」

比留子さんはいつでも布団に隠れられるようベッドに腰かけたまま、黒スキニーのすらりとした脚を組んだ。

「朝は説明の時間すら惜しかったんだよ。少し長くなるから順を追って説明しなきゃならない。まずサキミさんの殺害未遂に毒が用いられたことから、『アトランティス』編集部に手紙を送りつけた〝脅迫者〟が私たちの中にいると思った」

なぜ〝脅迫者〟が『月刊アトランティス』編集部にサキミや予言の情報を流したのか、またなぜ編集部の人間を真雁に誘い出したのかは分からない。ただ手紙の内容からしても、〝脅迫者〟がサキミや好見の事情に通じており、予言の的中を信じていることは間違いないだろう。

「でも計画性を思わせる一方で、〝脅迫者〟はクローズドサークルという、犯罪には絶対的に不向きな状況で犯行に及んでいる。これは大きな矛盾だ」

クローズドサークル内で犠牲者が出るということは、その中にいる誰かが犯人だということ。いずれ橋が復旧し警察が介入してきたら、俺たち全員が徹底的に追及されるだろう。捕まるリスクが極めて高い上に、四人死ぬという予言の存在を知っていた〝脅迫者〟が、そもそも真雁に留まろうとするはずがない。

比留子さんは続ける。

「〝脅迫者〟も私たちと同様、たまたまクローズドサークルに閉じ込められたんだ。普通なら殺害計画を中止すれば済む話なんだけど、今回は四人死ぬ予言がある。思わぬ形で自分が死んでしまう可能性もあるわけだ。予言を信じている〝脅迫者〟だからこそ捕まるリスクを承知で毒殺計画を実行した」

つまり事前に毒を用意していただけで、〝脅迫者〟の立場は俺たちと大して変わらないわけか。

ここで俺は一応の反論を試みる。

「〝脅迫者〟がそういった理屈を一切気にしない人物だとしたらどうします。クローズドサークルなんて関係なく、ただ人を殺したいだけだとか、たとえ捕まることになろうともサキミさんや十色さんを殺したかったとか」

すると比留子さんは両手を上げて薄く笑う。

「それならかえって簡単だよ。ただの異常者なら次の行動を予測して封じるなんて無理。部屋に閉じ籠って、襲ってきたら殴り返すという今の対処で間違いない。それとサキミさんと十色さんだけに恨みを抱いていたのなら、これ以上犠牲者が増える心配なんてないじゃない。警察が来るのを待って存分に捜査してもらうだけだよ」

ああそうか。比留子さんが死を偽装した目的は、犯人が明確な意志を持って、さらなる犠牲者を出すのを阻止すること。〝犯人探し〟とはまた別なのだ。

「ところが十色さん殺害によって一つ大きな疑問が生じた。殺害状況からして、単独犯の仕業とは思えない」

『魔眼の匣』という密室内で起きた犯行で、各人の食堂でのアリバイ、殺害し部屋を荒らすのに十分はかかっただろう所要時間。それらを包括すると単独では犯行不可能だったと考えざるを得ない。

「〝脅迫者〟は初めから二人組だった、ということでしょうか。それならサキミさんの毒殺未遂も分担して実行できます」

毒を盛った者と赤い花を撒いた者。二人が別人だったのなら説明がつく。

「もしそうなら、〝脅迫者〟の片割れは毒を盛ることができた神服さんか十色さんということになる。でも思い出してみて、彼女たちの容疑を晴らすような証言をした人が誰もいなかったんだ」

茎沢は奮闘したものの結局十色が一番の容疑者になってしまったし、神服が容疑を免れる要因となった比留子さんの赤い花に関する論証は、十色がたまたま予知の絵を描いたからこそ成り立ったものだ。確実性が低すぎる。〝脅迫者〟が二人組なら、もっと相棒に有利な証言ができたはずではないか。

「サキミさんを狙う〝脅迫者〟は一人で、サキミさん毒殺未遂の後、死の予言から逃れるために他の誰かと手を組み、十色さん殺害を計画した。急ごしらえの共犯と見るべきだろうね」

「ですが、十色さんが軟禁されたのは話し合いの成り行きですよ。共犯者たちが細かな打ち合わせをする暇はなかったんじゃ」

「入り組んだトリックを弄するのは難しいけど、作業を分担したり口裏を合わせたりする時間はあったと思う。たとえば私たちが十色さんを部屋まで送っている間とか、あるいはこうやって」

比留子さんはスマホを取り出すと、『銃に付いた指紋を拭いておいて』と文章を入力する。

「あらかじめトイレの中とか隠し場所を決めておいて、メモなりスマホなりにでもメッセージを残しておけば、伝言はできる」

俺たち以外のメンバーは一人ずつトイレに立った。簡単な情報のやりとりはできたはずだ。

「犯人が二人いるとなると、力ずくで行動を封じるのは困難だ。だから私は予言を利用して行動を封じることにした。そのための偽装自殺だよ」

「予言を、利用する？」

俺が聞き返すと、比留子さんは指を三本立てて見せた。

「二人の犯人が協力しているとすると、犯人の性別の組み合わせは男性二人、男女一人ずつ、女性二人の三通りがある。予言から逃れるという動機を考慮すると、女性の十色さんが犠牲になったことから、男性二人の組み合わせは除外できる」

十色が死んだところで男性は予言から逃れられないのだから当然だ。

「次に女性二人の組み合わせ。この場合は私が自殺を偽装したことで、十色さんと合わせて二人の犠牲が揃った。だから私が生きていることがばれない限り、もう殺人が起きる危険はない」

そういうことか、と感心したが比留子さんの話にはまだ続きがあった。

「最後に男女一人ずつの組み合わせ。この場合、男性はまだ臼井さんしか死んでいないから、もう一人の犠牲が出る可能性がある」

「ああ、だからあんなことを言わせたんですね」

先ほど皆と別れる際、俺は『予言の通りならあと男性が一人死ぬことになる』『おかしな疑いを避けるためにも、俺たちは警戒を緩めず互いの部屋に近づかない方がいい』と師々田らに告げた。あれも比留子さんの入れ知恵だったのだ。

「あの忠告によって男性同士の警戒心が高まり、男の犯人が殺人を実行することは難しくなった。代わりに女の犯人に手を下してほしいところでしょうが、殺人の罪を一人分多く背負ってくれるとは考えにくいですし」

なにせ女の犯人は比留子さんが〝死んだ〟ことですでに目的を達しているのだ。死の予言を逃れるという利得で結ばれた共犯である以上、余計な罪まで背負うのはナンセンスだ。

「すごい。本当に犯人たちにとって動きづらい状況になっている」

たった一晩の間、しかも十色が死んだショックの冷めやらぬうちにこんな考えをまとめるなんて。

けれど比留子さんの顔に喜色はない。

「まだ謎は残っている。ここまでの推理が正しいのなら、犯人たちがどうやって共犯関係を結んだのか」

「それは……気が合いそうな人を見つけて、サキミさんの死の予言から生き残るためには手を組んだ方が有利だと説得したんじゃないですか」

目の前で比留子さんの人差し指が振られる。

「なんて相手に切り出す？　『俺、予言みたいに死にたくないから誰かを犠牲にしようと思うんだけど、手を組まないか』って持ちかけるの？　昨日会ったばかりの人に」

うーわ。それは難しい。

そうか、相手が必ず提案に乗ってくるという確信が持てなきゃ計画を打ち明けられない。

もし当てが外れれば一巻の終わりだ。「嘘うそ。冗談だって！」なんかじゃ済まない。完全に危険人物である。

俺の思考が伝わったのか、比留子さんは満足そうに言葉を続ける。

「共犯関係を結ぶこと自体がかなりのリスクなんだよ。すべての謎を解くのは難しいかもしれない。だけど〝私の死〟によって犯人が次の行動を起こすまで少しは猶予ができたはず。この猶予を利用して犯人を見つけ、犠牲の連鎖を止める」

だが比留子さんはしばらく皆の前に姿を現すことができない。俺がなんとか手がかりを見つけてくるしかないのだ。

「分かりました。まずはなにを調べましょうか」

「十色さんの殺害現場だね。昨晩は私も動転していて、恥ずかしいけれど部屋の様子をあまり覚えていないんだ。写真に撮ってきてくれる？」

俺は勇んで頷いた。

「それじゃ比留子さんは隠れていてくださいね。俺が戻ってくる時は大きめの足音を立ててきますから、それ以外は他人だと思ってください」

「葉村君」部屋を出ようとした時、心配げな声がかけられる。「ごめんね。気をつけて」

犯人にとって動きづらい状況を整えたとはいえ、まだ男性が狙われる可能性は残っている。身の安全だけを考えるなら比留子さんと部屋にいるべきなのだろう。

だが俺は迷うことなく「いってきます」と告げて部屋を後にした。

たとえ危険だと分かっていても事件から逃げることはできない。そうやって他人のために生きた人を知っているから。

時刻は午前九時。残り十五時間。

予言ではあと二人死ぬ。

サキミは予言を外したことがない。

四

防音室として遮音性の高い構造になっている十色の部屋は、すぐ側まで近寄っても臭いは漏れていなかった。まさか中に射殺遺体があるとは誰も思うまい。

俺は無意識のうちに周囲に気を配りながら足を忍ばせ、扉を開ける。

途端に部屋の中から強烈な臭いが溢れてきた。地下は気温が低いせいか、腐臭というより生々しい血と肉の臭いだ。電気をつけ扉を閉めると、それきり室内は恐ろしいほどの静寂に包まれる。

室内の光景は昨日のままだ。部屋の左側に転がった——いや倒れた十色の遺体と、床を埋めるように散らばったがらくたの数々。ベッド側の壁には爪の引っ掻き傷にも似た線が壁材をえぐりながら無数に走り、部屋の惨状らしき絵を成している。

俺は無意識のうちに早まっていた呼吸を整えると、シーツを被せられた十色の遺体に歩み寄り、そっと合掌《がっしょう》した。

比留子さんから受けた指示を思い出す。

まず彼女が注目したのは、部屋中に物が散らばっているのに十色の遺体の下にはなに一つ落ちていないことだった。それは嵐に遭ったような部屋の惨状が、犯人との格闘の結果ではなく、十色が射殺された後に犯人の手で作られたものだということを示唆している。

では犯人はなぜ部屋を荒らし、十色の荷物をばら撒いたのか。

サキミ毒殺未遂時にも考えたように、犯人が回収できない手がかりを隠蔽《いんぺい》している可能性がある。

俺は床に膝をつき、触れないように気をつけながら落ちている品を一つずつ検分する。

例えば犯人が身につけていたピアスやコンタクトレンズなどの小さなものを銃撃の際に落としてしまい、すぐには見つけられないので部屋を荒らした、とか。

「いや、逆に手間をかけ過ぎか……？」

心細さを誤魔化すために独りごちる。

その時、背後からガチャリと扉の取っ手が回る音がした。

「はいっ」

驚きのあまり、呼ばれたわけでもないのに声を出す。扉の隙間の向こうからも「ひっ！」と引きつった声が聞こえ、赤みがかった髪が覗いた。

「朱鷺野さん？」

「ああ、あんただったの」朱鷺野は安堵の表情を見せたが、すぐにこちらを睨みつけてきた。

「なにしてるのよ、こんなところで」

俺は頭の中で比留子さんが行方不明だという設定を再確認する。

「部屋でじっとしていられなくて。せめて犯人の手がかりがないかと調べていたんです」

いかにも無理をして笑ってますという風に口元を緩める。この演技で正解なのだろうか。

「まあ、思いつめない方がいいわよ」

朱鷺野は若干気まずそうにしながらも納得してくれた。

「朱鷺野さんはなにを？」

入ってきた彼女の手には小さな花束が握られていた。彼女なりの供花らしい。

「こんなことしても仕方ないと分かっているけど、ただ放っておくのは可哀想じゃない」

死者を弔うことは犯人探しと同じくらい大切なことだろうに、思い至ったのが彼女だけだとは自分が恥ずかしくなる。

花を眺めていた俺は、ふと彼女の両手に変化を見つけて視線を止めた。

「朱鷺野さん。爪の色、落としたんですか」

初日に会った時には服装と同じ真っ赤に塗られていたはずの両手の爪が、普通に戻っていたのだ。

「昨日の昼からよ。探偵にしちゃ観察力が甘いわね。それと塗っていたんじゃなくてネイルチップだから」

ネイルチップとはテープや接着剤で爪の形をした樹脂片を貼り付ける、付け爪の一種だ。

「ひょっとして、ネイルチップをどこかに落としたんですか」

すると朱鷺野はあからさまに不機嫌そうな表情へと変わる。

「ちょうど取れかかっていたのが知らないうちになくなっててね。——なによ、怪しむような顔して。この部屋に落としたネイルチップを探しに来たとでも言いたげね」

「ああ、いや……そうです」

「認めてどうすんのよ」朱鷺野は呆れる。

誤魔化すのが面倒だったのだ。それに見つからないネイルチップを隠すためだとすれば、荒らされた部屋にも説明がつく。

「だからなくしたのは昨日の昼間なんだってば。十色さんが殺された時にここに落ちているはずがないの。好きなだけ探せばいいわよ、邪魔はしないから」

嘘を言っているようには見えない。朱鷺野は遺体の側らに花を供え、両手を合わせた。

なんにせよ、手がかりを探さなければならない。再び床に這いつくばると同時に、朱鷺野が証拠隠滅を図らないか動きに気を配っておく。

床を埋めているなかで、一番大ぶりなのは破れたシーツとひっくり返った机。次に十色のリュックと着替え。あとは洗面具や文房具などの小物、壁に掛けられていた時計の破片が目立つ。

「でもおかしな話よね」

沈黙を嫌ったのか、扉にもたれかかっていた朱鷺野が呟く。

「部屋の鍵は内側からしか開けられない。こじ開けられた跡もないから、十色さんが犯人を招き入れたことになるわ」

「きっと緊急事態が起きたとか言って開けさせたんでしょう。扉に顔を押しつけたら、かろうじて声は届きますから」

取っ手を捻ったり扉を叩いたりすれば、十色も声の届く距離まで来てくれたことだろう。

その時、遺体のすぐ側で折れた時計の針に交じり、光を反射する金属製の玉を見つけた。

「これは……弾丸ですかね」

先の尖っていない、親指の先のような形の金属だ。

「スラッグ弾の弾体よ。ただの鉛玉」

昔、猟銃を持っていた好見の知り合いに教えてもらったらしい。

「映画で見るような、尖った座薬みたいな形じゃないんですね」

「それは主にライフルで使われる弾ね。神服さんのように獣相手に使うのならスラッグ弾みたいに貫通力の低いものの方がいいの」

貫通力が低いという言葉に疑問を抱いた。

「獣用の方が貫通しないんですか。貫通力が高い方が射程も長いし、威力も高いんじゃ」

すると朱鷺野は「違う違う」と右手の掌に左の人差し指を突きつけてみせる。

「弾丸ってのはね、高速で体内に侵入することで起きる衝撃波によってダメージを与えるのよ。弾頭の素材や形状にもよるけど、貫通しにくいということは体の中で衝撃波として大量のエネルギーを使っているということ。だから獣を倒したい時は先が丸く貫通力の低い弾丸で大ダメージを与えるのよ。十色さんの傷を見たでしょ」

十色の傷があんなにも無惨だったのは、猪や熊に向ける凶器で撃たれたからなのか。凶行の光景が頭をよぎり、俺は冷たい拳を握りこんだ。

と、一つのことが頭に引っかかる。

「ちょっといいですか。俺が部屋の外で犯人役をやるんで、中から扉を開けてみてください」

「まあ、いいけど」

朱鷺野は言われるまま、廊下に出た俺の前で扉を開ける。

「犯人は言葉巧みに十色さんに扉を開けさせると、まずは十色さんを突き飛ばすなりして中に押し入ったはずです」

「そうね。扉を開けたままじゃ銃声が一階まで響いちゃう」朱鷺野が頷く。

「そして銃口を向けたまま彼女を壁の前に立たせ、発砲。十色さんは倒れた」

「部屋の状況からしてそうとしか考えられないわね」

次に俺は壁を指さす。

「銃弾は彼女の胸から左後背に抜けました。壁に飛び散った血しぶきもそれを物語っています。しかしおかしなことに、壁のどこにも貫通した弾丸が当たった跡がないんです」

十色の背後には壁があった。貫通した弾丸は必ず壁に当たるはず。

白い壁の表面は脆い。色鉛筆で絵を描こうとしただけで削れる程度だ。というのに弾丸の跡がどこにもないとはどういうことか？

俺は十色が立っている状況を思い浮かべ、弾丸が抜けたであろう十色の左背、つまり右上の方向を見上げる。すると俺の頭より少し高い位置にL字型のフックが壁に刺さっているのを見つけた。

「時計が掛かっていたのかしら」

朱鷺野の言う通り、記憶ではそこに時計があった。となると……。

「ひょっとして、弾丸は時計に命中したのか？」

そう考えれば、疑問だったいくつかの事柄にも説明がつけられるのだ。

「時計……なるほどね」言いたいことが朱鷺野にも伝わったらしい。「十色さんを貫通する時に弾道が変わり、偶然にも壁に掛かっていた時計を直撃した。そうでしょ」

「それだけじゃありません」

俺は言葉を引き継ぐ。

「弾丸が当たった時、あるいは衝撃で床に落ちた拍子に、時計が犯行時刻を指したまま壊れたんです。犯人はそれを誤魔化すために時計をバラバラに破壊し、さらに部屋を荒らすことで隠蔽を図った」

昨晩十色が部屋に籠った後、俺と比留子さん以外のメンバーは十時十五分から零時の間にそれぞれ食堂を出る機会があった。止まった時計から犯行時刻が割れれば、共犯のうち十色を撃った犯人が明らかになってしまう。それを恐れたのだろう。

「部屋が荒らされた理由は分かったけど、犯人は分からないままね」

朱鷺野が悔しがる。

それ以上は手がかりとなりそうなものは見つけられず、ネイルチップもなかった。俺はあらかたの状況を写真に収めると十色の部屋を後にした。

自室に戻るという朱鷺野と別れて階段に向かおうとすると、「ちょっと」と呼び止められた。

「サキミ様や例の機関について色々知りたいんだろうけど、神服さんには気をつけた方がいいんじゃない」

「どうしてですか」

「だって十色さんを殺したのは女性なんでしょ。サキミ様は部屋から出ていないし、私はやってない。残るは神服さんしかいないじゃない。それに」

付け加えられたのは意外な言葉だった。

「あのエリカって花の花言葉を知ってる?」首を横に振ると、朱鷺野は長い髪を掻き上げ語った。

「スナックのママが花に詳しくてね。いつも蘊蓄を聞かされるから覚えてたの。品種や色によっていくつかあるのだけれど、エリカ全般の主な花言葉は裏切り、孤独、寂しさ」

俺が目を見開くと、朱鷺野は嗜虐的に目で笑った。

「分かる？　あの人はサキミ様が知らないのをいいことに、そんな花を建物中に飾り付けているの。従順を装っているけど、腹の中ではなにを考えているか分からないわよ」

朱鷺野と別れた後、俺は玄関脇のフェルト人形を見に行った。

今朝比留子さんの自殺を偽装した際に紅葉が施された〝秋〟の一体を滝壺に捨てたため、残り一体となった〝冬の人形〟はぽつんと鎮座したままだ。犯人が動かない根拠というわけではないが、ちょっと安心する。

せっかくなので散弾銃が保管されていたロッカーも調べておくべきだろうか。事務室の扉に手をかけようとし、後になって鑑識が調べるかもしれない、と服の袖でそっと取っ手を回した。

六畳ほどの事務室には受付窓に向かって事務机が置いてあったが、それ以外は書棚もなくがらんとしていた。部屋の隅には散弾銃の保管に使われた掃除用具のロッカーがある。

受付窓と反対側の壁には一枚の扉。開けると同じくらいの広さの倉庫に通じており、ペンキやニスなど塗料の缶、肥料の袋が押しこめられた木製の棚が並んでいた。神服が移り住んできたのが五年前というから、その前から放置されているものも多そうだ。

床を見回していた俺は、棚の下に小さな赤い欠片《かけら》が落ちているのに気づいて足を止めた。

「朱鷺野さんのネイルチップ？」

なぜこんなところに。彼女は倉庫に立ち入ったことがあるのだろうか。

俺は目の前にある棚の一番低いところの戸を開けた。

そこには学校の理科準備室などでよく見るような、暗色のガラス瓶があった。変色したラベルに亜ヒ酸と書いてある。

まさか、サキミに盛られた毒というのはこれではないのか。

朱鷺野は毒の存在を知っていた……？

思わず周囲に人気がないことを確認すると俺は倉庫を出て、足早に自室に向かう。

彼女が犯人だと決まったわけではない。だが、その気になればさっき俺を殺すこともできただろう。

寒気が背筋を駆け上がり、再び強く自覚する。

殺される前に、この事件の真相に辿り着かなくては。

五

二月二日
このような窮地に立たされるとは思わなかった。
どう足掻いてもサキミの予言した未来を回避できない。
予言の中には日本史上に残るような大事故もあった。

H市近郊に墜落した航空機事故では七十人近い乗員乗客の全員が死亡。

I県の上空で起きた旅客機と自衛隊機の衝突では百六十人を超える死者が出た。

いずれの事故も、事前に機関の力を最大限に駆使し対策を行った。だが防げなかった。確かに対策は万全だったのだ。それなのに些細な手違い、理解不能な人的ミス、天文学的な確率の不運などが積み重なり、予言通りの結果となる。まるでサキミの予言は神の啓示だとでもいうように。

皮肉なことに、サキミの予言は私の研究の最大の障害となってしまった。

サキミは変わらず我々の指示に従順で、人当たりがよく研究者たちと良好な関係を保っている。

だが責任者である私には非難の声が上がるようになった。さっさと自分の才能に見切りをつけ他の者に研究を引き継げというのだ。誰よりも先にサキミの予言を知りながら、すでに千人を超える人々を見殺しにしているのだから当然だ。彼らの言う通り、班目機関ならば私よりも優秀な研究者を用意することも可能だろう。

岡町君はそんな声を抑えこむべく奔走《ほんそう》してくれているが、所員との対立は日毎に顕在化しつつある。

分かっている。悪いのは私だ。それでも研究を降りるつもりはない。

サキミとの繫がりはこれだけなのだ。

今や私は予知能力の解明ではなく、彼女の側にいるために研究を続けている。

研究者の名声、人間の可能性、そして女性として——。

なにも手放すものか。

この研究がうまくゆきさえすれば、すべてが解決するのだから。

二月十五日
いよいよ大事が起きてしまった。

サキミが今月上旬に〇県Ｉ郡で大量殺人が起きると予言したことが原因だ。

だがＩ郡のサキミが告げた地域というのは、人家がまったく存在しない場所だった。そんな地域で大量殺人が起きるとは到底思えず、最後まで事件を阻止する策を講じなかった。

今回ばかりはサキミが予言を誤ったのではないかと気が気でない状態で日々を過ごしていたのだが、昨日機関の上役から招喚命令が下り、私は驚くべき事実を聞かされた。

〇県にある班目機関の研究施設で重大な事故が発生し、数十人の死者が出たというのだ。

問題は現場が班目機関の中でもごく限られた者しか知りえない極秘の施設であり、政府肝煎りの研究を進めていたことだ。しかも最悪なことに、現場には政府の密使も居合わせ、犠牲になったという。サキミの予言した惨劇により班目機関は政府の信用を大きく損ない、危ういバランスで保たれていた立場が崩れたことになる。

事故と説明されたが、サキミは大量殺人と予言していた。いったいどんな惨劇が起きたというのか。

二月二十日
とうとう機関はサキミを危険視し始めた。彼女の能力は制御不可能な代物だというのだ。

私への風当たりも強くなり、岡町君は先週反対派の所員と暴力沙汰を起こした。サキミは以前と変わりなく穏やかな態度で研究に協力してくれているが、所員の心は離れ、中には私に対し、

「本当に災いを回避したいのなら、今すぐあの娘の舌を抜いて口を縫い付けた方がいい」

「あなたがいると迷惑だ。研究の続きがしたいのなら、あの生意気な女を連れて余所に行ってくれ」

などと吐き捨てる者もいる。

「奴らはこの研究の価値を妬んでいるんですよ。足を引っ張ることしかできない、馬鹿どもめ」

岡町君の怒りは私に向けたものであったかもしれない。

こんな状況にも拘わらず、さらに別の問題が判明したからだ。

サキミに子供ができた。私との。

妊娠がサキミの能力にどんな影響を与えるのか、まったくの未知数だ。彼女の一族の中には出産を機に能力を失った者もいたらしい。私はこの手で稀代の予知能力を消してしまうのではないか。

だが私の子を身籠《みごも》ったことを心から喜ぶ彼女に、そんなことは言えない。

なにより自分でも本当に驚いているのだが――

私自身、我が子の誕生を願ってやまないのだ。

十月十六日
今日、サキミが出産した。元気な女の子だ。
研究は進展なし。

十月三十日
子供の発育は今のところ順調だ。

ごく限られた祝福しか受けられなかった我が子を不憫《ふびん》に思うとともに、それでもサキミとの新たな絆ができたことを嬉しく思う。

名前は久美。ずっと美しくあってほしいと願いを込めた。

最近機関からの連絡がない。風向きが変わったのだろうか?

それともとうとう見放され、研究の打ち切りが迫っているのか。

体調が落ち着いたのを機にサキミに研究所と私の状況を吐露すると、意外にも朗らかな顔を見せた。

「いいじゃありませんか。一緒にいさえすれば、私はどこでも勤さんの研究にお付き合いします」

出産以来、彼女は祈禱をしていない。おそらく能力に問題はないだろうと本人は話している。

もしここを出ることになったらどこへ行こうかと訊ねると、海の近くがよいと目を輝かせた。

サキミは山の中でしか生きてこなかった。潮の香りの中で三人、新たな生活を始めるのも悪くないかもしれない。そう伝えると彼女は我が子に頰ずりしながら「約束ですよ。きっと連れていってくださいね」と笑う。

それを見て、私の胸に思いもしなかった不安が湧いた。

これからもサキミは未来を視続けるのだろう。

だが、万一彼女が私たちの子供の死を予言したら。

誰にも結果は覆せない。私にも、サキミ自身にも無理だ。

私に覚悟はあるか？　この先もサキミの予言とともに生きていく覚悟が。

十一月三日
研究所が公安にマークされたとの連絡があった。
しかも数日のうちに捜索が入る見込みだという。急すぎる。
機関からは撤収の命令が下ったが、その内容に私は驚愕している。

娘だけを連れて、サキミはここに残していけというのだ。

撤収といっても、機関は超能力研究自体を打ち切るつもりはないらしい。だがサキミがいなければ私には研究の続けようがないではないか。

機関の返答は驚くべきものだった。

「サキミの系譜がそれぞれ異なる予知能力を持つなら、いずれその子供で研究を再開できるかもしれん。災いを振りまくだけの母親はもう必要ない」

ようやく今まで研究が打ち切られなかった理由が分かった。

彼らは研究を諦めてなどいなかった。それも私以上に。

サキミの代わりに、久美を、そしていずれはその子をも利用するつもりだったのだ。

冗談ではない。やはり私は間違っていた。

人はこんな閉じられた匣の中でなく、自分の足で生きる場所を探すべきなのだ。

これを機に班目機関からも逃れよう。

だがどうすればいい？

機関の計画では、公安に撤収の動きを悟られぬよう、好見の住人に協力してもらい数人ずつ車で町まで送ってもらうことになっている。住人はサキミの顔を知らないだろうが、計画より多い人数で車に乗れば企みが露見するかもしれない。そうなるとこの子と引き離されてしまう危険すらある。

私は夫として、父としてどうすべきなのか。

――きっと連れていってくださいね。

彼女との約束が頭の中に反響している。

十一月六日
悩みに悩んだが、彼女を残していかざるを得ない。

好見の住人には可能なだけの金を渡し彼女の世話を頼んである。たとえ問題が起きても、予言の力を見せつければ生きていけるだろう。

心残りなのは、約束を果たせないことだ。

すまない。本当にすまない。

六

わざと少し大きな足音を立てながら俺の部屋に戻ると、比留子さんはベッドに膝を立てて座り、十色の研究ノートを開いていた。ちょうど手記の最後、十色勤が好見を出るところまで読み終わったようだ。サキミと十色に血縁関係があったと確信できる部分だ。


少し眠そうな目をしているのは夜通しで色々と考えていたつけが回ってきたのだろう。

「おかえり。無事でよかったよ」

俺は十色の部屋に特に怪しいものは落ちていなかったこと、壁や天井のどこにも着弾の跡がなかったこと、時計に銃弾が命中して壊れたらしいことを報告した。朱鷺野から教えられたスラッグ弾の特性や、例の倉庫で朱鷺野のネイルチップと亜ヒ酸を発見したことも付け加えておく。

さすがの比留子さんはネイルチップのことを把握していた。

「朱鷺野さんは、昨日の夕飯時にはすでに素の爪だったよ。私はてっきりお風呂に入ったから外したんだと思っていたけど、一つを紛失していたのか」

「よく見てますね、他人の指まで」

「マメに注意を払っておかないと、女性は傷つくよ」

俺は思わず比留子さんの指を確かめる。

「比留子さんはそのままで素敵だと思います」

「ありがとう。できれば普段から口に出してね」

ごめんなさい俺には無理です。

軽口をやめ、比留子さんは真面目な表情で考えこんだ。

「サキミさんに盛られた毒物が亜ヒ酸かどうかは検査しないと分からない。ただサキミさんは湯飲みの中身を口にした瞬間、舌に刺激を感じたと言っていた」

「あ、そうか。亜ヒ酸は無味無臭ですね」

ヒ素はミステリでも一、二を争うくらいよく用いられる毒物で、混入に気づかれにくいことで有名だ。サキミの証言とは矛盾している。それに朱鷺野には湯飲みに毒を盛る機会がなかった。俺の深読みしすぎだったか。

「倉庫では他になにか見つかった？」

「いえ、特には」

「ほんとに？　なにも？」

　怪訝な顔で念を押してくる。なにかおかしなことを言っただろうか。

「昨日の夕飯の時、純君が言ってたじゃない。『倉庫の中でネズミがカラカラになってるのを見つけた』って」

　そう言えば。確か昼に見つけたのだったか。でもネズミの死骸なんて見当たらなかった。

「神服さんがその後で倉庫を掃除したんじゃ？」

「なら、朱鷺野さんのネイルチップもなくなっているはずだけど。念のため、神服さんに会った時に掃除したかどうか聞いておいて」

　承諾すると、比留子さんは話題を十色の部屋での発見に変えた。

「それにしても、壁や天井には弾痕が見つからなかったのは意外だったね。ないことに気づくとはやるじゃない。これはかなり重要な手がかりかもしれない。さすがは神紅のワトソン」

　彼女の賞賛は素直に嬉しい。日頃のメニュー当ての成果だろうか。

「けど、壁の絵を描いたのが十色さんだとすれば、彼女はもうすぐ誰かが射殺されると分かっていたことになる。葉村君が彼女の立場なら、誰か訪ねてきても扉を開ける？」

「――あ」

盲点だった。十色がこれまでのように未来を予知してこの絵を描いたなら、誰よりも先に危険を察知していたはず。言いくるめて鍵を開けさせるのは困難だ。

――いや、だが。それを逆手に取れば。

「こんなのはどうですか。犯人はこう十色さんに呼びかけたんです。『大変だ。茎沢君が葉村に銃で撃たれた。彼はもう取り押さえたから、急いで来てくれ』って」

犯人は十色を射殺するつもりだった。その光景を十色が予知していることも見越し、あえて射殺が起きたと口にする。十色は予知が的中したと思い、まんまと扉を開けるのではないか。

比留子さんはなぜか訝るような目で俺を見る。

「えらく頭が回るね。ひょっとして君、普段からそんな手口を使い慣れて……」

「ないですよ！」

とにかく、犯人は十色をうまく言いくるめて鍵を開けさせ、彼女を撃ち殺した。

十色の体を貫通した弾丸が壁に掛かっていた時計を破壊し、針が止まる。

「時計が壁に掛かったままだったのか床に落ちたのかは定かじゃない。どちらにせよ、射殺死体の側で時計が壊れていたら誰の目にも銃弾が当たったことは明白で、犯行時刻がばれてしまう」

そこで犯人は時刻を読み取られないよう時計を踏み砕き、さらに俺たちの目を時計から逸らすために部屋中を荒らした。木の葉を森に、森を樹海に隠したわけだ。

これで現場の不可解な点はすべて説明がついた、かに思えた。

ところが比留子さんの口から衝撃の言葉が飛び出す。

「でもこの推理、根本的な部分が間違ってるんだよね」

「間違ってるって、どこがです」

「銃弾が当たって時計が止まったって部分。だって犯行時刻で時計が止まったとしても、針をずらせばいいだけのはずだもの」

単純な指摘だったが、俺は頭を抱える。なんでそんなことに気づかなかったのか。

犯人は執拗《しつよう》に時計を踏み砕く必要などなかったのだ。であれば部屋を荒らす理由も成立しない。

比留子さんは俺をフォローするように告げた。

「壁や天井に弾痕がなかったことは事実なんだから、時計に弾丸が当たったのは間違いない。問題は針をずらせば済むだけなのに、犯人がわざわざ時計をバラバラにした理由がなにかあるはずなんだけど……。今はサキミさんとの面会が先かな」

時間を確認する比留子さんの表情には暗い影が差している。研究ノートの最後、十色勤とサキミが迎えた結末を思い出しているのだろう。

十色勤は子供を連れて班目機関から逃げた。

愛する者に裏切られ、あまつさえ産んだばかりの子供とも引き離されたサキミの心中は察するにあまりある。故郷といい班目機関の研究所といい、特殊な環境でしか過ごしてこなかったサキミは今さら外の世界で生きる術も知らず、匣の中で暮らし続けるしかなかったのだろう。

そうして稀代の予言者サキミは好見の住人たちに疎まれながら半世紀もの時間をこの魔窟で過ごし、何者かに殺されかけた。あまりにも悲惨な人生ではないか。

俺は先ほど朱鷺野から聞いた花言葉を思い出す。

裏切り、孤独、寂しさ。

エリカの花言葉はまさにサキミの人生そのものだ。

「それと、気になることがあったんだけど」

比留子さんが開いて見せたのは、すでに昨日目を通したページだった。

「最初の方に名前が出てきている被験者の名前。交霊術の宮野藤次郎。ダウジングの北上ハル。そして次のサイコメトリーの人なんだけど、この名字、なんて読むか知ってる?」

『槐寛吉』。俺は首を横に振る。気にかけず読み飛ばしていた部分だ。

「これはね、〝えんじゅ〟って読むんだよ」

さすが文学部だけあって漢字に強い。

しかし、えんじゅ。どこかで聞いたような。頭の中で幼い子供の声がよみがえる。

『パパはおじいちゃんと同じ〝えんじゅ〟だったんだけど、結婚して師々田になったたって言ってた』

まさか。こんな珍しい姓はそうそういない。

「師々田さんの父親の姓も〝えんじゅ〟でしたね」

「しかも師々田さんは離婚後も元の姓を名乗っていない。ひょっとしたらなにか隠したい事情があるのかも」

俺たちの前では超能力の存在を頑なに否定し続ける師々田。もし彼の親族が班目機関の研究に携わっていたとしたら。彼がここに来たのは本当に偶然なのだろうか？

七

正午近くになったので、食堂に用意されていたインスタント食品を作り、部屋に持ち帰って比留子さんと分けた。

それから神服の部屋にサキミを訪ねる。今回は神服も同席して話をすることになった。

昨晩毒殺されかけたサキミもその後は体調が安定していると聞いていたが、皺だらけの顔には疲れの色がこびりついている。サキミは仰臥《ぎょうが》したまま首をわずかに傾け、がさついた声を出した。

「あんたも気の毒だったね」

比留子さんが死んだと神服から聞いたのだろう。俺は神妙な面持ちで頭を下げた。

「あの子たちも、こんな老いぼれが助かったというのにあんな若さで亡くなるとは」

二人を偲《しの》んでか、サキミの声には今までになかった哀切の響きがあった。

「サキミさん。俺たちは目の前で十色さんが未来の光景を描くのを何度も見ました。彼女はあなたと同じ、予知能力者だったのではないですか」

サキミの側らに正座する神服はじっと耳を傾けている。

数十秒の沈黙の後、「……ああ」という肯定の言葉が漏れ出した。

「彼女の母親は、かつて私と十色勤という研究者の間に生まれた子供。つまりあの子は私の孫だ」

神服はサキミに子供がいたことを初めて知ったらしく、目を丸くしている。

「しかしあなたはもう半世紀近くも家族と離れて暮らしているんでしょう。その研究者……十色勤とは連絡をとっていたんですか」

俺の質問にサキミは力なく首を振った。

「彼は子供が生まれて間もなくここを出て行ってね。もう我が子に会うことはないと諦めていた。しかし年老いてくるにつれ、彼らがどうしているのかを知りたくなった」

それはまだ神服が好見に移住してくる前のことで、サキミには頼りにできる人間がいなかった。そこで彼女は機関が残していった金を使い、ある住人に人探しを依頼した。

「それが朱鷺野さんの父親だ。彼は私から見ても住人の間で浮いていてね。どうやら年中金に困っていたらしく、他の住人ならば恐れて近づかない私の話にも飛びついてきたよ」

「朱鷺野さんもお父様の散財癖に苦労していましたね」神服も同意する。

サキミが朱鷺野の父に頼んだのは、十色勤の居場所の調査を実績のある探偵事務所に依頼する、橋渡しの仕事だった。

調査に時間がかかると覚悟していたが、予想に反して十色勤の居場所はすぐに見つかったという。

「彼は本名で生活していたんだ。ひょっとしたら知人の伝手で班目機関の解体を知っていたのかもしれないね。新天地で別の女性と結ばれ、別れた時にまだ赤子だった娘はすでに婿をとっていたよ」

幸か不幸か、娘には予知能力は顕れていなかった。

だがサキミの血筋は元々隔世遺伝の傾向が強い。さらに詳しい調査を依頼すると、案の定、孫に当たる十色真理絵が小学校で起こした不可思議な出来事が判明し、サキミは予知能力が色濃く遺伝していることを確信した。

「あなたは十色さんの予知能力のことも知っていたんですね」

「私のようにならなければよいが、と願っていた」

遠い地でサキミは彼女を心配しつつも祖母だと名乗り出ることもできず、数年が過ぎた。

「あれは奉子さんが来てから二年ほど経った頃だったかね」

「朱鷺野さんのお父様が亡くなったことですね」

サキミの言葉を受け、神服が説明する。

「その年、サキミ様は盆の最中に誰かが熊に襲われて死ぬと予言されました。もちろん住人たちは予言を恐れ、盆の間は外出を避けて墓参りにすら行きませんでした。しかし朱鷺野さんのお父様は一人で墓参りに出た後、熊に襲われて死んでいるのを発見されたのです」

それを聞いて俺は不審に思った。

「なぜ彼は予言を無視したんですか？　サキミさんの予言を信じていたのでしょう」

「分からん。その頃には橋渡しを頼むこともなく、彼と会わなかったからね」

「住人たちの間で噂されているのは、娘である朱鷺野秋子さんがわざとサキミ様の予言を彼に伝えなかったのではないかということです。さっきも言ったように彼は好見で浮いていたので、朱鷺野さんが代わりに近所付き合いをしていましたから」

二人暮らしでありながら父の散財に苦労していた朱鷺野は、父の死を契機として好見を離れ、新たな生活を始めた。それは彼女が意図した契機だったのだろうか。

「若い時分は娘だけ連れて出ていった勤さんをずいぶんと恨んだが……、今ならその気持ちも分かる。この力は多くの人を不幸にした。人は未来を知ることなど望んでいない。たとえ嘘でも希望を与えてほしいのだ。絶対に覆せない予言など……」

「それは違いますわ」神服が勢いこんで訴える。「予言の内容が誰かの死であったとしても、それで私のように救われる者もいるのです」

「奉子さんのような人は少数派だよ。予言者が必要とされる時代じゃないんだ。だが」

もう力を失ったかに思われた枯れ木のような指が、掛け布団を握りしめた。

「それでもあの頃の私は、捨てられたと知ってなお勤さんを信じていた。いや、信じたかったんだね。認めてしまえば本当に私たちの関係が終わってしまう気がした。だからこの匣の中で待ち続けたんだ」

「サキミさん……」俺はなんとも哀れな気分になる。

「でも、果たされなかったね。私を迎えに来てくれるという約束は。昨日あの子の口から勤さんが亡くなったと聞いて、なんだか力が抜けちまったよ」

ここにも、特殊な能力のせいで不幸を背負った人がいる。

十色の姿と重なるせいか、サキミを恐ろしいと感じることはなくなっていた。

「サキミさん。これから先の出来事については、なにか分かりませんか」

首を振る代わりにサキミは力なく目を閉じた。

「最近じゃ祈禱もままならんし、未来のことに興味がなくなったよ」


一通りの話が終わった後、この部屋の作りを調べさせてもらえないかと神服に頼みこんだ。さすがに彼女はいい顔をしなかったが、俺は正直に意図を説明する。

十色が射殺された昨晩、この部屋の扉は食堂から丸見えでサキミは一度も部屋を出ていない。神服も部屋を出たのは最後の五分間だけで、単独で十色を殺す暇はなかったはずだ。

しかし、この部屋のどこかに秘密の抜け道があり食堂の誰にも悟られずに外に出ることができるとすれば話は別だ。彼女たちには十色殺害のために十分な時間があったことになる。

二人の潔白を証明するためには秘密の抜け道の存在が否定されなければならない。

神服は不服そうではあるが寝ているサキミに配慮することを条件に受け入れてくれた。

女性の部屋を調べるのは緊張したが、普段好見から通う神服は寝泊まりすることはないらしく、私物はほとんど見当たらず、抜け道がないこともすぐに確信が得られた。

ついでにサキミの部屋を調べる許可ももらい、俺と神服は部屋を出た。

「そう言えば、昨日の昼以降に倉庫を掃除しましたか？」

比留子さんの指示を思い出して訊ねると、神服は否定した。

「地震後に倉庫内の物が散乱していないか少し覗いた程度で、なにも手を付けてはいません。食堂の被害の方が大きかったですしね」

となると、他の誰かが倉庫にあったネズミの死骸を持ち出したことになるが……。このことは果たして事件に関係があるんだろうか。

サキミの部屋は、昨晩サキミが倒れた時そのままに、混乱の様子が色濃く残っていた。中でも目についたのは畳のあちこちに散らばった小さな赤い花や葉。倒れた花瓶のものではなく、廊下のエリカを踏みつけた足で俺たちが部屋に上がったために散らばったものだ。

後の掃除のことを考えたのか、入り口で神服が小さくため息をつく。

俺は神服の部屋と同様に抜け道を探し始めたが、背後からじっと見つめられているだけというのも居心地が悪いので話を振った。

「神服さんは親戚からサキミさんの話を聞いて、東京から移住されたんですよね。なにか特別な事情でもあったんですか」

部屋に残してきたサキミを心配してか、絶えず廊下の様子を窺いながら神服が答える。

「朱鷺野さんと同じです」

どういう意味だろう。

「東京で勤めていた頃の私は、激務続きの上に性格の合わない上司もいて、心身ともに疲れ切り生きる意味を見失っていたのです」

彼女は昔から両親と不仲で、実家にも帰れない状態だったらしい。そんなある日、珍しく叔父から連絡が入った。不思議な内容で、数日の間ある地域に近づくなというのだ。

そこは神服が休日によく出かけるショッピング街のある地域だった。意味が分からなかったが、神服は気味悪く感じて出かける気にならなかったという。

次の休日、そのショッピング街で無差別殺傷事件が起きた。容疑者は猛スピードの大型車で歩道に乗り上げ、通行人を次々と撥《は》ねたというのだ。犠牲者の中に神服の嫌っている上司がいた。

「ただの偶然と思えなかった私は、叔父にあの連絡はなんだったのかと問い詰めました。すると好見に住んでいた頃の隣人が教えてくれたというのです」

さらに詳しく訊ねると、予言が必ず当たるというサキミの存在を聞かされた。叔父は予言された地域の近くに住む姪が、万が一巻きこまれてはいけないと連絡をくれたのだという。

「サキミ様の予言のお陰で私は事件に巻きこまれずに済んだ上、悩みの種だった上司が死にました。私がどれほどサキミ様に感謝したか、お分かりになりますか」

その後、不仲だった両親が相次いで病気で急逝《きゅうせい》。彼女には高額の保険金が入った。サキミを思慕していた神服はこれを機に仕事を辞め、好見に移住したらしい。

「あなたと同じように、朱鷺野さんも父親が死んだことを内心では喜んでいると、そう思うんですか」

「もちろんです。唯一の肉親があんな形で亡くなったのに葬儀でも涙ひとつ見せないと、好見では随分と噂になりましたから」

あるいは――彼女はほんの出来心で父に予言を知らせなかったのかもしれない。少し驚かすことができればいい、そんな気持ちで。それなのに父は外に出かけ、予言通りに熊に殺されてしまった。彼女は今も罪の意識に苦しんでいるのではないか。好見を出たのもそれが理由かもしれない。

神服は決然として告げた。

「サキミ様の予言は誰かの死を無慈悲に決定づけるものなのかもしれません。ただ、誰かが死ぬことで救われたり幸福になれたりする人がいることも、否定できない事実だと思います」

神服の主張になんと答えるべきか迷っているうちに、押し入れを調べ終わる。次に畳を調べながら部屋の奥に移動すると、小さな衣装箪笥の背後、畳の縁《へり》と壁のわずかな隙間に白いものを見つけた。

そっと引き抜いてみると、薬包紙のような薄紙だ。小さく折り畳んだ紙になにか包まれている。

「これは？」

中から出てきたのは暗褐色の粒状物。ザラメと砂を混ぜたような、不均一な粒の集まりだ。神服に見せてみたが、彼女も眉をひそめて知らないと首を振る。サキミの部屋から発見された謎の物質。当然思い浮かぶのはサキミに盛られた毒だ。

「サキミさんにも確認したいのですが」

すると神服は「ええ」と頷いた後、こう続けた。

「私は席を外した方がいいですね」

「え?」

「もしそれが使われた毒物だとすれば、誰が隠したのかが問題になります。普段からこの部屋に立ち入る私も容疑者です。聞き取りの際に私が目を光らせる訳にはいきません」

ありがたい申し出だが、少し拍子抜けしたのも事実だ。特にサキミと二人きりになるのは反対されるかと思ったのだが。

しかし、結果は空振りに終わった。サキミにも見覚えがないと否定され、隠し場所だった部屋の奥までは普段の神服でさえ立ち入らないと断言された。誰がいつ隠したのか。

謎の物質を手に、サキミの部屋を後にした。

八

自分の部屋に戻る途中、トイレの前でちょうど師々田親子と出くわした。誰に命を狙われているか分からない今、師々田は息子から片時たりとも目を離せないのだ。

俺はこれまでの事件で確かなアリバイがあるし、連れである比留子さんを喪ったと思われているので警戒されていないらしく、師々田は「ほら、行ってこい」とトイレに向かって純の背中を押した。個室が閉まる音が聞こえたということは、少しは話をする時間があるはずだ。

「聞きたいことがあるんですが」

師々田は呆れたような顔をする。

「まだ探偵の真似事をしているのかね。君からすれば儂も警戒すべき一人だろうに」

確かにそれも考えるべき可能性だった。いかん、俺は自分が〝捜査する側〟の人間なのだと勘違いしているのではないか。この甘さが命取りになると肝に銘じなければ。

「すみません、次からはちゃんと警戒します」

「そう言われると複雑だが……。で、なにかね」

俺は浅く息を吸う。師々田に襲われても俺の部屋にいる比留子さんまで声が届くように。

「班目機関が行っていた研究の被験者に、槐寛吉という人物がいたんです」

師々田の表情が明らかに強ばる。

「純君に聞きましたが、師々田さんの父親の姓は〝えんじゅ〟だそうですね。これは偶然ですか」

彼は恨みがましい視線をトイレに投げ、長々と嘆息した。

「儂が迂闊だったというべきか、恐ろしく運が悪いと諦めるべきか。まさか息子の口からそんな言葉が出るとは思わんじゃないか。それとも君に探偵としてのツキがあるのかな」

「ということは」

「槐寛吉は儂の父だ。戸籍上はな。とっくに縁を切ったつもりでいたが、母の葬儀となると顔を出さんわけにはいかなかった」

その言葉からするとかなり長い間実家とは疎遠になっていたらしい。

「離婚された奥さんの姓を使っているのもそのためですか」

「どこまで喋っとるんだ、あいつは」師々田は伸びた顎髭を掻きながらぼやく。「言っておくが、妻とは今でもしょっちゅう顔を合わせる仲だ。互いに我が強くて一緒に生活できなかっただけだ」

ああ、なんだか師々田家の光景が見える気がする。自分を曲げようとしない大人同士のバトルが日常的に繰り返されるのであれば、距離を置くのが純のためにもよかったのだろう。

「それはともかく。儂が生まれる前、親父は班目機関とやらに関わったことがあるようだが、アレは超能力者なんかではない。詐欺師だ」

実の父をアレ呼ばわりし、師々田は徐々にヒートアップする。

「アレは物に宿った記憶を読み取る、俗にいうサイコメトリーの能力者だと大ボラを吹いて金を騙しとっていたのだ。遺品から死者のメッセージを読み取る、イタコの真似事をしてみせたりな。儂が生まれてからもずっとだ」

「えーと、それは確かに詐欺だったんですね」ひょっとして本当の超能力の可能性は。

「確かだとも！」師々田は吼えた。「いつも依頼者と会う前に、山ほどの個人情報をかき集めて頭に叩きこんでおったんだ。この前、君らと超能力の検証について話をしたろう。ホットリーディング、バーナム効果……、あれは全部親父が使っておったテクニックだ。物心ついた時から親がそんなことばかりしておれば、縁を切りたくもなるわい」

「寛吉さんが詐欺をしていることについて、お母様はなんと」

「アレは親父の助手だ！」

師々田は両親の教えに染まらず、高校進学とともに実家を出たらしい。彼が超能力を躍起《やっき》になって否定したり論理性をやたらと重視したりするのはその反動なのか。

「班目機関について親父から聞いたことはないが、酔った親戚が口を滑らせたことがある。金に目が眩んで研究に参加したのはいいが、彼らの研究は予想以上に厳格だったらしくてな。はじめは手練手管で誤魔化していた親父もとうとうなす術がなくなり、失格の烙印《らくいん》を押されて放り出されたんだと。胡散臭い組織だが、あの詐欺師に引っかからなかったところだけは天晴《あっぱれ》だな」

その後、寛吉は故郷に帰るなり元の詐欺紛いの仕事に戻ったという。

話を信じるなら、槐寛吉の件は今回の事件と関係なさそうだ。

「身内の恥だ。息子の前では話題にせんでくれ。特に今は落ちこんでおるようだし」

比留子さんがいなくなったからか。俺は心苦しさを覚える。

「俺も諦めてはいませんが、彼は特に比留子さんに懐いていましたからね」

そこで師々田は少し歯切れが悪くなった。

「剣崎君というより過去に執着しとるのかもな」

「それは、どういう」

「昔、近所に剣崎君とよく似た女の子が住んでいたんだ。高校生だったが、純のことも可愛がって相手をしてくれた。だが純が五つの時に轢き逃げに遭って亡くなったんだ。純はしばらく塞ぎこんでしまってな」

遠い目をしながら、しみじみと呟く。

「剣崎君が彼女とあまりにも似ているものだから、顔を合わせた時は驚いたよ。純にすれば、二度も……」そこで師々田は「いや、すまん」と詫び、あからさまに話題を変えた。

「そういえば、昨日風呂に入っただろう？　部屋に戻ってから脱衣所に腕時計を忘れたことに気づいてな。取りに行くとちょうど王寺君が着替えていたのだ。その時、彼の背中に入れ墨が見えたんだが」

「入れ墨……タトゥーですか？」

昨晩性別の話題になった時、ジャケットを脱ぎたがらなかった理由はそれか。背中はシャツで見えないとしても、首筋など目立ちやすい場所にまで入っているのかもしれない。爽やかな王寺のイメージとは少し違う気がするが、今時ファッションとして彫っていたとしても不思議ではない。しかし師々田は珍しくはっきりしない口調で続ける。

「かなり大きなもので、五芒星やら蛇やら、魔除けのものを組み合わせたような。少しちぐはぐな印象だったな。なにより王寺君自身がそれを隠そうとしたのが引っかかったが……」

そこまで話した時、濡れた手を拭いながら純が出てきた。彼は俺を見て少しためらったようだが、まっすぐ顔を上げるとこう告げた。

「お兄ちゃん。比留子お姉ちゃんだけは絶対に助けようね」

「純、行くぞ」

父親に手を引かれ、幼い勇士は地下階に戻っていく。

騙していることに一抹の罪悪感を覚えるが、比留子さんはちゃんと生きている。彼のためにも——。

その瞬間。一つの考えが頭をよぎり、一切の音が消えた。

——比留子お姉ちゃんだけは。

では、ここで問題だ。

女性陣の中で確実に比留子さんに生き残ってもらうためには、どうすればいい？

九

部屋に戻ると、比留子さんはベッドに横になって目を閉じていた。

昨晩から寝る間も惜しんで頭を回転させた反動だろう。サキミの部屋で見つけた紙包みの報告をしたかったが、少し休んでもらった方がいい。俺はベッドを揺らさないよう隣に腰かける。

これまでの調査で、今回の事件をとりまく手がかりはある程度増えたはずだ。

かつて『魔眼の匣』で行われていた超能力実験の被験者だったサキミは、研究者である十色勤との間に子供をもうけた。しかし十色勤は公安の手が迫ったのを機にサキミを残し、子供とともにここを去る。サキミはその後も『魔眼の匣』で暮らしていたが、月日が経つにつれ住人との関係が悪化し、彼女は予言の力をふりかざすことで優位な立場を守っていた。

やがて彼女は朱鷺野の父を介して探偵に十色勤の調査を依頼。勤の居場所と自分にとって孫である真理絵が誕生していることを知る。真理絵もまた未来の光景を絵に描く予知能力を持っていた。朱鷺野の父は不慮の事故で死んだが、住人の中には彼の口からこの秘密を聞いた者がいるかもしれない。

そして今年。『月刊アトランティス』編集部にサキミの存在を暴露する手紙が届き、予言の日に合わせて記者が好見に招かれる。

こう考えると、やはりサキミに毒を盛ったのは好見の関係者ではないかという印象が拭えない。仮に犯行のきっかけが死の予言から逃れるためであったとしても、真っ先にサキミを狙ったのはそれなりの理由があったのでは、と思うのだが。

「……動機を考えても仕方ない、か」

結局は俺の想像だ。想像の動機を根拠に犯人を特定することはできない。

有力な手がかりといえば、やはり十色の部屋の時計だ。

十色の体を貫通した弾丸が時計に命中したのは間違いなく、犯人がわざわざ部屋中を荒らす手間を費やした以上、時計に犯人特定の重要な証拠があったはずなのだ。だが比留子さんの言う通り、犯行時刻で針が止まったのなら指でずらせば済む話である。

では他に犯人を示す手がかりとなり得るものとはなんだろう。例えば時計に犯人の血や体液が付いた？　それとも十色が時計にダイイングメッセージを残した？　十色は胸を撃ち抜かれていたが、仮に心臓を撃ち抜かれても脳が無事な限り数十秒は動けるとなにかで読んだことがある。

――いや駄目だ。

現場には十色が撃たれた後に動いたような跡はなかった。十色はほぼ即死だったと考えるべきだ。また壁に掛かっていた時計に犯人の血や体液が飛ぶとも考えにくい。

やはり時計が示す証拠といったら、時刻しか考えられない。

いつもの癖で比留子さんに意見を求めたくなり視線を下ろすと、仰向けの大きな瞳とばっちり目が合い、思わずのけ反ってしまった。

「お、起きてたんですか」

「最初からね。もし誰かが訪ねてきたら生きてることがばれてしまうもの」

「寝といた方がいいですよ。予言の期限は今日いっぱいです。休めるうちに休まないと」

「大丈夫。いつも寝溜めをしているからね」

そう嘯《うそぶ》くくせに比留子さんは寝転がったまま起きようとせず、じっとこちらを見つめている。

「……集中できないんですが」

「私の髪をいじってもいいんだよ」

余計集中できんわ。

このままでは延々とからかわれそうだったので、俺は新しく得た情報を報告した。

サキミの部屋で見つけた不審な紙包みを見せると、比留子さんも興味深げに身を乗り出す。

「なんだろう。練り物みたいにも見えるし、水分を蒸発させた結晶にも見える」

言いながらわずかな量を摘まみ取り、親指と人差し指の間ですり潰して感触を確かめた、と思ったら。

「ん」

なんと口を半開きにし、物質を触ったばかりの指を下唇の粘膜に押し当てたではないか。

「ちょ、危ないですよ！」

慌てる俺をよそに比留子さんはハンカチで唇を拭うと、冷静に言った。

「ちょっと刺激があったね。たぶんサキミさんに盛られた毒物で間違いないと思う」

「にしたって、危険じゃないですか」

「いくらか飲み込んだはずのサキミさんが助かったんだから、これくらい平気だよ」

それよりも、と比留子さんは話を仕切り直す。

「犯行に使われた毒が部屋の奥に隠されていた意味はなんだろう。サキミさんの隙を見て湯飲みに毒を盛るのとは訳が違う。私たちや十色さんのように、文机を挟んで話をしただけの人間には無理だ」

毒を隠したのはサキミに気づかれずに部屋に入り込むことができた人間だ。しかし神服も部屋の奥まで立ち入ることはなかったと、サキミは証言した。

比留子さんは深刻な顔で呟く。

「ということは、毒を隠したのはサキミさんとしか考えられない」

毒を飲んだサキミが毒を隠した？

「毒殺未遂ではなく自殺未遂だったということですか。それはおかしいですよ」

俺は思いつくままに矛盾点を挙げる。

「自殺であれば、使用した毒物をわざわざ隠す必要はありません。湯飲みに入れた後、そのまま文机の上に放置しておけばいい」

「サキミさんがなんらかの理由で他殺に見せかけようとしていたとしたらどうだろう。自分が死んだ後も自殺だとばれないよう、毒を隠したんだ」

まるで将棋の対局後の感想戦のように、淡々とした口調で比留子さんは述べる。たぶん俺と意見を戦わせることで思考を整理しているのだろう。同調するかのように俺の口もいつになく滑らかに動く。

「他殺に見せかけたいのだとすれば、部屋の中に毒物を隠すのはナンセンスです。浴場やトイレに流すとか、裏庭に埋めるとか適当な処分方法は他にいくらでもあるじゃないですか」

サキミは体が弱ってはいるが、まったく動けないわけじゃない。用を足したり顔を洗ったりするくらいの体力はあるのだ。それに自殺だとすると、部屋の前に撒かれた赤い花の説明がつかない。彼女がわざわざ裏庭から花を持ってくる必要はないのだから。

「それよりも、毒を盛った犯人が隠したという方が自然だと思います。サキミさんが無事な間は衣装簞笥に近付けなかったでしょうが、サキミさんが神服さんの部屋に運ばれてからは誰でも中に入ることができたんですから」

「どうしてわざわざ部屋の中に隠したの？」

「もちろんサキミさんの自殺だと思わせるためですよ」

今度は比留子さんが反論する番だった。

「それこそおかしい。サキミさんを部屋から運び出したのは、応急処置が一通り終わった後だよ。あの時点で一命を取り留める可能性は極めて高いと分かったはず。その後にサキミさんの自殺を装うなんて理屈に合わない。どうせサキミさんに否定されるんだから」

ぐうの音も出ない。

犯人にとってはサキミの部屋に入っているところを他人に目撃されるリスクもある。それなら先ほど俺が言ったように、トイレなり外なりで処分する方が合理的だ。

無駄だと知りつつ、最後の抵抗を試みる。

「じゃあ応急処置をしているどさくさに紛れて隠したというのはどうですか。犯人はあの時、サキミさんが助かるかどうか半々だと思っていた。だから助からない方に賭けて毒を隠した」

「応急処置の時に室内にいた神服さんならできたというわけだね。でも毒物が隠されていたのは部屋の奥でしょ。神服さんはサキミさんに付きっきりだったし、私が隣にいた。部屋の外から皆も見ていたんだ。不審な動きをすれば誰かが気づくよ」

一通りの議論が尽くされ、二人して黙り込む。

サキミが自殺未遂の事実を隠しているにせよ、犯人がサキミの自殺だと思わせようとしたにせよ、彼女の部屋に毒物が隠されていたことは理屈に合わない。

毒物の問題は一旦脇に置き、俺は他の報告に移った。

『魔眼の匣』に取り残されたサキミと、果たされなかった約束。十色とサキミの血縁。予言によって人生が変わった神服と朱鷺野。師々田や王寺の知られざる一面。

話を聞き終えた比留子さんはしばらく黙考していたが、「そうか」とだけ漏らした。

「比留子さんは時計の件で気づいたことはないんですか」

「まだなんとも。ただ、時計を壊した理由が証拠の隠滅なのだとしたら、それは簡単に消せない形で時計に残っていたことになる。銃弾が当たったことと組み合わせると、時計の文字盤に穴でも開いたのかな、と」

文字盤に、穴？

それを聞いた瞬間、頭の中に一つのアイデアが閃いた。

「そうか、その可能性があった！」

「葉村君？」

俺は側にあった枕からカバーを外し、立ち上がる。

「もう一度十色さんの部屋を見てきます。すぐ戻りますから」

ものの十分ほどで俺は部屋に戻ってきた。

俺が枕カバーから取り出したものを見て、比留子さんは面白がるように口元を緩めた。

「持ってきちゃったの、それ」

〝それ〟とは大小全部で八つほどの破片に分かれた時計の文字盤である。

犯行現場から証拠品を持ち出すなど言語道断なのだが、十色の遺体の側で作業を行うのは気が引けるし、比留子さんを長時間一人にするのも心配だったのだ。

床にシーツを広げ、その上に一つ一つの破片を並べながら俺は解説する。

「写真じゃ分かりづらいですけど、時計は文字盤がバラバラになっただけじゃなく針までも折られていたんです。分針なんて三つに折られてて、ずいぶん徹底的に壊したんだなと思ってたんですよ。でも比留子さんの話を聞いて理由が分かりました」

なるほどね、とばかりに比留子さんが鼻を鳴らす。

俺は大きい破片から手に取り、断面を合わせていく。レコードを模したお洒落な文字盤には十二と六以外の数字が刻まれておらず、一見しただけではどの部分の破片か分からない。ジグソーパズルの要領で地道に組み立てるしかない。

「十色さんの体を貫通した弾丸は時計に命中し、文字盤に穴を開けたか、あるいは着弾したと分かる明らかな跡を残した。これだけなら犯人にとって脅威にはならない。けれど弾丸は文字盤の前にあるものを破壊していたんです。それは――分針」

弾丸は分針をへし折った後、文字盤に着弾した。

はじめは犯人もその意味に気づかなかったかもしれない。だがよく考えると、その跡は分針がたった今指していた位置、つまり犯行時刻を示すのだ。

文字盤の破片を組み合わせて着弾の位置さえ分かれば、共犯のうち少なくとも十色殺害の実行犯だけは特定できる。

あの夜、各人のアリバイのない時間は記録してある。

茎沢は十時十五分から十五分程度。

王寺は十時五十分から十分ほど席を外した。

朱鷺野は十一時二十分に席を外したが、五分もすると戻ってきた。

十一時四十分頃に師々田親子が連れ立ってトイレに行き、十五分ほど不在。

彼らとほぼ入れ替わりで姿を見せた神服がトイレに行き、約五分後の午前零時に食堂に戻った。

サキミは一度も神服の部屋から出ていない。

「ちなみに折れたのが時針——短い方の針であってもある程度の時間は分かります。一時間で三十度動きますからね。ただ弾丸の直径を考えると、分針の方がありがたいのですが」

文字盤の破片は八つ。文字盤は真鍮でできており、割れ目は毀《こぼ》れておらずシャープな形を保っている。復元するのにそう時間はかからなかった。

だが。

「——なんで」

俺は呆然として呟いた。円形に戻った文字盤にはどこにも着弾の跡などなかったのだ。

比留子さんが俺の手元を覗きこむ。

「確かスラッグ弾は、貫通力が低いんだったね？」

だから文字盤を貫通せず跳ね返ったというのか。だが着弾の跡も付いていないのでは犯行時刻を特定できず、犯人が手間をかけて時計を壊す必要もない。

俺の推理は外れた。犯人が時計を壊した理由は別にあるのだろうか？

時刻はもう午後三時。残り九時間。

比留子さんの偽装自殺の効果か、今朝から犠牲者は増えていない。

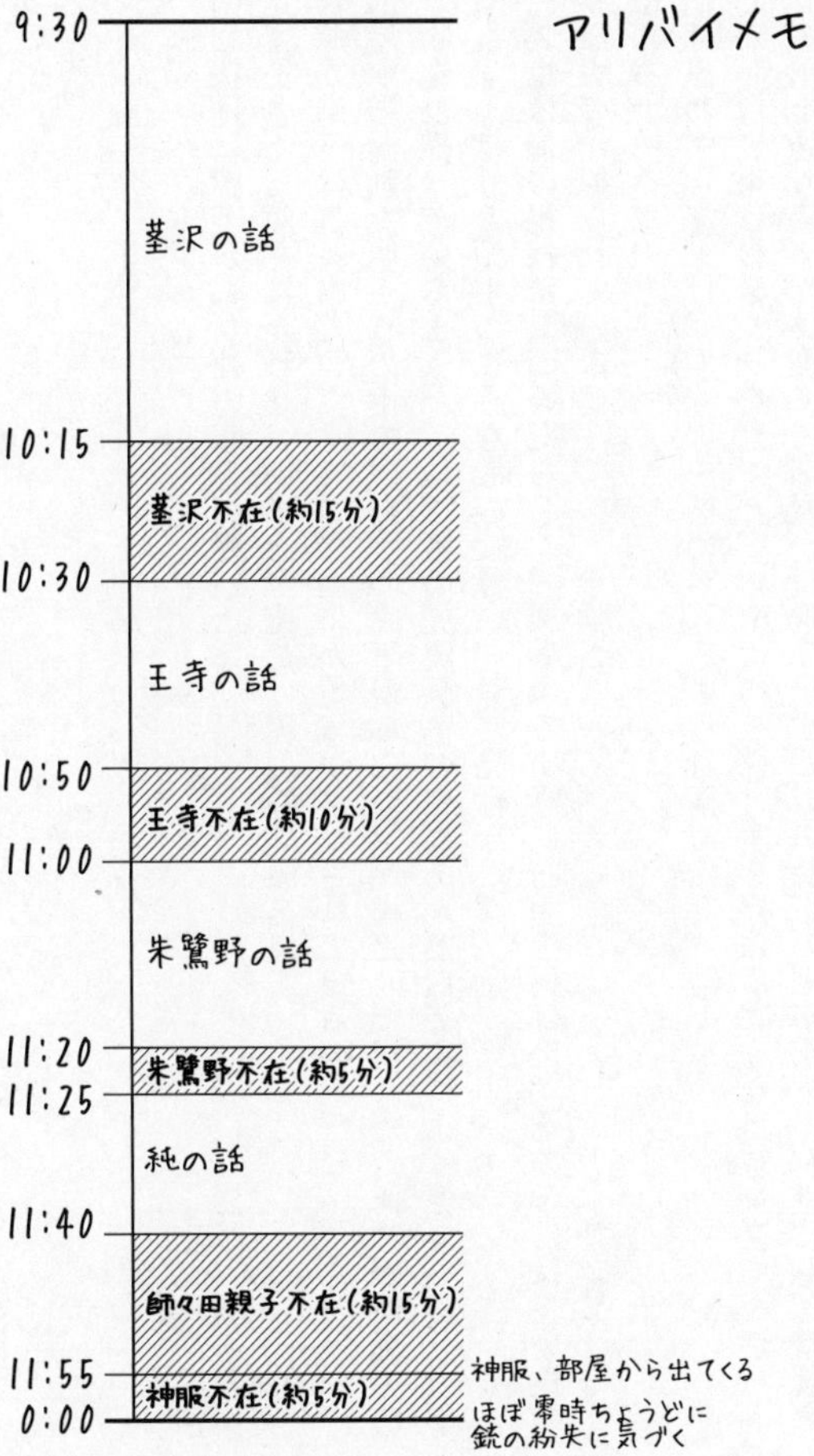
アリバイメモ
9:30
茎沢の話
10:15
茎沢不在(約15分)
10:30
王寺の話
10:50
王寺不在(約10分)
11:00
朱鷺野の話
11:20
朱鷺野不在(約5分)
11:25
純の話
11:40
師々田親子不在(約15分)
11:55
神服、部屋から出てくる
神服不在(約5分)
0:00
ほぼ零時ちょうどに
銃の紛失に気づく

犯人たちは既に目的を達したのか、それとも次の犯行の機会をどこかで窺っているのだろうか。

十

出し抜けに廊下から女性の悲鳴が響いた。

比留子さんと顔を見合わせ、ひとまず俺だけ扉の外に顔を出す。

なぜか廊下は真っ暗だった。いつの間にか電気が落とされているのだ。

部屋から漏れた明かりの中で、左手の廊下から白い影が小走りで現れた。何者かが真っ白な着物を羽織っているようだ。地下階の元実験室の中にあった白装束によく似ている。人影は頭もすっぽりと頭巾のようなもので覆い、顔が見えない。

白装束は俺の視線に気づいたらしく、威嚇《いかく》するように右手を掲げた。その手には長い槍のようなものが握られている。

「やめろ」

俺は思わず声を上げ、すぐ扉を閉められるよう身構えた。

しかし白装束は素早く身を翻すと、ペチャペチャと水を撥ねるような足音を立てながらトイレの前を通り過ぎた。慌てて部屋から飛び出すと、白装束の裾が廊下の右手にある階段を下りていくのが見えた。

「なに？」室内から比留子さんの声。

「怪しい奴が地下に逃げました。ここにいてください」

電気のスイッチの位置が分からず、スマホの光で照らしながら階段まで行くと、先ほどのペチャペチャという足音の正体が分かった。トイレ前の廊下に雨漏りの水滴を吸い取るために敷いた雑巾があり、そこから濡れた足跡が続いている。白装束は暗闇でこの雑巾を踏んづけたのだ。足跡は靴や裸足ではなく、靴下のような形をしている。

階段には緑色の絨毯が敷き詰められているので、ここで足跡はほとんど分からなくなった。階段を下りる途中、折り返しの踊り場で脱ぎ捨てられた白装束と頭巾を見つける。

なんだか気持ち悪い。まるで比留子さんの偽装自殺の再現のようじゃないか。そう感じた俺は装束を拾い上げたが、なにも包まれていなかった。

地下階に下りると、こちらはちゃんと薄暗い明かりがついていた。階段の緑色の絨毯が途切れた位置から再び現れた足跡は、不鮮明ながらも曲がり角の向こう——朱鷺野の部屋の方まで続いている。

その時、階上から女性の声が聞こえた。

「葉村さん、ですか」

神服が上から顔を覗かせた。見ると彼女が電気をつけたのか、暗かった一階から光が漏れている。

「大丈夫ですか。さっき私の部屋の前で不審な人物を見つけて」

最初に聞こえた悲鳴は神服だったのか。彼女はすぐに部屋に籠ったものの、俺の声を聞きつけてやってきたという。

「俺も見ました。白装束の奴がこっちに逃げたんです」

足跡を追って朱鷺野の部屋の方に向かおうとすると、神服が忠告してきた。

「相手は武器を持っていました。他の人も呼んだ方がいいのでは」

「でも朱鷺野さんが危ない」

「忘れたのですか。女性はもう二人犠牲が出ているのです。彼女が死ぬことはありません」

返答に詰まる。実際には比留子さんは生きており、死の予言は女性に対してもまだ有効なのだ。

通路の先からは物音一つ聞こえてこず、不気味な沈黙が保たれている。白装束は朱鷺野と接触していないのだろうか。それとも俺たちを待ち伏せしている？

だとしたら神服の言う通り師々田たちに助けを求める方が賢明かもしれない。

俺たちは白装束と入れ違いにならないよう気を配りながら、すぐ左手にある師々田の部屋に向かった。防音なので強めのノックをし、神服と交互に呼びかけると師々田が怪訝そうに顔を出す。やはり外の騒ぎは聞こえていなかったようだ。

「なんの用だね」

不審な人影が地下階に逃げこんだことを説明すると、師々田は表情を引き締めて純に告げた。

「お前はここで待っていなさい」

純は青い顔で頷く。

続いて王寺の部屋を訪ねると、俺を警戒しているのかはじめはなかなか出てきてくれなかったが、三人で話しかけるとようやく扉を開けてくれた。

念のため誰も潜んでいないか手前の部屋から順に確かめながら足跡を辿っていく。角を曲がると足跡はやはり朱鷺野の部屋に続いていた。四人の間の空気が張り詰める。先に臼井の部屋と二つの元実験室を覗くがやはり誰もいない。

「朱鷺野さん」

強いノックにも返事はない。取っ手を捻ると鍵はかかっておらず、扉がわずかに開いた。電気の消えた室内で、ストーブだけがぼんやりとした明かりを放っている。

「ゆっくりだ、ゆっくり」師々田が押し殺した声で言う。

内からの奇襲に備えながら、少しずつ扉を押し開く。

誰かが息を呑むのが聞こえた。

ベッドの手前に投げ出された二本の足が見えたのだ。

神服の「そんな」という呟きとともに師々田の太い腕が扉の隙間を割って入り、電気のスイッチを入れた。現実を突きつけるように照らされた床の上、朱鷺野は驚くように目を見開いたまま仰向けに倒れていた。その側らに槍のような木の棒が落ちている。確か白装束や頭巾と同じく、『実験室2』と表示のあった部屋に置かれていた昔の実験道具の一つだったはずだ。

衣服に乱れはないが、左足だけ靴下が半分脱げていた。まるで履き替えの最中に倒れたみたいだ。靴下の裏は水に濡れているらしく、変色している。彼女が使用していたスリッパはベッドの側に揃えられている。

「どうしたんですか、朱鷺野さ――」

体を揺り動かそうとした俺は、彼女の視線が焦点を結んでいないことに気づき首筋に手を当てた。硬直は始まっておらず体温も残っているが、脈はない。

「死んでいます」

三人の口から驚きの声が上がる。

「殺されたのか」「そんな、女性はもう安全だったんじゃ」

比留子さんの偽装が無駄になったことにショックを受けながら、俺は室内を見回した。

朱鷺野の他には誰もいない。比留子さんのように布団の中に隠れているわけでもない。見たところ自殺でもなさそうだ。

死体の側に屈み込むと、頭の近くの床に黒っぽい染みが付いていることに気づいた。乾いた血の跡だ。朱鷺野の後頭部を調べると、血が凝固しかけた小さな傷跡があることに気づく。

それを見た神服が疑問を口にした。

「後頭部を殴られたんでしょうか」

「いえ、それなら前のめりに倒れるはずです。おそらく床に倒れた拍子に打ちつけたんでしよう」

神服に全身をざっとチェックしてもらったが、他に死因となるような傷は見当たらないという。その結果を踏まえて師々田が重々しく頷いた。

「転んで頭を打ったために死んだ、事故死ということだな」

「じゃあ白装束の人物は朱鷺野さんだったのか」

王寺が乾いた声で呟いた。

そうとしか考えられない。俺は白装束から十秒と遅れずに地下階に下りてきた。神服は俺の背後から現れ、地下階にいたのは師々田親子と王寺だけ。たった十秒の間に師々田らが最奥のこの部屋に駆けこみ朱鷺野を突き飛ばすなりして転倒死させ、自室に戻るなど絶対に不可能だ。

「姿を隠すための衣装と凶器。誰かを襲うつもりだったと見て間違いないな。だが実行に移す前に葉村君らに気づかれたため自分の部屋に逃げこみ、証拠である槍や靴下を隠そうとした。慌てるあまりストーブの明かりだけを頼りに靴下を脱ごうとし、バランスを崩して転倒した。そんなところか」

師々田はそう結論づけたが、一方で神服は納得がいかないらしい。

「しかし女性の犠牲はすでに二人揃っているのですよ。朱鷺野さんが誰かを襲うはずがありません」

「なに、現実の殺人犯の思考というのは理屈では説明できんものだ」

師々田は清々したように吐き捨て、部屋を出た。

朱鷺野が殺人犯だった？　それでは説明できないことが多すぎる。

俺が空虚な頭で自問していると、不意に「おい！」という師々田の声が響いた。

「純がおらん！」

「なんですって」

師々田が歯噛みする。

「あいつめ、剣崎君を探しに行ったんだ。今朝からそのことばかり言っておったからな」

厳格な父が側を離れた今こそ格好の機会と捉え、少年は外に出たらしい。

俺たちが慌てて階段を上がり玄関に向かうと、差していたはずのかんぬきが抜き取られ、玄関の扉が開いていた。そこから点々と延びた小さな靴跡が山の茂みの中に消えている。

王寺が声に危機感を漂わせる。

「まずいぞ。子供が一人でほっつき歩ける場所じゃない」

「それに獣に襲われる可能性もあります」

王寺、師々田、神服が靴跡を追って走り出す。俺も続こうとした時、背中にこつんと当たるものがあった。振り返ると廊下の陰から比留子さんが手招いている。俺は他の人間に気づかれないようそちらに寄った。

「さっき純君が一階に上がってきたけど、なにかあったの」

俺は怪しい白装束の人間が逃げた先で朱鷺野が死んでいたこと、純が外に出たらしいことを口早に話した。彼が自分を探しているらしいことを知り、比留子さんも気が気でない様子になる。

「私も探しに行く」

「でも」

「純君が私を探しに出たのなら、責任は私にある。それに皆一緒に行動している方がいい。もし他に犯人がいるとしたら、まだ重要な証拠を地下階から処分できていないはず」

重要な証拠とやらがなにか俺には分からなかったが、とにかく王寺たちの後を追うことにした。純が入っていった山は王寺の指摘通り雑多な木々や藪に覆われ、数歩前に進むだけで顔や腕にいくつもの傷ができた。俺たちよりも小柄な純の方が通りやすいのではないか。しかも雨が上がった代わりに霧が立ちこめ、すぐに方向を見失いそうだ。早く純を見つけなければ俺たちまで遭難してしまう。

比留子さんの前でひたすら道を切り拓いていると、先行していた三人の背中が見えた。同時に山中に身も縮むような悲鳴がこだまする。子供の声だ。

「純！」

師々田がまさに猪のような勢いで声がした方へと突進する。

彼は小さな茂みの向こうで足を止めた。王寺も、神服も、そしてようやく追いついた俺たちも目の前の信じられない光景に言葉を失う。

無惨に腹を引き裂かれ、あちこちを齧られた死体がそこに横たわっている。

おそらく、熊に襲われたのだろう。

泣き叫ぶ純を抱き寄せながら、師々田がその名を呟いた。

「茎沢君……」

十一

茎沢の遺体が見つかると同時に比留子さんが目の前に現れ、皆は立て続けに驚愕する羽目になった。

偽装自殺を図った事情を説明し詫びると、今朝から純が相当気落ちしていたせいだろう、師々田はかなりの剣幕で俺たちを非難した。しかし当の純は比留子さんと再会したおかげで茎沢の遺体を見たショックから少し回復し、師々田はなんとか怒りを収めてくれた。

「やはりサキミ様の予言は間違っていなかったのですね」

神服は安堵したような口ぶりだ。朱鷺野が女性の三人目の犠牲者ではなかったと分かり、比留子さんの生存を歓迎しているらしい。

茎沢は全身に残された傷や、周囲の足跡からして熊に襲われたと考えて間違いないだろう。十色の死を目の当たりにし、失意のまま自らも短い人生を終えることになった茎沢に対し、俺は深い哀れみを覚えずにはいられなかった。特殊な能力に翻弄された十色と彼女の支えになろうとした茎沢の関係は、ある意味比留子さんと俺の鏡像だったのかもしれない。

せめて雨と泥と血にまみれた彼の体を清めてやりたかったが、神服がそれを止めた。熊は一度獲得した食料や獲物への執着が強く、取り戻そうとして襲ってくる可能性があるという。俺たちは後ろ髪を引かれる思いで遺体をそのままにして撤収するしかなかった。

これで男性は臼井と茎沢、女性は十色と朱鷺野が死に、サキミの予言は満たされた。

このクローズドサークルで人が殺される理由はもう、ない。あとは日付さえ変われば好見の住人たちが橋が落ちたことを警察に通報してくれるだろう。彼らは橋に火をつけたことを認めないだろうが、どうでもいいことだ。

玄関横の受付窓を見ると、〝冬の人形〟は残ったままだった。茎沢の死は犯人にも予想外だったようだ。

一気に体に徒労感が押し寄せてくる。俺たちは生き残った。生に勝るものはない。だが死の予言を覆すこともできなかった。これは勝利なのか、敗北なのか。

しかし一同の中で比留子さんだけは厳しい表情を崩さず、『魔眼の匣』に戻るなり朱鷺野の部屋に向かった。他のメンバーもなんとなしにそれに続く。

神服が朱鷺野の遺体に被せるシーツを持ってきたが、比留子さんが押しとどめる。

「少し検分させてもらえますか」

十色の時と同様、師々田に動画撮影を任せ、室内に入る。

遺体の瞼をそっと下ろし、赤く染めた髪を掻き分けながら頭部を見回した比留子さんは、後頭部の傷に目を留めた。

「傷口の周囲で血が凝固しかけている。葉村君が見た時もこうだった？」

「ええ、変わりないです」

「床の乾いた血痕も？」

再度頷くと、廊下から様子を窺っていた王寺が遠慮気味に訊ねてきた。

「ドラマとかでよく見るけどさ、人間って本当に頭を打ったくらいで死ぬものなのかい。出血は大したことないみたいだけど」

「頭部外傷の死因は出血のショックじゃなく、脳へのダメージが大きいんですよ。外から見て傷がなくても、中では脳が頭蓋にぶつかって傷ついている可能性があります。あるいは硬《こう》膜下《まくか》血腫といって、頭蓋骨の内側に血が溜まることで脳が圧迫されるとか」

ベッドの上には朱鷺野の私物、コートや財布が置いてある。すると気になる点でもあったか、比留子さんはコートを手に取った。

「気を悪くしないでね」

俺に向けてそう断ったのは、人の遺品に触ることに対するトラウマを知っているからだ。

比留子さんはコートのポケットをくまなく探ると、綺麗に畳み直してコートを置いた。

「スマホがない」

それはおかしい。これまで朱鷺野がスマホを操作しているのを何度か目にしている。

「どこかに落としたんでしょうか」

俺の問いには答えず、しばらく黙考してから扉のすぐ外に控えていた神服に訊ねる。

「朱鷺野さんの遺体が見つかった時の状況を確認させてください。おおよそは聞いているのですが、白装束の人物は確かに地下へ下りていったのですね？」

「私は白装束の姿を見た瞬間、悲鳴を上げて部屋の扉を閉めたので逃げていくところは見ていません。その後、葉村さんの『やめろ』という声が聞こえてもう一度廊下に出たんです」

俺は白装束が階段を下りていくのをはっきりとこの目で見た。例えば装束だけが階段に放り投げられ、着ていた人物は逆方向に逃げたなどということは絶対にない。

「白装束の正体が朱鷺野さんだとは分からなかった？」

「廊下の電気が消されていましたし、顔も頭巾を被って隠していたと思います。それに手に持った槍の方に気を取られていましたから」

俺も神服と同じだ。思い返せば、白装束はわざと猫背になって体型を隠していた気がする。仮に正体が朱鷺野ではなく神服や男性としては小柄な王寺、あるいは恰幅はいいが背の低い師々田だったとしても判別はつかなかっただろう。

「地下階に下りてからは王寺さんと師々田さんとも一緒に行動し、誰も上に逃げていないんですね」

神服は頷く。王寺と師々田の部屋を訪ねた時も他の部屋を調べる時も、廊下に常に注意を払っていた。隙をついて逃げられることはなかったはずだ。

比留子さんは乾き始めた足跡を逆に辿って階段を上っていく。

「私は葉村君が心配で部屋の扉の隙間から廊下を見張っていたのですが、神服さんは確かに葉村君のすぐ後に階段を下りていきました。逆に上がってきたのは純君だけ」

一階のトイレ前に行き着くと、比留子さんは濡れた雑巾を凝視する。

「踏めば、跡がつく」

雑巾を見つめたまま比留子さんが呟いた。

「考えてみれば当然の、それだけのことだったんだ」

言葉の真意を摑めず、俺が口を開こうとする前に彼女は顔を上げた。

「この期に及んで気を悪くさせるようなことを言って申し訳ないのですが、師々田さんと王寺さんの部屋を見せてもらえますか」

「俺たちを疑うのかい？　ほんの数秒で朱鷺野さんの部屋まで行って戻ってくるなんて不可能だよ」

王寺は途方に暮れた顔をしたが、師々田は逆に自信に満ちた声で言う。

「それで気が済むのならいいじゃないか。どうせ男である我々に彼女を殺す理由はないんだ」

俺たちは揃って王寺の部屋に向かった。急遽居室として用意され、他の部屋と違ってベッドがなく床に直に布団が敷かれている。どこから染み出したのか雨漏りがひどく、大きく剝がれた壁紙の四隅が画鋲《がびょう》で留められている。

比留子さんは布団を動かし、部屋の隅から隅まで丹念に調べていく。

続いて師々田の部屋に移動する。いつか食事の時に話題に出た通り、机には純が元実験室から持ち帰った一メートル四方のウィジャボードが広げられており、オカルトチックな絵柄ともにひらがな、アルファベットなどがびっしりと書きこまれている。

集中力を研ぎ澄ませ検分を続ける比留子さんを、扉のすぐ外から純が見つめている。その表情は先ほどまでと比べものにならないほど穏やかだ。

ふと、恐ろしい想像が頭をもたげる。狙われるはずのない朱鷺野が死んだのは何故か。

皆からすれば比留子さんの消失により女性の犠牲者は揃ったと思っただろう。

だが、比留子さんの死体は見つからなかった。

もし一縷《いちる》の可能性を信じる者がいたなら、こう考えたのではないだろうか。

――本当にサキミの予言が当たるのなら。

――比留子さんの死体が見つかるより先に他の女性を確実に殺せば、比留子さんは無事に戻ってくるのではないか。

俺の不安をよそに、調べを終えた比留子さんは「ありがとうございました」と頭を下げた。

これで彼女も満足した、と皆は思ったに違いない。

だから続いて彼女の口から放たれた言葉に、俺を含めた全員が耳を疑った。

「三時間後、食堂に集まってもらえますか。そこで犯人を明らかにします」

戸惑いの空気を残しながら皆がその場を去った後、比留子さんに確認した。

「本当に犯人が分かったんですか。二人とも？　誰がサキミさんに毒を盛ったのかも？」

「十色さんの殺害現場と朱鷺野さんの遺体の状況を考えれば二人の犯人は特定できる。どういう経緯で手を組み犯行に至ったのかについても一通り説明がつけられると思う」

「毒物がサキミさんの部屋に隠されていた理由もですか」

「うん」

比留子さんはそこから先を話そうとしない。俺に話すつもりはないのだ。

心臓を締め上げるような悔しさがこみ上げるが、原因は俺自身だとも分かっている。

「俺がまだ、ワトソンじゃないからですか」

比留子さんは考えをまとめるように瞼を閉じ、ゆっくりと一つ呼吸した後に首を振った。

「そうじゃない」

「なら」

「けどこれはミステリの解決編じゃない。だからワトソンは必要ない」

解決編じゃない？

真意を量りかねる俺に、比留子さんは宣言した。

「始めるのは私と犯人の死闘だ。文字通り、互いの人生を懸けて。君に結末を見届けてほしい」

第五章　凶器を前に

一

約束の三時間が過ぎたのを確認し、比留子さんが俺を伴って食堂に向かうと、すでに純とサキミを除いて全員が集まっていた。純は師々田の意向で部屋に残してきたらしい。これから犯人を告発するなら子供に聞かせるものでもないという判断だ。サキミは今までの通り神服の部屋で寝ている。

入り口から遠いテーブルの奥側、上座側から王寺と神服の順で座り、王寺の向かいに師々田。俺はその隣に座るよう、比留子さんに指示される。比留子さんは一人、議長席とも呼ぶべき上座に立った。

皆の顔には疲労が見て取れたが、比留子さんが「お待たせしました」と口を開くと空気が引き締まる。

「皆さんを三時間もお待たせしたのは、『魔眼の匣』内に隠し通路や抜け道といった仕掛けが本当にないか調べていたからです。班目機関の研究所として使われていたので、この点は徹底的に洗っておく必要がありました。結果はゼロ。どこにも仕掛けはありません。ああ、それから——」

比留子さんは言葉を止めてキッチンに向かう。それを目で追った俺たちは、彼女がシンク横の引き出しから手にしたものを見て息を呑んだ。

「ちょっと剣崎さん！　危ないって。なに考えてんだ」

王寺が顔をひきつらせたのも無理はない。

比留子さんは三徳包丁、ペティナイフ、そしてキッチン鋏を携えて戻ってきたのだ。

咄嗟に腰を浮かせた俺たちを「どうぞそのまま」と押しとどめ、彼女は三徳包丁を師々田の前に、同様にペティナイフとキッチン鋏を王寺と神服の前に並べる。

「これは？」と、怪訝そうな神服。

「謎解きに必要なんですよ」

微笑む比留子さんに対し、師々田は牽制するように語りかける。

「君がどんな推理をするのか大いに気になるが、明日になれば警察が来る可能性が高い。科学捜査を以てすれば真相究明にそう時間はかかるまい。今さら探偵の真似事なぞ賢明とは思えんな」

「師々田さんのおっしゃる通り、本来なら事件の真相は次なる被害者を出さないために解明されるべきでしょう。今回の場合はすでにサキミさんの予言通り男女二人ずつの犠牲者が揃っている。それなのに皆さんの前で犯人を指摘するのはナンセンスだと思われるかもしれません。ですが」

比留子さんはテーブルに両手をつき、挑むように一同の顔を見渡した。

「この一連の事件は普段我々が見聞きしている犯行とは明らかに異質です。サキミさんと十色さん、二人の予知能力が本物かどうかは別として、私たちがその能力を恐れる気持ちや一種の信仰心が事件を左右しているからです」

彼女たちの能力が直接人を殺したわけではなく、結局は自然現象なり生身の人間の手によって人が死んだ。その意味では普通の事故死や殺人事件と同じだ。

問題は、予知能力の存在が俺たちの理性や思考にどんな影響を与えたか。

「クローズドサークルと予知能力。この組み合わせから生じた恐怖感や精神的な逼迫を、外から来た警察が完全に理解してくれるとは思えません。この二日間私たちを支配した奇妙な論理は、外に出るなり幻のように消えてしまう類のものなのです。——だからこそ今のうちに私なりのやり方で幕を引かせてもらうことにしました。この狭い一つの世界が崩される前に」

比留子さんは本気だ。

本来彼女は真実を希求したり、犯罪を憎んだりといった理由で推理することはない。自分が生き残るために謎を解く。その意味でいえば今回はすでに比留子さんの身から危険は去っている。にも拘わらず、犯人を名指しするために推理を披露しようというのだ。

「二日間にいくつもの出来事がありました。しかし臼井さんが命を落とした土砂崩れや茎沢君が熊に襲われたことは、作為を持った人間の仕業ではありません。ですから犯人によって

仕組まれた犯罪にのみ焦点を合わせたいと思います。便宜《べんぎ》的に、
一、サキミ毒殺未遂
二、十色殺し
三、朱鷺野殺し
と呼ばせてください」

「ちょっと待ってくれ」王寺が話を止めた。「朱鷺野〝殺し〟？　朱鷺野さんは転倒死としか思えない状況だっただろう」

「後頭部の強打が死因だというのはその通りでしょう。しかし朱鷺野さんの部屋を見る限り、彼女の死に第三者が絡んでいる可能性は高いと思います」

「特におかしなところはなかったと思いますが？」

神服の言葉に他の二人も頷く。

「朱鷺野さんが白装束で、自室に逃げ帰ったとしましょう。しかし皆さんが駆けつけた時、扉に鍵はかかっていなかったのですよね。槍を始末したり身だしなみを整えたりする時間を少しでも稼ぐ必要があったのに、これは不自然です」

確かに。時間を稼ぐためにも、部屋に入ったらまず鍵をかけるはずだ。それをしなかったのは、朱鷺野以外の誰かが最後に部屋を出たということか。

「朱鷺野さんの遺体はまだ温かかった。ストーブが焚かれていた影響もあると思いますが、通常死体の体温は死後一時間で一度ずつ下がります。また死斑や死後硬直が現れていないこ

とからも、死後さほど時間が経っていなかったことは確かです。それなのに頭をぶつけた時に付いたと思われる床の血痕が、皆さんが駆けつけた時にすでに乾いていた。一つ一つの部屋を確認しながらとはいえ朱鷺野さんの部屋に着くのにそう時間はかからなかったはず。血が乾くには早すぎます。つまり朱鷺野さんは騒ぎが起きるよりも前に亡くなっており、白装束を演じた犯人に濡れ衣を着せられた可能性が高い」

「彼女も被害者で、この中に犯人がいるだと？　頭がおかしくなりそうだ」

師々田の呻きは皆の気持ちの代弁だろう。

「では、三つの事件の大前提をおさらいします」

我々は初対面の可能性が極めて高いこと。クローズドサークルという犯罪を行うには不向きな状況で、犯人が殺人に踏みきったこと。そこには男女二人ずつが死ぬという、サキミの死の予言に対する恐怖が関わっているであろうこと。比留子さんはそれらを再確認し、各事件の検証に移る。

「一つ目のサキミ毒殺未遂は飛ばして、まずは二つ目の十色殺しについて考えてみましょう。あの事件のポイントは、ロッカーの鍵をねじ切り銃を盗んだ上で、十色さんの部屋に押し入り、射殺後に部屋を荒らすのに十分は要すること。しかしあの時食堂を十分以上離れたのは、死んだ茎沢君を除けば王寺さんと師々田さん親子だけです」

神服とサキミは食堂にいなかったが、神服の部屋の扉は食堂の目の前だ。出入りすれば俺たちが必ず気づくはずだが、途中で扉が開くことはなかった。神服が部屋から出たのは散弾銃の紛失に気づいた時、その五分間だけアリバイがない。

「しかし師々田さんと純君は交互にトイレを使っていたと証言しているし、王寺さんの場合は彼が戻ってきた後にもまだロッカーの鍵は壊されていなかったと朱鷺野さんが証言している。誰かが嘘をついていなければ犯行不可能ということになります」

そこまで話した比留子さんに俺は意見を加える。

「共犯者がいるとすれば、十色さんを射殺するのと部屋を荒らすのを分担することも可能ですよね。つまり五分しか食堂を離れなかった朱鷺野さんや神服さんにも犯行の可能性が出てくる。さらにいえば十色さん自身が散弾銃を盗んでおいた可能性もある」

師々田がうんざりしたように言う。

「犯人の組み合わせが何倍にも増えてしまうじゃないか。誰が嘘をついているか分かったもんじゃない」

「それができるんですよ。たった一つの組み合わせに特定することが」

比留子さんの断言に場がざわめいた。

いったいどうやって？

「十色殺しの犯行現場には一つ不可解な点がありました。十色さんの体を貫通したはずの弾丸が、背後の壁のどこにも当たった痕跡がなかったのです」

天井や壁の表面は脆く、跡が残らないはずがない。ということは弾丸は唯一壁に掛かっていた時計に命中したのだと比留子さんは告げる。

「銃弾を受けた時計は壊れてしまった。犯人が部屋を荒らしたのはそれを誤魔化すための隠蔽工作と考えれば説明がつきます。

重要なのは、犯人は一刻も早く食堂に戻りたかったはずだということ。あまり長い時間不在にすると食堂で待つ我々に怪しまれ、誰かが様子を見に来るかもしれない。にも拘わらず時間をかけて隠蔽工作を行ったのは、犯人にとって致命的な証拠が残っていたからに違いありません。では時計に残る証拠とはなんでしょう？」

「当然、時刻でしょう」神服が即答した。「弾丸が当たったことで時計が止まってしまったのですね」

「それは違うな」師々田がすぐさま反論する。「時計が止まったのなら、針をずらせば済むことだ。うまくいけばその時間にアリバイのない人間に罪をなすりつけられるかもしれん。わざわざ時計をバラバラにする必要などない」

「師々田さんのおっしゃる通りです。そこで葉村君は時計の針までも折られて散乱していたことに着目し、別の推理を打ち立てました。弾丸はまず分針を砕き折り、さらに文字盤に当たって跡を残したのではないかと考えたのです」

王寺が感心したように頷く。

「なるほどね、その跡は射殺の瞬間に分針が指していた位置というわけだ。それなら犯人は時計を破壊せざるを得ない」

「ですが割れた文字盤を組み合わせてみると、どこにも着弾の跡は残っていませんでした」

比留子さんの告白に、三人の間に沈黙が流れる。

「では今の話は無意味じゃないですか」

心なしか冷たい神服の声。なんか俺が悪いことをしたような気分になってくる。

しかし比留子さんは「とんでもない」と首を振った。

「文字盤にはなんの跡も残っていない。これは最も重要な証拠です。十色さんの背中を抜けた弾丸は、壁にも天井にも文字盤にも当たらなかった。その上で時計には犯人にとって放置できない、犯行時刻を示す手がかりが残った。これを満たす状況は一つだけです」

比留子さんはポケットからハンカチを取り出し、包んでいたものを俺たちに披露した。

「弾丸は時針と分針、ちょうど重なっていた二本の針に命中し、両方を折った」

ハンカチの上に載っていたのは二つに折れた時針と三つに折れた分針。そのうちの二つは根元からまったく同じ長さの一点で折れていたのである。

「散弾銃に装填されていたのはスラッグ弾という、貫通力の低い弾丸でした。そのため十色さんの体を貫いた時点で勢いがかなり減衰しており、さらに真鍮製の二本の針を砕いたところで文字盤に跳ね返された。針をよく見れば肉眼でも折れ目が凹《へこ》んでいるのが分かります。鑑識に回せば針の断面から弾丸の金属成分が検出されるでしょう」

犯人にとっては悪夢のような偶然だったはずだ。時計の針が二本とも全く同じ位置で折れているなんて、こんな不自然な状況はない。だからといって折れた針を持ち去れば、却って悪目立ちしてしまう。

針が折れたことを誤魔化すためには時計そのものを壊さなければ。さらに時計だけが壊れているのも不自然なので、部屋全体を荒らさなければならない。そうやってあの現場はできあがったのだ。

つまり、犯行時刻は二本の針が重なる時刻。

俺は昨夜の皆の動きを思い出す。

「最初に茎沢君が席を外したのが十時十五分、最後に神服さんが散弾銃の紛失に気づいたのがちょうど零時。その間で二本の針が重なるのは十時台、十一時台、それと零時ちょうどの計三回……」

「違うよ」「違う！」

比留子さんとほぼ同時に師々田が叫んだ。

「分針が一時間かけて一周する間、時針は少しだけ進む！　つまり二本の針が重なるには一時間以上かかるのだ。零時ちょうどで針が重なるということは、十一時台に二本の針は重ならん！」

「その通りです。針が重なるのは十時五十四分頃と零時ちょうど。零時ちょうどは神服さんが散弾銃の紛失に気づいた時刻なので、その瞬間に発砲したというのはありえない。つまり十色さんが射殺されたのは十時五十四分」

全員が息を詰める中、比留子さんの声が無慈悲に響いた。

「その時間にアリバイがないのは――王寺さん。あなただけです」

二

「――おいおい、ちょっと待ってくれ」

王寺の口から零れたのは、意外にも落ち着き払った苦笑だった。

「君たちは以前話していなかったか？　犯行現場に残された証拠が本物か犯人の用意した偽物か、判別がつけられない。だとすれば時計や針だって俺を陥れるために作られた可能性があるだろう」

その通りだ。証拠が捏造《ねつぞう》されたものかどうかは、精密な科学的検証なしに判別できない。

しかし比留子さんは微塵《みじん》も狼狽えなかった。

「時計の針を折るだけならば捏造できるかもしれません。ですが最も重要なのは現場の状況です。弾丸は十色さんの体内で軌道が変わり、血しぶきの付いた壁や天井のどこにも弾痕がなかった。これをどうやって捏造できますか？

十色さんを寝そべらせた状態で上から撃つ？

――無理です。床に弾痕が残るし、壁に血しぶきがかからない。

壁の血しぶきは犯人の工作で、射殺されたのは別の場所だった？

――無理です。他に血で汚れているような場所はなかった。

時計を十色さんの背中に押し当てた状態で撃った？

――無理です。弾丸は体内で軌道が変わり左後背に抜けている。予測なんてできません。体内で軌道が変わった弾丸が時計の針に当たる、奇跡的な確率に頼った現場の捏造は不可能です」

さらに比留子さんの声が淡々と襲いかかる。

「王寺さんが十色さんを射殺したとすると、もう一人の共犯も自動的に判明します。彼が散弾銃を盗んだのなら、朱鷺野さんがロッカーを見た時に異変がなかったというのはおかしい。朱鷺野さんの証言は彼のアリバイを作るための嘘だったのです。共犯は王寺さんと朱鷺野さん。この二人です」

「つまり、朱鷺野さんは」俺は喉の渇きを覚えながら言う。「共犯者だったにも拘わらず、王寺さんに濡れ衣を着せられたというわけですか」

「馬鹿なことを言わないでくれ」

王寺はまったく心外だというようにテーブルを叩いた。ペティナイフが弾んで甲高い音を立てる。

「俺に白装束を演じることなんてできない。思い出してくれ、葉村君たちは槍を持った白装束を追ってすぐ地下に下りたんだろう？　だが君たちが訪ねてきた時、俺はちゃんと自分の部屋にいて、槍は朱鷺野さんの側に転がっていた。廊下の足跡も朱鷺野さんの部屋に続いていたじゃないか」

ところが比留子さんはむしろ余裕のある表情を見せる。

「〝どうやって殺したか〟。ハウダニットにはあまり興味がないんですよね。犯人がどうにかしたことに変わりはないのだから。でも私なりに見当がついているので説明しておきます。葉村君は白装束の人物が階段を下りるとすぐに後を追った。その人物は一階で濡れた雑巾を踏みつけていったので、足跡が朱鷺野さんの部屋まで続いていた。留意すべきは、白装束の人物が実際に朱鷺野さんの部屋に向かったところを見た人がいないことです。足跡と、部屋に落ちていた槍からそう推測しただけのこと。その二つを偽装できればアリバイは崩れます」

足跡と槍は偽装だった？　俺はその言葉の意味を推し測る。

「俺たちが地下に下りる前から槍はすでに朱鷺野さんの部屋にあったということですか」

「そう。王寺さんが白装束を演じる前、すでに朱鷺野さんは部屋で死んでいた。王寺さんは濡れた朱鷺野さんの靴下を履いて、階段を下りた地点から朱鷺野さんの部屋まで足跡を付け、〝本物〟の槍を朱鷺野さんの側に置いておく。それから着替えの途中であるかのように使った靴下を半分だけ履かせた。

そして白装束を纏った彼は〝偽物〟の槍を持って神服さんと葉村君の前に姿を現し、今度は自分の靴下でわざと濡れた雑巾を踏みつけ、足跡を残しながら逃げた。廊下の電気を消していたのは顔を隠すことに加えて、槍が〝偽物〟であることがばれないようにするためです」

一階と地下の足跡は、まったく違うタイミングで付けられたものだったのか。

俺は濡れた足音を立てながら白装束が逃げたものだから、地下に残った足跡も今しがた付いたものだと思いこんでしまったのだ。絨毯敷きの階段を挟んでいるから、一階と地下階の足跡に多少の違いがあっても不自然さに気づかなかった。

王寺は階段の途中で白装束を脱ぎ捨て、地下階の前で靴下を脱いで自分の部屋に戻っただけ。これなら俺たちが地下に下りる数秒の間に完了できただろう。もしあの時に全員の靴下を調べていればトリックが発覚しただろうが、さすがにそこまでは頭が回らなかった。

だがこれだけでは説明が足りない。

「俺たちが見た〝偽物〟の槍とはなんですか。あの長さは折って隠そうとしても嵩張《かさば》ってしまう。王寺さんがそれらしいものを持っている様子はなかったし、部屋を調べた時も見つかりませんでした」

ここでミステリ通の師々田が口を挟む。

「本物の槍である必要はないわけだ。凶器の消失といえば氷を使ったトリックが有名だろう。バスタオルを棒状に凍らせ、見つかる前にストーブの熱で溶かしたなんてどうだ」

「面白い推理ですが、冷凍庫は昨日のお昼から故障しています」比留子さんはあっさりと言いのける。「そんな面倒なことをする必要はありませんよ。手の中からいきなりステッキが現れる手品なんて誰でも見たことあるじゃないですか。あれは巻き尺のように幾重にも巻かれた薄い金属が棒状に引き伸ばされただけのものです。手品グッズとして誰でも買えますよ」

「そんなもの都合よく持っている人間がいるものか」

師々田が呆れる。確かに葬儀帰りの彼らだけでなく、ツーリング中の王寺が手品グッズを持ち歩いていたとは考えにくい。比留子さんは悪びれずに続ける。

「グッズになっている以上、身の回りのもので代用可能ですよ。例えば――王寺さんの部屋の壁紙は雨漏りで剝がれていましたよね」

あの大きさの壁紙であれば、筒状に丸めて槍に見せかけることも可能だ。

だが王寺はすぐさま異を唱えた。

「待ってくれ。だったら師々田さんも同じことができたはずだ。師々田さんの部屋の机には文字が一面に書かれた変な紙が置いてあっただろう」

純が持ち帰ったウィジャボードのことか。あの紙も一メートル四方の大きさがあり、このトリックに用いるには十分だ。しかしこの反論も比留子さんはすぐに論破する。

「槍に見せるには、かなり細く丸めて持たなければなりません。丸めた紙のクセはすぐには戻らない。ウィジャボードが使われたのなら、私たちが部屋を調べた時にまだ両側から丸まっていたはず。それを防ぐためには紙をしっかりと固定しなくてはなりません。例えば四隅を画鋲で留めるなどして」

師々田の部屋のウィジャボードは綺麗に机に広がっており、丸められた形跡はなかった。

王寺の犯行を裏づける状況証拠がまた一つ揃ったが、比留子さんは間断なく話を続ける。

「朱鷺野殺しが可能である、ということは分かってもらえたと思います。しかし朱鷺野殺しで着目すべきはハウダニットではなくホワイダニット、〝なぜ朱鷺野さんを殺したか〟ということなのです」

これに神服が同意を示す。

「私たちは剣崎さんが死んだものと思っていましたから、新たに女性を殺す必要はなかったはずです」

「そうだ！」王寺が援護を得たとばかりにいきり立つ。「俺には動機がない！　朱鷺野さんにしろ十色さんにしろ、なぜ男である俺が殺さなくちゃならないんだ」

言い分はもっともだ。

この推理の大前提は、サキミの予言を信じる人物が、死の予言から逃れるためにクローズドサークル内で殺人を犯したということだったはず。

男の王寺が女の十色を手にかけ、さらに予言された人数を超える三人目の女性を殺したというのでは、大前提が崩れてしまう。

「そもそも好見で暮らしていた朱鷺野さんや神服さんならともかく、外の住人である王寺君が人を殺《あや》めるほどサキミさんの予言を恐れたというのが納得できんな」

師々田の意見に比留子さんは頷く。

「おっしゃることは分かります。王寺さんはたまたま好見に足を踏み入れ閉じこめられてしまった部外者であり、これまでサキミさんの予言も知らなかった。彼が犯人だとすればサキミ毒殺未遂、十色殺し、朱鷺野殺しのいずれにも動機の謎が生まれます。

ここからは『魔眼の匣』に来てからの出来事を追いながら話した方が分かりやすいでしょう」

三

話は初日、俺たちが『魔眼の匣』に足を踏み入れた時まで遡《さかのぼ》った。

「サキミさんとの面談を許された私たちは、そこで初めて彼女が予言者であることを知りました。この時はまだ王寺さんにとっては疑わしさの方が強かったでしょう」

男女二人ずつが死ぬというサキミの予言を聞いても、到底信じる気にはならなかったはずだ。

「状況が変わるきっかけは翌日の朝、臼井さんが土砂崩れで亡くなったことです。予言通りに死人が出たことに加え、十色さんが幾度も事故を予知するような絵を描いていたことが明らかになりました。サキミさんの予言と十色さんの絵。誰もが心の中で二つの予知能力に対する意識を強めたはずです」

「だからといって、人を殺そうとまでするもんか！」

滔々《とうとう》と紡がれる話の流れを断ち切るように王寺が吐き捨てた。

師々田も慎重な意見を示す。

「予言を恐れたという動機だけなら、やはり朱鷺野さんの方が強かったと思うが」

「ええ、臼井さんの死だけで予言を信じたとは考えにくい。ましてや殺人に踏みきる決定打になったとは思えません。私なら迷う。この先も予言は当たり続けるのか、もう少し様子が見たい。しかし、縁起の悪い物事を避けて行動しようと思うのは、ごく一般的な考え方ではありませんか」

初詣で引いたおみくじの結果。情報番組で流れる星座占い。心から信じていなくとも、なんとなく、念のために、その指示や忠告に従う。これは誰にでもあり得る行動だ。

「ですがそれが死の予言とどう繋がるんですか」と俺。

「王寺さんはサキミさんの予言ではなく、十色さんの絵の予知を避けようとしたんだよ」

「絵というと、毒殺未遂の――」

比留子さんはそっちじゃないと首を振る。

「その前に一度、十色さんは絵を描いている。君が一酸化炭素中毒を起こしかけた時に」

俺は思わずあっと声を出した。

話の見えない師々田が困惑している。

「一酸化炭素中毒になりかけた話は聞いたが、通気口が塞がって起きた事故だったのだろう」

「その事故の光景も十色さんは予知していたのです。絵にはストーブの側で倒れる人影と小動物のような影が描かれており、葉村君の部屋もまったく同じ状況でした。しかしおかしな点が一つ。葉村君によれば、前日にネズミの死骸なんて部屋になかった」

ネズミの死骸は干涸びていて、たった一日の間に忍びこんで死んだとは思えなかった。だからなぜネズミの死骸があったのか、分からないままだったのだ。

比留子さんは王寺をまっすぐ見て告げる。

「ではあの死骸が、十色さんの予知した光景を押しつけるために故意に放りこまれたのだとしたら？」

十色の予知した未来を押しつける。

まさか俺は、知らぬ間に殺されそうになっていたのか。

「絵に描いてある状況が誰かの身に起きるなら、他人を絵の状況に近づけてやればいい。十色さんの予知能力を逆手にとる、まさに斬新な発想です。小動物の側で事故が起きるなら、ネズミの死骸を誰かに押しつければいい。なに一つ自分に損はないし、十色さんやサキミさんの予知が本物かどうかも見極めることができる。現に、純君が昨日の昼に見たというネズミの死骸が倉庫からなくなっていました。王寺さんが葉村君の部屋に放り込んだのでしょう」

王寺は純と同じように、たまたま倉庫でネズミの死骸を見つけていたのだろう。

十色は部屋から出たところで絵を描いたと言っていた。廊下を通りかかった王寺が絵を覗き見たことは十分考えられる。彼はそこに描かれた未来が自分の身にふりかかるのを避けるため、倉庫にあったネズミの死骸を急いで持ち出し、押しつけられる人物を探した。そして俺の部屋を訪ね、たまたま俺が寝ているのを発見したのだ。仮に起きていたとしても、その前に下着を貸していたから適当な口実をつけられると考えたのかもしれない。

結果、俺は絵の通りに死にかけ、王寺は無事に切り抜けることができた。

王寺は十色の予知能力が本物だという認識を強めるとともに、その手法の便利さに魅入られただろう。なにせ自分の手を直接汚すことなく死の運命を他人に押しつけられるのだから。

「ち、違う……。俺は」

王寺の額には大粒の脂汗が浮いている。

だが比留子さんは彼の声が聞こえないかのように、冷酷なほど落ち着いた様子で先を続けた。

「サキミ毒殺未遂の時も同じ行動をとった。部屋で寝過ごしたために遅れて食堂に向かったあなたは、閉じた扉の隙間から十色さんが新たな絵を描いているのを見たのです。その絵には赤い花の側で毒死したらしい人が描かれていた。もちろんあなたは毒なんて持ち合わせていませんから、葉村君の時と同様に赤い花を誰かに押しつけることで身の安全を守ろうとしました。そこで自室にいるサキミさんを標的にすべく、裏庭から花を持ってきて部屋の前にばら撒いたのです」

実は夕食前に神服がサキミの部屋に赤い花を生けており、王寺が行動せずとも絵の状況は揃っていたが、それを知る由はなかったのだ。

「お待ちください。だとすればサキミ様に毒を盛った〝脅迫者〟の正体は誰なのですか。王寺さんも朱鷺野さんも毒を盛る機会はなかったはずです」

神服の言う通りだ。王寺も朱鷺野も毒を盛れないのでは、サキミ毒殺未遂が説明できない。

すると比留子さんはポケットからハンカチに包んでいた薄紙を取り出し、テーブルに置いた。

「その謎を解くための鍵がここにあります。これはサキミさんに盛られたと思われる毒物で、現場の部屋の奥に隠されていました」

師々田が薄紙に残った暗褐色の粒を興味深げに覗き込み、唸った。

「精製された薬品ではないな。植物か生物由来の毒を犯人が独自に抽出し調合したのかもしれん」

「サキミさんは覚えがないと言っていますし、彼女が部屋にいる間は誰も隠し場所に近づかなかったそうです。つまり毒が隠されたのは倒れたサキミさんが部屋から運び出された後。犯人はなぜそんなことをしたのでしょうか」

続いて昼間に俺と比留子さんの間で議論した内容が語られる。

サキミが自殺を隠そうとしたのなら部屋の外で処分するはずだし、別に犯人がいるのならサキミの応急処置が終わった後に自殺に見せかけようとするのはおかしい。どちらにせよトイレに流すなり外に捨てるなり、もっと適当な処分方法があったはずだ。

「この矛盾に私はこう考えました。その人物は自殺であることを隠すために毒を処分したかった。しかしやむを得ない事情から部屋の中に隠すしかなかった。部屋の外に出て行けなかったからです」

それを聞いた各人から驚きの声が上がった。

「ということは、毒を隠したのはサキミさんだったのか」

「そんな。サキミ様は体調を崩されていますが、建物内を歩くくらいできました」

神服の反論に比留子さんは頷く。

「私も彼女がゆっくり歩くところを見ています。しかしそれでは駄目なのです。いいですか、余った毒を処分するのは当然湯飲みに毒を盛った後のはずです。昨晩、食堂で十色さんが絵を描き終わる間際、サキミさんは自らの湯飲みに毒を盛った。しかし用意していた毒の量が多く、全部はお茶に溶けきらないと思ったのでしょう。もし湯飲みに大量の溶け残りが見つかってしまうと、後で自殺だと見抜かれるかもしれません。仕方なく余った毒物を処分するために部屋の外に出ようとした時、扉の前にはすでに赤い花がばら撒かれていたのです」

頭の中で、いくつものピースがはまる。

十色の絵を目撃し、赤い花をばら撒いたのは王寺だ。サキミはそのことを知らず、赤い花の池を前にして大いに戸惑ったことだろう。

「自殺であることを隠すためには毒をどこかに処分しなければならず、部屋の外に出る必要がある。ですがエリカは踏みつければ潰れる上、小さな花が散らばったり足の裏にくっついたりしてしまいます。しかもエリカは入り口一面に撒かれていた。体の弱ったサキミさんには飛び越えられません」

一旦エリカの花を脇に寄せる方法もあるが、それでも辺りに散らばった小さな花は除ききれない。そもそもサキミは誰がなんの目的で花を撒いたのか知らないのだ。

その『誰か』がエリカの配置を正確に覚えていたとしたらどうする？　エリカの位置が変わったと分かれば、サキミが毒死する直前に部屋を出たと分かってしまうではないか。散乱したエリカに気づいたはずのサキミがなぜ食堂に言いに来なかったのか、皆は疑問に思うはずだ。

「サキミさんは混乱したはずです。どんな方法にせよエリカの花を動かせば、部屋から出た証拠が残ってしまう。そうこうしているうちに食堂で皆が騒ぎ始める気配があった。サキミさんはやむを得ず部屋の奥に毒物を隠し、湯飲みの中身をあおった」

毒を盛った者と花を撒いた者。両者は共犯ではなく、偶然にも思惑と行動が干渉したために不可解な毒殺未遂現場ができあがってしまったのだ。

「しかし、なぜ彼女は自殺を？」

師々田の疑問に、神服が答えた。

「十色さんのため……ですね？」

「そう。実は十色さんはサキミさんの血の繋がった孫だったのです。孫である十色さんを死の予言から救うため、サキミさんは自分が犠牲者の一人になろうとしたんでしょう」

初日にサキミの部屋に通された時、十色の名を聞いたサキミが動揺を見せたのを思い出す。これから四人もの人間が死ぬ場所に孫が来てしまうとは思わなかったに違いない。

「自殺だということを隠す理由は？　皆を疑心暗鬼にさせることは分かっていただろうに」

首を捻る師々田に比留子さんは告げた。

「十色さんは血縁に勘づいていましたが、サキミさんはある事情から最後までそれを隠し通そうとしていました。だから孫を庇ったとばれたくなかったのでしょう」

サキミは出会ったばかりの孫のために犠牲になろうとした。それなのに望んだ形とは真逆の結末になってしまったなんて。

「話を王寺さんに戻しましょうか」

冷やかにも聞こえる言葉で比留子さんが本筋に戻った。

「ともかく十色さんの絵の通り、サキミさんは毒に倒れました。このことで王寺さんはますます十色さんの予知能力を信じるとともに、頭を悩ませたはずです。次にいつ、どんな絵を十色さんが描くのかは彼にも分かりませんから」

気づかないうちに自分が十色の絵と同じ状況に陥ってしまう可能性もある。十色の絵は利用できるだけでなく、自分にも災いをもたらしかねない両刃《もろは》の剣《つるぎ》だと気づいたのだ。

王寺は死の予言から逃れるため、いよいよ自らの手を汚す覚悟を固めなければならなかった。

「しかしクローズドサークルで殺人を犯し、警察から逃れるのは不可能に近い。そんな時、あなたは共犯に打ってつけの相手を見つけたんです。それが朱鷺野さんでした」

俺は疑問を呈《てい》した。

「彼女は最初からサキミさんの予言を恐れていました。ですがそう簡単に共犯を受け入れてくれるでしょうか」

「迂闊に話を持ちかけることはできないし、安いドラマのように『あいつが死んでくれたらなあ』なんて独り言を漏らす人もいないだろうね。

では他の方法は？　相手を犯罪に巻きこむことができ、かつ相手が拒否できないような」

「――脅迫か！」

比留子さんの丁寧な誘導に、師々田が声を上げた。

「そう。王寺さんは殺人に加担するよう朱鷺野さんを脅迫したんです」

「できるもんか」口を閉ざしていた王寺が荒々しく吐き捨てる。「俺たちは初対面なんだぞ。彼女を脅迫できるような都合のいいネタなんてあるわけがない」

意外にも比留子さんはあっさりと認める。

「その通り。事実、王寺さんが摑んだネタも勘違いだったわけです」

「そのネタというのはなんなんだ」急き立てる師々田。

「王寺さんは、サキミさんに毒を盛った犯人が朱鷺野さんだと考えたんですよ」

その瞬間、王寺の目に明らかな動揺が走った。

「先ほどネズミの死骸がなくなったと話した、事務室奥の倉庫。そこで葉村君が朱鷺野さんのネイルチップを見つけました。彼女はもしかしたら脱出に使える道具を探す最中に落としたのかもしれませんね。問題はネイルチップのすぐ近くに殺鼠剤として使われていた亜ヒ酸がしまわれていたことです」

王寺が倉庫にいる朱鷺野の姿を目撃したのか、俺たちと同じようにネイルチップを見つけたのかは分からない。最初は王寺も気に留めなかっただろう。だがサキミが毒で倒れた時、王寺は朱鷺野が亜ヒ酸を盛ったのだと考えた。

サキミが示した症状からすれば毒物は亜ヒ酸でない可能性が高いし、そもそも朱鷺野には毒を盛る機会がなかったのだが、それは後になって判明したことだ。

「サキミさんを介抱している時、皆さんはバラバラに行動していましたね。おそらくその時に朱鷺野さんに近づき脅迫したのでしょう。『毒を盛ったことを黙っていてほしければ、俺の計画に付き合え』と。当然朱鷺野さんにとっては身に覚えがないことです。脅迫したつもりが、逆に殺人の計画が朱鷺野さんにばれ、弱みを握られてしまった」

「愚かな……」

神服が哀れみの籠った視線を向けた。王寺は澱んだ目でテーブル上のペティナイフを見つめたまま、「違う。違う」としきりに首を振っている。

「これは朱鷺野さんにとっても好都合でした。彼女はサキミさんの予言を強く信じており、死ぬのは自分かもしれないと恐れていた。王寺さんが持ち出してきた共犯の計画は渡りに船だったのです」

彼らにしてみれば、〝脅迫者〟――サキミの毒殺を目論んだ者の正体は最大の懸念だっただろう。〝脅迫者〟に次は自分が狙われる可能性もある。となると毒を盛る機会があった俺と比留子さん、十色、神服は最も警戒すべき対象だったはずだ。その中でも、いつどんな絵を描くか分からない十色は放置しておけない存在だった。俺たちがサキミを介抱する間や、十色を隔離するために彼女を自室に送り届ける間など、わずかな時間を利用して二人は十色殺しの計画を練った。

だが俺は一つ引っかかったことを訊ねた。

「一人で部屋にいた十色さんが真っ先に狙われたのは理解できます。でも十色さんは女性である朱鷺野さんの標的のはずです。なぜ王寺さんは得にもならない殺人を請け負ったんですか」

「それが二人の計画の狡猾なところだよ」

比留子さんが頷く。

「彼らはただ単純に協力し合うだけでなく、凝った手段を選択したんだ。それは——交換殺人」

四

交換殺人。

それぞれ殺したい相手のいる二人の人物が、標的を交換することによって目的を達する方法だ。ミステリ好きなら小説の中で一度は目にしたことがあるだろう。

例えばここにA太とB子という見ず知らずの二人がいるとする。

A太は妻を殺したい。B子は夫を殺したい。

だが自ら手を下しては動機の線からすぐに警察に疑われてしまう。そんなある日偶然知り合った二人は、会話の成り行きで互いに殺したい相手がいると分かり、標的を交換する。

A太がB子の夫を殺し、B子がA太の妻を殺すのだ。

警察からすれば被害者と犯人の接点がまったくなく、いくら動機を調べても殺人犯が捜査線上に浮かばない。A太、B子は自分の標的を殺してもらう時に合わせてアリバイを確保しておけば完璧だ。

「ちょっと待ってください。交換殺人の利点は、被害者と犯人に接点がないからこそ容疑者としてマークされないことです。俺たちのように、全員が捜査線上にいるんじゃ意味がない」

しかし比留子さんは「そんなことはないよ」と首を振る。

「王寺さんたちにとって一番大きな懸念は、私たちが予言と殺人の関係に気づいて同性の人物を警戒することだった。十色さんの後もまだ二人殺さねばならないのに、標的に近づくことすら難しくなってしまう」

実際、十色が殺された直後に神服がその動機に気づき、俺たちは同性の接近を警戒するようになった。だが王寺らはその反応を逆手に取ったのだ。

「予言から逃れるための殺人なら、異性から狙われるはずがない。私たちにそう思わせることで疑いを免れるとともに異性に対する警戒心を弱め、三人目、四人目の殺人を実行しやすい状況を作る。そのための交換殺人だったのです。さらには朱鷺野さんと有利な証言をし合うことで、警察の捜査を逃れる可能性を高める目的もあったのでしょう」

それを聞いた神服は悔しそうに唇を歪ませる。

「私の考えについても王寺さんたちにとっては予想済みだったのですね」

「神服さんが悪いのではありません。私も同じことを考えましたから」

やりとりを聞いていた師々田が「なるほどな」と呟いた。

「フェルト人形の数を一つずつ減らしたのもそのためか。あえて予言を示唆し、同性の人に意識を向けさせるために」

「違う、人形なんか知らない！」

俯いていた王寺が顔を上げた。もはや整った顔立ちは泣きそうに崩れている。

「交換殺人？　そんなのおかしいだろう。男の標的は一人なのに、女の標的は二人いるんだぞ。標的を交換したばかりに俺が女を二人殺すことになる。そんな自分に不利益な契約は成立しない。手を組むのはせめて互いの標的が一人ずつになってからだ。俺が十色さんを殺すなんてありえないんだよ」

「標的が男女一人ずつになってからでは遅いのです」

比留子さんはきっぱりと言い放つ。

「仮に十色さんが臼井さんと同じく事故死し、それから交換殺人を計画したとしましょう。標的が男女一人ずつということは、例えば王寺さんが女性を殺したら、その時点で朱鷺野さんは目的を達成し、手を汚さず生き残ることができるわけです。彼女にしてみれば王寺さんのために手を汚すのは馬鹿馬鹿しいと思いませんか。このように標的が男女一人ずつになってしまっては、先に実行犯を担う方が圧倒的に不利なのです。せっかく殺人を肩代わりしても相手が裏切る可能性があるのですから」

だからこそ、殺人を肩代わりしてもまだ相手の目的が達成できない状況で手を組む必要があったのだ。王寺が十色を殺してやったとしても、朱鷺野はまだもう一人女性に死んでもらわなければならない。そのために王寺の協力が必要なので裏切れないというわけだ。

「じゃあなぜ朱鷺野さんを殺す必要があった？　俺たちにしてみれば、剣崎さんが〝死んだ〟ことで女性二人の犠牲は揃っていたんだ」

彼の言う通り、朱鷺野の死は本当に理屈の通らないことだ。王寺はサキミの予言を信じていたから殺人に及んだはず。それなのに余計な殺人を重ねて予言を破ろうとするはずがない。

「朱鷺野殺しは計画的な犯行ではなく、衝動的な犯行だったんでしょう」

比留子さんの口調はまるで淀みがない。

「今の理屈と同じです。王寺さんが十色さんを殺し、次は朱鷺野さんが男性を殺す手筈だった。しかしそれを実行に移す前に私が死んでしまった。彼らにとっては予想外の形で女性二人の犠牲が揃い、朱鷺野さんは手を汚さず目的を達成してしまった。では、朱鷺野さんはその先の殺人に加担しようとするでしょうか？」

クローズドサークルの大前提。犯人はできることなら殺人を犯したくない。

十色殺しにおいて朱鷺野は嘘の証言をしたが、直接誰かを手にかけたわけではない。殺人と偽証では罪の重さに天地の開きがある。協力に消極的になるのは当然だ。

「さらに、王寺さんにとってもう一つ悩ましい問題があった。茎沢君が失踪し、生死が分からなかったことです。彼がもし死んでいるのなら犠牲者が揃ったことになりますが、彼が生きているのなら一刻も早く他の男性を殺す必要がある。最悪なのは王寺さんが他の男性を殺した後、茎沢君の死亡が判明するパターンです。この場合サキミさんの予言が外れたことになり、すべての罪が無駄だったことになるのですから」

こうして身動きが取れないまま刻々と時間が過ぎ、王寺は狂わんばかりに思い悩んでいたはずだ。さらに彼は窮地に立たされる。

「おそらく朱鷺野さんは、共犯関係の一方的な破棄を宣言した。十色殺しを肩代わりした王寺さんにとっては許されざる裏切りです。交換条件だからこそ彼は危険を冒して十色さんを射殺したというのに、朱鷺野さんだけなにもせずに助かるなんて許せなかった。恐らく朱鷺野さんの部屋で激しい押し問答になったんでしょう。その結果、朱鷺野さんは床に倒れた拍子に頭をひどく打ってしまった」

「だとしても、だ」

比留子さんの追及を撥ねつけるように、王寺は右手を顔の前で激しく振る。

「朱鷺野さんの遺体をそのまま放置しておけばいい話じゃないか。転倒死には違いないし、事故か他殺かの区別なんてつきやしない。それなのに白装束を着て君たちの前に姿を晒すなんて、リスクの高い行動を起こす理由がどこにある？」

王寺の言う通り、その場で取り押さえられるかもしれず、また数秒に運命をゆだねるトリックを弄するなど、あまりにリスキーな行動に思える。

「その時、朱鷺野さんにはまだ息があったからですよ。彼女は即死ではなく、気絶したんです」

朱鷺野が気絶する。

これは王寺にとって後に引けない窮状だ。

なぜなら、気絶した者はそのうち意識を取り戻すから。

ただでさえ共犯関係を破棄しようとしていた朱鷺野を、諍《いさか》いの末に負傷させてしまった。意識を取り戻せば最後、彼女は激怒して王寺の犯行を暴露するに違いない。

「あなたはなんとかして朱鷺野さんの口を封じる必要があった。しかし殺すことはできない。理由は先ほどあなたが言った通り、女性の犠牲者の枠はすでに満たされていたから。そこで考えついたのが、全員の目の前で朱鷺野さんが犯人としか思えない状況を作り出すことです。リスクを冒してまで白装束を演じたのはそのためだった」

朱鷺野が次の犯行を企てていたと俺たちに思わせることができれば、意識を取り戻した朱鷺野が王寺の罪を暴露しても「苦しい言い逃れだ」と反論することができる。朱鷺野を生かしながら王寺が無実を主張するには、全員の眼前で朱鷺野を犯人に仕立てるしかなかった。しかも気絶した朱鷺野が意識を取り戻す前にすべてを完了させねばならなかったのだ。

これがリスクを背負って白装束を演じたホワイダニット。

言い返す王寺の声は力を失っていた。

「全部君の想像だ。朱鷺野さんが気絶したなんて、証拠がない」

「ありますよ。朱鷺野さんの後頭部の傷に生活反応がありました」

比留子さんはスマホに一枚の写真を表示してみせた。そこには傷口で血が凝固しかけた状態が収められている。

「生活反応とは皮下出血、あるいは化膿など、生きている体でのみ起きる反応のことです。彼女の後頭部の傷口周囲の血は凝固しかけている。これは乾いて固まったのではなく、止血するためにかさぶたを作ろうとする生活反応です。彼女が即死であれば傷口で血が凝固することはありえない。

つまり朱鷺野さんは頭をぶつけた後も気絶しただけでしばらくは生きていた。

あなたは朱鷺野さんに呼吸があることを確かめ、急いで元実験室から使えそうな道具を探し、白装束の演技を実行した。

しかし脳が負ったダメージのせいか時間とともに血腫で圧迫されたせいか、結局は意識を取り戻すことなく朱鷺野さんは死んでしまった。その時点で血液を凝固させる反応が終わった」

傷口の状態一つで、不可解だった状況がどんどん露わにされてゆく。

「朱鷺野さんの死亡が確認された時、さぞかし混乱したことでしょうね。予言から逃れるために殺人を犯したのに、予言よりも多い三人目の女性が死んでしまったのですから」

「違う！」

「朱鷺野さんのスマホがなくなったのもあなたの仕業でしょう。殺人という罪を共有する関係である以上、なにかの形で契約を交わしたはず。二人とも筆記用具などを持っていませんでしたし、スマホに録音でもしたのでしょうか。そのデータを探して消去する余裕はなく、かといって筐体《きょうたい》ごと破壊したのでは不自然すぎる。だからスマホを持ち去った」

「違う、違う、違う！」

王寺が立ち上がり絶叫した。

まずい。追い詰められ、彼は自暴自棄になっている。血走った王寺の目がテーブルを見た。そこには凶々《まがまが》しく光るペティナイフが。

「触るなっ！」

俺の叫びもむなしく、王寺は弾かれたようにペティナイフを摑んで立ち上がった。

師々田と神服がその場から飛び退《すさ》る。

「馬鹿な真似はよせ！」

「これ以上罪を重ねるつもりですか」

二人を無視し、王寺は切っ先を比留子さんに向けた。取り押さえようにも俺の席からでは遠すぎる。飛びかかる前に彼は比留子さんにナイフを突き立てるだろう。

「そんな、そんなちっぽけな証拠で罪に問えるものか。探偵ごっこは終わりだ。満足かよ」

王寺は錯乱している。凶器を手にしてしまってはどんな言い逃れも通用しないのに。

だが比留子さんは取り乱さず、その顔に笑みを浮かべさえした。

「大いに満足です。ここからが最後の証明なのですから」

美しくも凄絶な比留子さんの迫力に、王寺のみならずその場にいた全員が気圧《けお》される。

「比留子さん」

止めようとした俺を、彼女は視線だけで制す。

「動くな」とナイフを突き出す王寺の震え声にも構わず、比留子さんはさらに一歩、前に踏み出した。

「殺せないとでも思っているのか」

「ええ。絶対に。あなたが犯人だから」

突き出された刃を覗きこむように、比留子さんはぐいと顔を近づけた。

「最初に言ったはずです。この事件を起こした犯人はサキミさんの予言を信じ、恐れている。だからこそ人を殺してまで予言から逃れようとした。

そして今、望み通りサキミさんの死の予言は満たされた。それでもまだ人を殺せますか。自分の手で予言を覆せますか。手を汚したことがすべて無駄になるとしても」

これが比留子さんの求めた決着。

殺人の動機――ホワイダニットが死の予言から逃れるためだなんて、外にいる警察には理解できまい。異常者による異常な犯行として記録されるだけだ。

このホワイダニットは今日、サキミの予言が有効なうちに証明しなければならなかった。

だから比留子さんは王寺の精神をここまで追い詰め、凶器を持たせた。

犯人だからこそ、絶対に予言を裏切れない。

仮に王寺が比留子さんを殺せば五人目の犠牲者となり、サキミの予言はデタラメだと証明される。その瞬間、彼が困苦と恐怖にまみれながら人を殺めたことが意味を失ってしまう。これは予言を信じる犯人を、予言を盾に取って追い詰める前代未聞の裁きなのだ。

「ああ……」

王寺の手からナイフが落ちた。

間抜けな音を立てて床に転がる刃を見やり、力を使い果たしたように王寺が膝をつく。

「――俺は悪くない。俺は約束通り十色さんを撃ち殺した。なのに朱鷺野は汚いものを見るような目で、『私はこれから幸せにならなきゃいけないの』って言いやがったんだ。信じられるか？　俺だって、俺だって」

俺たちが体を縛る間も、彼はうわ言のように繰り返した。

「あの女の呪いだ。あいつが俺を御守りから引き離そうとして、俺をはめた。どうして……」

五

それ以降、王寺はガタガタと震えるばかりで会話が成り立たなかった。

師々田らと協力して王寺を一階の俺の部屋のベッドに拘束し、食堂に戻ってきた俺たちはようやく一息ついた。部屋に残していた純も食堂に連れてきたが、テーブルに突っ伏して眠っている。

時折神服がいれてくれた茶で喉を湿らせるものの、皆の口は一様に重たい。先ほどまで計算し尽くされた推理を機械のごとく披露していた比留子さんまで、今は視線をぼんやりとさまよわせるだけだ。

無理もない。俺たちは生き残ったが、諸手を挙げて喜ぶ気分にはほど遠い。

俺たちは殺人者に変貌する前の王寺を知っている。ツーリングを楽しみ、人懐こい態度でガソリンを求めてきた王寺。このタイミングでこの場所にさえ辿り着かなければ、彼は人を殺めずに済んだだろうに。

彼だけではない。朱鷺野は好見の外でようやくささやかな幸せを見出していたし、十色は自分の能力と新たに向き合う日々が始まるはずだった。事故で亡くなった臼井も茎沢も、不運という言葉で片付けるにはあまりにも無慈悲な最期ではないか。

鬱々とした気分に沈みながら日付が変わるまであと三十分となった時。

神服が不意に王寺の最後の言葉に言及した。

「あの女とか御守りとか、どういう意味だったんでしょうか」

「ああ。これだけ計画的な犯行を起こしたにしては、異常な言動に思えたな」

師々田はテーブルに残されたペティナイフを眺めながらぼやいた。

「剣崎君、君になにか考えはないのかね」

話を振られた比留子さんは困ったように首を傾げる。

「王寺さんにどんな事情があったのかなんて分かるわけありませんよ。せいぜい断片的な情報を組み合わせて想像を膨らませる程度です。さすがにそれを物知り顔で披露できるほど、

「王寺さんは普段御守りを身に着けていて、体には魔除けと思われるタトゥーが彫ってある

しかし比留子さんの話には続きがあった。

「それではあまりにも想像が勝ちすぎているんじゃないかね」

この大胆な仮説には話を振った師々田も苦笑するしかない。

ば」

「たぶんあれ、事実だったたんじゃないでしょうか。臼井さんの話ではすでに三人の若者が亡くなったそうですが、音信不通の生き残りがいましたよね。それが王寺さんだったとすれ

るという話だったはず。そこに肝試しに行った若者四人が次々と死んでいるとか。

心霊スポットの三つ首トンネルを男性の運転する車で通ると、焼け死んだ女の霊に呪われ

「ひょっとして、『アトランティス』の記事の話ですか。本物のネタとかいう」

つ思い当たる節があった。

オカルト要素の話なら茎沢か臼井が絡んでいる可能性が高い。記憶をなぞってみると、一

を連想しますが、この数日の皆の会話の中に関係がありそうな話題がありました」

がありますが、誰もそんな呼び方はしませんよね。呪いと言うと幽霊のようなオカルト要素

「王寺さんは〝女の呪い〟と口にしました。確かにサキミさんの予言は呪いめいたイメージ

神服までが話を促すように茶を注ぎ足したので、比留子さんは観念して語り出す。

「なにを今さら。〝ミステリ〟を聞かせてくれればいい」

私は名探偵ではないですし」

んでしたね。なにか理由があって災いが降りかかるのを極度に恐れていたと考えられます。なのに今回、王寺さんは貴重品と一緒に御守りをバイクに置いてきてしまった」

　王寺はこう言っていた。

――最悪だ。置いてきた財布に御守りも入っていたんだ。手放すんじゃなかった。

「御守りがないから死の予言も恐れたと？」神服が慎重な口ぶりで訊ねる。

「御守りのおかげかどうかは知りませんが、実際に三つ首トンネルに行った他の仲間は次々と死ぬ中で、王寺さんだけが生き残っていた。彼が御守りの効果を信じ、心の頼りにするのももっともです」

　再び王寺の悲痛な声が脳裏によみがえる。

――信じる人には効くんですよ。

「それだけじゃありません。思い出してください。三つ首トンネルの怪談には血の手形と焼死という印象的なモチーフが登場します」

　それらは幽霊とされる女の死に様に関わるものだ。

「臼井さんの話では、若者の一人は娑可安湖のテロ事件で死に、さらに別の一人は大阪のビル火災で焼死しています。それぞれが血の手形と焼死というモチーフに関係しているわけです。朝食の時、これを聞いた王寺さんは恐怖を感じたはず。サキミさんは仲間二人が死んだ事件を立て続けに予言していたことになるんですから」

　すでに王寺は橋が焼失したために心の支えにしていた御守りを取りに戻れなくなっていた。

今度は自分が仲間たちと同じ目に遭うのではないか。そんな恐怖に囚われてもおかしくはない。

そういえば、朱鷺野が夜中に王寺と鉢合わせた時、彼が腰を抜かしかけたとからかったことがあった。朱鷺野は髪も服も赤い上、その夜は風呂に入ったためにアップの髪を下ろしていたはず。王寺にしてみれば、見覚えのない、燃えるような赤い女と鉢合わせたことになる。叫びもするはずだ。

「このように不吉な条件が重なったことで、昨日の朝食の時点で王寺さんは相当な恐怖に苛《さいな》まれていたと考えられます。そして決定打となったのが臼井さんの死だった」

「いよいよ彼もサキミ様の予言を信じざるを得なくなったのですね」

神服が納得したように言ったが、比留子さんは首を振る。

「いいえ。臼井さんの死が証明したのはサキミさんの予言ではなく、三つ首トンネルの呪いです」

「呪いを証明した？　どういうことだ」

訝る師々田に、比留子さんは臼井の発言を振り返ってみせる。

「覚えていますか。朝食の席で三つ首トンネルの怪談について語った臼井さんが、取材で撮った写真を見せようとしたことを」

「それがなにか」

「臼井さんもまた、三つ首トンネルに行ったことがあるんですよ。もちろん自分が運転する車で」

トンネルの呪いを受けた臼井が死んだ。王寺はそれに気づいたのだ。

王寺は俺に聞いたではないか。

『君はどう思う？　臼井さんが亡くなったのは本当にただの偶然なのかな。それとも――』

俺はてっきり、あの台詞は〝誰かが殺したのか〟と続くものだと思っていた。勘違いだ。

王寺はこう続けようとしたのだ。

〝三つ首トンネルの呪いで死んだのか〟と。

「王寺さんはサキミさんの予言と同じくらい、トンネルの呪いを恐れたのかもしれません。御守りが手元にないからこそ、死が身近に迫っていると恐怖した。そしてサキミさんは三つ首トンネルに関わった人々が亡くなった事件を予言していた。彼は三つ首トンネルの呪いとサキミさんの予言の両方に怯えたからこそ、誰かを犠牲にするしかこの状況を切り抜ける術はないと信じた。――私が考えられるのはこんなところでしょうか。本当のところは本人にしか分かりませんが」

最後の王寺の言葉が蘇る。

『あの女の呪いだ。あいつが俺を御守りから引き離そうとして、俺をはめた。どうして……』

食堂の時計の針が重なる。時刻は零時を回り、日付が変わった。
同時に予言に支配された十一月最後の二日間は終わり、俺たちは十二月を迎えた。
この先の未来は、まだ予言されていない。

終章　探偵の予言

十二月の朝が来た。

太陽の姿は山々に隠れ見ることは叶わないが、空が明らむが早いか神服は橋を見に行くと告げて『魔眼の匣』を出ていった。予言された期限が過ぎ、好見の住人の誰かが来ているかもしれない。

俺は比留子さんに誘われ、サキミのいる神服の部屋に向かう。

どんな用なのか話してくれる様子はない。

俺たちが顔を出すとサキミは布団から体を起こし、深々と頭を下げた。やはり十色の死が尾を引いているのか、本調子ではなさそうだ。

「奉子さんから聞いたよ。犯人が捕まったって」

比留子さんは嬉しさや安堵といった感情をまったく見せず、首を振った。

「予言の通り四人もの死者が出てしまった後のことです。意味があったのか、難しいところです」

「仕方のないことだ。予言を覆すことなんて誰にもできやしない。気に病むことじゃないよ」

「あなたにも気の毒な結果になってしまいました」

その言葉にサキミの表情が曇る。結局、孫の十色とは満足に言葉を交わせないまま別れたのだ。

「後悔しているよ。恥を忍んで祖母だと認めていればよかった。可哀想に、あの子もあんな若さで――」

「ああ、そうではなく」

比留子さんはサキミの言葉を遮り、まるで居合のように抜き身の一言を放った。

「あなたが自殺に失敗したことが気の毒だったと言っているのです」

確かにサキミは十色を救うための身代わりになることに失敗した。

だがどうしたのだろう。言い方が比留子さんらしくもなく、礼を失しているように聞こえる。

「あの子の代わりに犠牲になれなかったことは痛恨の極みだよ。だが……」

「犠牲？　それは違います。あなたはあくまでも自分の名誉のために命を絶とうとした。それに失敗したから、そんなにも浮かない顔をしているのでしょう」

瞬間、覇気を失っていたサキミの瞳に力が戻ったように見えた。

「あんたは、いったいなにを言いたいんだい」

「殺人を犯したのは王寺さんですし、これ以上人が死ぬことはありません。今から私がやろうとしているのは十色さんに少しでも報いるための、身勝手な八つ当たりです」

比留子さんの眼差しは昨晩王寺に向けていたものと同じく、微塵も容赦を感じさせなかった。

「――名誉といったね」

サキミの囁きは小さく、しかしはっきりと耳に届いた。

「どうして死ぬことが私の名誉になるんだい」

「今日から先の未来について、あなたがなにも予言を残していないからですよ。あなたはこ数年で急激に体調を崩しているがまともな診察を受けたことがなく、正確な病態が分からない。もしこのまま新たな予言を残すことなく病死してしまったら？　好見の人々からは自分の死も見通せないペテン師だと思われてしまうのではないですか。だから予言者としての名誉を守るため、残っている予言に自分の死を合わせなければいけなかった」

サキミはすぐに反論する。

「確かに今の体に祈禱は応える。しかし予言をしようと思えば……」

比留子さんはぴしゃりとそれを遮った。

「違う。あなたには元々予知能力などない。だってあなたは天禰サキミではないのでしょう」

耳を疑う。

サキミではない？　では目の前の老女はいったい誰だというのか。

「比留子さん、それはどういう……」

「おかしいと思ったのは、十色さんに借りた研究ノートと君から聞いた話の食い違いだよ」

サキミ——いや、老女と睨み合ったまま比留子さんは言う。

「研究所が公安にマークされたと知った十色勤は、生まれたばかりの娘を連れて逃げる計画を練った。その時彼はサキミを残していくことを決断したけど、以前に彼女と交わした約束をこう記述していた。『きっと連れていってください』と」

十色勤は結局サキミとの約束を果たせなかったことを詫びていた。

「一方、昨日この人はこう語ったんだったね。

『でも、果たされなかったね。私を迎えに来てくれるという約束は』

私たちが十色さんの研究ノートを読んだことを知らなかったから、つい本当のことを零してしまったんだろうね。〝連れていく〟と〝迎えに来る〟。一見同じように思える言葉だけれど、この違和感に気づいた時に思ったんだ。ひょっとしたら約束は二つあったんじゃないかって。

おそらく十色勤は娘と一緒にサキミも〝連れていく〟ことにした。しかし好見の住人と公安の目を欺《あざむ》かなければならない。そこで彼はサキミの身代わりとなる女性を残していくことにした。十色勤がサキミらを安全な場所に匿《かくま》うまで彼女が周囲の目を欺き、いずれ十色勤が彼女を〝迎えに来る〟。そういう約束だったんだろう」

だが約束は守られなかった。

十色勤はサキミと娘とともに新たな人生を歩むため、そのまま足跡を消した。

そうして残された身代わりこそが、目の前の老女なのだ。

「ではあなたは誰なのか。十色勤と厚い信頼で結ばれ、かつ彼に想いを寄せる可能性の高い人物といえば――〝岡町〟なのではないですか」

岡町。研究ノートの中では岡町君と呼ばれる、十色勤の助手。

言われてみればどこにも岡町のことを〝彼〟と呼ぶ記述はない。大学時代から十色勤の研究を支え続けてきた助手がサキミの身代わりとして選ばれたのか。

「一昨日の時点であなたの素性には疑問を抱いていたのです。十色勤の研究ノートにはサキミが部屋でネズミを飼っていたエピソードが記されていました。昔から蜘蛛や蜥蜴を友達にしていたとも。それなのに一昨日の朝食の席で朱鷺野さんがネズミのせいで眠れないと文句を言うと、神服さんはあなたの部屋で殺鼠剤を使っていると答えたのです」

同じ人物のはずなのに、反応が矛盾している。

理由は簡単だ。ネズミを飼っていることを、サキミと十色勤は二人だけの秘密にした。だから岡町はサキミと同じように振る舞うことができなかった。

他の記述も違った解釈ができる。

十色勤がサキミの誕生日プレゼントについて相談した際、岡町は『もっと女性のことを勉強すべきでしょう』と返していた。あれはプレゼントのことではなく、岡町の気持ちに気づかずに他の女について相談をする彼の鈍さに対して放った言葉だったのではないか。

また、研究が行き詰まり所内での風当たりが強まった時、所員の一人がこんな台詞を吐いた。

『研究の続きがしたいのなら、あの生意気な女を連れて余所に行ってくれ』

俺はてっきり生意気な女とはサキミのことだと思っていた。だがサキミは『変わりなく穏やかな態度で研究に協力してくれている』とあったではないか。他の所員と揉め事を起こしていたのは助手である岡町だ。

「なかなか面白い話だ。だが証拠はあるのかい」

老女はそう嘯くが、比留子さんは引き下がらない。

「警察が調べれば、十色さんとあなたの間に血縁関係があるかどうかすぐに分かりますよ」

「だが私が偽者だとしたら、これまで的中させてきた予言はどうなる？　班目機関が撤退した後もずっと、私は好見や世の中の出来事を予言し続けてきたんだよ」

「簡単なことです。あなたはサキミの実験に携わっていたのだから、サキミが口にした予言をきちんと記録していた。それを皆の前で披露していただけです」

それが、神服が盗み見たという記録帳なのだろう。研究ノートにもこんな記載があった。

『好見の住人には可能なだけの金を渡し彼女の世話を頼んである。たとえトラブルが起きても、予言の力を見せつければ生きていけるだろう』

十色勤は岡町の性格の激しさ、プライドの高さを知っていた。いずれ彼女と好見の住人との関係が悪化することも見越していたのかもしれない。

ともあれ、本物のサキミは約五十年前から現在の出来事を予言していたことになる。俺たちの想像をはるかに超える驚異的な能力の持ち主だったのだ。

だが近年になり、とうとう予言のストックが底をついた。予言者サキミとして好見の住人の反発を抑えこんでいた老女にとっては由々しき事態だ。もしこの先、予言のないままに好見で災害や事故が起きたら？　住人たちはサキミが能力を失ったと思うだろう。老女の優位は崩壊し、窮地に立たされる。あるいは彼女が死んだ場合、そもそも予言はインチキだったと見なされる可能性もある。

「岡町、ねえ」

不意に老女はくつくつと笑い始めた。

「もちろん岡町さんのことは覚えているよ。大学で研究をしていた頃から誰よりも勤さんを支え続けた女性だった。当時は女性の研究職なんぞ軽視されたものだが、それを撥ね返すくらい優秀だったらしい。彼女の助けがなければ、勤さんの研究が班目機関の目に留まることもなかったかもしれないね」

同調するように比留子さんの頬にも笑みが浮かぶ。

「岡町さんには十色勤のパートナーとして強い自負があったことでしょうね。それなのに天禰サキミという女性が現れ、単なる被験者であることを超えて研究の核に位置づけられたのは、彼女のプライドを深く傷つけたのでは？」

「当然だろうね。しかも次第に男女としても勤さんと親密になっていった。岡町さんにしてみれば私は憎くてたまらない存在だったろう」

「サキミを殺したいと願ったこともあったでしょうか」

「かもしれないねえ。でも研究に私の能力が必要不可欠なことは間違いない。血を吐く思いで耐えるしかないよ。考えただけで頭の血管が切れそうだ」

笑みを張りつけた両者が交わすやりとりは、まるで神経毒のように俺の心臓をじわじわ締め上げる。いっそ大声でわめき、摑み合いでも始めてくれた方がどれだけ楽か。

だが比留子さんは鋼《はがね》の意志をもって言葉を続ける。

「十色勤がいつ迎えに来ると約束したのかは分かりませんが、遅くても数年であなたは約束を破られたと気づいたはずです。ですがそれを受け入れることはサキミに敗北を認めることでもある。十色勤のパートナーとして、そして彼を慕う女性として。だからこそあなたはサキミを演じ続けた」

昨日、目の前の老女は俺にこう語った。

『あの頃の私は、捨てられたと知ってなお勤さんを信じていた。いや、信じたかったんだね。認めてしまえば本当に私たちの関係が終わってしまう気がした』

あれは岡町の本音だったのだろう。

素直に十色勤に裏切られたことを認めれば、まだ別の場所で人生をやり直すチャンスはあった。しかし敗北を認めたくない一心で彼女はここに居座り続け、ついに数十年の時が経ってしまった。

「老年にさしかかったあなたは、十色勤とサキミの居場所を探すことを決意し、朱鷺野さんの父を介して探偵を雇った。その結果、彼らは幸せな家庭を築き孫まで生まれていることを知った。

さぞかし憎んだことでしょう。あなたはサキミの身代わりとして人生を棒に振り、今も孤独に過ごしているのに、元凶である彼らがのうのうと幸せになっているなんて。けれど遠く離れた場所に住む彼らに復讐することはできない。このまま人生を終えるしかないかと思われた」

ならばいっそ班目機関やサキミのことも暴露してしまおうと、各放送局や出版社の連絡先を調べたこともあったのではないか。おそらくその時に『月刊アトランティス』についても知った。だが駄目だ。サキミのことを暴露すれば、自分が偽者だということまで好見の住人にばれてしまう。これまで予言を盾にして住人たちを抑えてきた彼女にとって、数十年かけて積み上げた予言者の権威を失い、ただの偽者に転落することも屈辱だった。

「十色勤とサキミらの平穏な人生を崩壊させることと、自分の権威を守ること。これらは両立できないと思われた。ですがあなたはとうとう閃いたのです。二つの目的を同時に達成するために、サキミを演じたままマスコミ関係者に予言が的中するところを見せればよいのだと」

いきなり新聞や放送局に予言の話題を持ちこんだところで相手にしてもらえない。だからオカルト誌の編集部に宛てて脅迫めいた手紙を送った。おそらく神服の目を盗んで、真夜中に不自由な体を引きずり、好見の郵便ポストまで行き来したのだろう。

その手紙の中で、残り少ない予言のストックを使い、大阪のビル火災や娑可安湖のテロ事件を的中させる。彼らが予言に食いついたところで、『真雁で四人死ぬ』という予言に合わせて記者を『魔眼の匣』に誘い出し、目の前で予言が的中するところを見せる。

もちろん犠牲者の一人は自分だ。もし記者を巻き添えにできれば、さらに大々的に取り上げてもらえるかもしれない。自分の予言者としての権威が守られると同時に事件は大きく報道され、いずれサキミと班目機関の名が日本中に知られることになる。遠くの地で暮らすサキミの耳にも届くはずだ。

——別の人間としてのうのうと生きられると思っていたか。

——サキミの伝承は恐怖とともにずっと人々の記憶に残るぞ。

こうしてサキミの心に悔恨の爪跡を残すのが老女の計画だった。

自分の他にどんな三人が犠牲になるのか分からないが、予言は必ず当たる。重要なのは自分、あるいは記者が生き残ることのないよう、無関係の住人たちを好見から避難させておくことだ。毒を用意し、あとは時を待つばかりだった。

「けれど最後の最後に奇跡が起きました。サキミの孫娘である十色さんが訪れたのです」

はじめは十色の来訪の目的が分からず、戸惑ったことだろう。だが翌日皆が脱出経路を探す中、十色がこっそり会いに来た。その時に初めて彼女が自分を実の祖母と勘違いしていることを知った。そこで急遽、復讐計画に新たな項目を追加したのだ。サキミへの復讐として、彼女の最愛の孫娘を殺すという項目を。

老女は黙ったまま含み笑いとともに比留子さんの語りに耳を傾けている。

俺は素早く女性メンバーの顔を思い浮かべた。

「予言された犠牲者は男女それぞれ二人ずつ。この人が自殺するつもりだったのなら、女性の犠牲は残り一人。十色さんが死ぬ確率はたった四分の一です。あまりにも分《ぶ》が悪い賭けではないですか」

比留子さんは頷き、俺の問いに答える。

「だから彼女は十色さんを追い詰める別の方法を考えた」

「別の方法?」

「我々の中で殺し合いをさせようとしたんだ。漫然と誰かが死ぬのを待つのではなく、誰かが誰かを殺すよう仕向ける。臼井さんのような事故死なら被害者しか生まれないけど、殺人なら加害者と被害者、二人の人生が狂う」

単なる事故死に比べて倍の人生が狂うわけだ。当然、十色が巻きこまれる確率も高くなる。

「でも殺し合いを誘発なんて、どうすればできるんですか」

『魔眼の匣』に集《つど》ったのが死の予言を信じるような面々ばかりなら理解できる。だが実際には師々田のような否定派や、神服のように運命を達観する者もいた。すぐに殺し合うような短絡的な展開は期待できない。

「そのためにフェルト人形を減らしたんだ」

「あれは王寺さんがやったんじゃないんですか」

「思い出してみて。二つ目――サキミ毒殺未遂の時、茎沢君の証言によると夕食前に人形はなくなっていた。でもその時点で王寺さんはサキミさんに毒が盛られるなんて知らなかったはず。知っているのは毒を盛った人物、サキミさんだけ」

王寺がフェルト人形を減らしたことを否定したのは、嘘じゃなかったのか。

「十色さんがこっそり会いに来た後、この人は計画を思いついた。人が死ぬごとに人形が一体ずつ減れば、それに気づいた人はこう思う。『人形は全部で四体。予言された死者の数と同じだ。誰かが死者を四人揃えようとしているんだ』と」

誰かが意図的に減らした人形。それに気づいた時、俺たちは予言から逃れるためという殺人の動機に思い至り、互いに疑心暗鬼になった。すべては老女が仕組んだ誘導だったのか。

「十色さんを追い詰めるため、彼女はさらなる罠を仕掛けた。自分で毒を飲みながら、その容疑を十色さんに押しつけようとしたんだ。十色さんが殺人者と疑われて孤立するように」

十色の能力は、身近で起きる異変を予知し絵に描くこと。

絵に描かれた異変が絶対に起きるなら、これから起こそうとする異変も必ず十色は予知してくれる。

王寺が用いたのとはまた別の、予知能力を逆手にとった発想。十色のような存在が超能力を信じない一般人の目にどれほど怪しく映るか、老女は熟知していたのだ。

だからこそ老女は夕飯を断り、自室で毒を飲んだ。十色が知るはずのない状況で異変を起こすために。老女は十色の予知能力を完全に信用していた。なぜなら十色はサキミの孫だから。その予知能力が本物であることを、老女は誰よりもよく知っていたはずだ。

企みは成功し、十色は知るはずのない現場の様子を絵に描き、容疑者として軟禁された。仮に警察があの場にいても、予知能力だなどと聞き入れられるわけがない。

「二体目の人形を減らしたのは茎沢君が気づくよりずっと前、おそらく十色さんとの面談が終わった後だったはず。〝インチキ能力者の十色さんが毒を盛った〟と皆に思わせたいのなら、面談の直後に人形が減っていなければおかしい。いつ毒を飲むかなんて、十色さんには分からないんだから」

こうして老女の目論見通り、人形の見立てや十色の予知能力によって疑心と恐怖が増幅され、王寺や朱鷺野のように臆病な心を抱えた者を凶行に駆り立てた。しかも真っ先に犠牲になったのは十色だ。老女にとっては願ってもない展開だったはずだ。

「よくできた推理だ。しかし一つ大きな矛盾があるね」

老女は体の不調を感じさせない落ち着いた声音で問いかける。

「復讐ならば、私がこの手で十色さんを殺せばよかったじゃないか。〝容疑を押しつける〟だの〝誰かに殺させる〟だの回りくどいことをせず、彼女を殺して自分も死ぬ。最も確実な方法のはずだよ」

確かに。彼女は十色と二人で話す機会もあったのだから、確実に仕留めることができたはずだ。

「それだと意味がない」

比留子さんは冷たく言いのける。

「あなたが手を下したのでは単なる殺人になってしまう。それでは駄目だ。あなたはサキミに想い人を奪われ、サキミの身代わりとして置き去りにされ、サキミの予言に囚われた人生を送ったというのに、その間にサキミ本人は予言者という過去を捨てて幸せな家庭を築いた。

だからこそあなたはサキミ自身の予言によってサキミの幸せを破壊したかった！　予言したことを後悔させたかった！　特別な力を持って生まれたサキミの人生を根こそぎ否定したかった！」

激しい喝破にも老女はふてぶてしく笑った。

「仮にあんたの言うことが真実だったとして、私はなんの罪に問われる？　私は人形を減らし、自分で毒を飲んだだけ。あとはすべて他人がやったことだよ」

「――そうかもしれません」

比留子さんは語勢を殺し、元の冷静な口調に戻った。

「神服さんも言っていました。予言そのものが誰かを傷つけたわけではない。心に負い目がある人物が予言を真に受け犯罪に走ってしまった。今回はそれが王寺さんや朱鷺野さんだった」

「奉子さんらしい考え方だ」老女は口元を歪める。「そもそも予言などなければ、彼らが犯罪に走らなかったともいえる。いわば呪いだ。数十年分の呪いを振りまいたんだ、あの一族が。だがもう予言は残っていない。全部終わったんだよ」

とうとう老女は——岡町は自分が予言者でないことを認めた。

呪い。サキミの予言も十色の絵も、人々を不安に陥れ愚行に導く呪いだというのか。事件を引き寄せる比留子さんの体質と同じように。

岡町を許す気にはなれない。だが予言が原因にせよ人の弱さが原因にせよ、彼女が直接誰も傷つけていないのは事実。

岡町が話は終わったとばかりに視線を切った。しかし——。

「終わってはいませんよ」

比留子さんの声が視線を引き戻した。

「今から、私が新たな予言者です」

「どういうことだ」

比留子さんの不穏な発言に、岡町の顔にわずかな動揺が浮かぶ。

「八つ当たりだと言ったでしょう。十色さんの能力を呪いと呼んだその言葉だけは否定しないと、亡くなった彼女に合わせる顔がない」

比留子さんは正座していた腰を上げ、挑みかかるように岡町へ顔を寄せた。

「特別な能力がなくとも、予言は可能なのですよ。

あなたは予言者としての権威を最期まで守るため、サキミの予言に合わせて自殺するつもりだった。しかし思いがけず生き残ってしまった。苦悩したはずです。自室から運び出され、神服さんが四六時中側で見守っているためにもう一度自殺を図ることもできない」

神服からすれば心酔する老女を犯人から守るつもりだったのだが、本人にしてみれば再度自殺を試みる機会を奪われてしまったのだ。

「サキミへの復讐は果たしましたが、あなた自身の権威を守るという問題は残ったままです。このままでは自分の死を予言することができず、死後に住人たちからインチキ予言者の烙印を押されることになる。あなたのプライドがそれを許しますか？

回避する手段はただ一つ――自分の死を予言し、その通りに命を絶つ。

あなたは、あなた自身の予言に殺されるのです」

雷に打たれたかのごとく老女の白髪が逆立つ。

限界まで見開かれた瞳は濁ったガラス玉のようだ。

だが比留子さんは容赦なく追い打ちをかける。

「それから『アトランティス』を介して今回の事件を日本中に広め、予言者としてのあなたの名声を轟《とどろ》かせる計画ですが、間違いなく失敗します。あなたは知らないでしょうが、現在、班目機関の情報は徹底的に封殺されています。公安の仕業なのかは不明ですが、班目機関が関わっていると判明した時点で今回の件も闇に葬られ、一般市民の目に触れることはないでしょう。あなたは遠くない未来この辺境でひっそりと人生を終え、予言者の存在は忘れ去られる。――それが私の予言です」

「黙れ……」

老女は興奮のあまり全身を震わせて喘ぎながら、恨みの言葉を吐く。

「黙れ、黙れ。今までどれだけ……。屈辱に耐え、今まで」

「あなたには別の道があった」

力強い声が老女の呪詛を両断した。

「あなたの考えるように、人生を歪めた原因は十色勤の裏切りかもしれません。彼があなたにした仕打ちは決して許されるものではない。しかし裏切られたと分かった時点で、予言者の化けの皮を脱ぎ捨てていれば別の人生を歩むことができた。けれどあなたは失敗や敗北を認められず、自分を偽り予言を振りかざし続けた。

この道を選んだのは――あなただ。予言でも呪いでもない」

老女はなにか言い返そうと口を開いたようだが、途端に咳きこみ出した。

その姿は不気味な予言者ではなく、ただの小柄な老人だった。

比留子さんはしばらく見下ろしていたが、踵を返すと「行こう」と俺に声をかけ、部屋から出た。

閉じられた扉の向こうでは、咳の音がいつまでも続いていた。

まだ神服は戻っていなかったが、俺たちは外の様子を知りたくて『魔眼の匣』を出た。

俺は少し後ろを歩く比留子さんの気配を窺う。

先ほどの老女——岡町との対決以降、話しかけづらい空気が漂っているのだ。

と思っていたら、向こうから声がかかる。

「葉村君」

俺が振り向くと、

「ごめん。やっぱり私は君のホームズにはなれないみたい」

驚いて足を止めた俺の横を比留子さんは通り過ぎる。それ以上の説明はなかった。慌てて後を追いながら俺は考える。

俺のホームズ。それはつまり明智さんみたいに、ということだろうか。

確かに比留子さんは探偵に憧れていた明智さんと違い、身に降りかかる災難から生き残るために謎を解く。だがそのおかげで今回もなんとか乗り切ることができたのではないか。

そこでふと気づく。

比留子さんが持ちかけた偽装自殺。あれは確かに犯人の動きを封じる妙手だった。

ただ、どうして自殺する役が比留子さんだったのだろう?

あの時点で死んでいたのは臼井と十色。まだ男女一人ずつ死ぬ可能性があったのだから、優れた推理力を持つ比留子さんが自由に動けるように俺が〝自殺〟してもよかったはず。

——いや、待て。落ち着いて整理しろ。

臼井は事故死だった。予言から生き残るために王寺はあと男性一人を、朱鷺野は女性二人を殺す、いわばノルマがある。手を組んだ彼らが仮に標的を交換せず、本来の目的通り朱鷺野が十色を殺した場合を考えてみよう。

もし俺が〝自殺〟すれば男性二人の犠牲が揃い、王寺は手を汚さずに目的を達成する。朱鷺野はもう一人殺さなければならないが、元々ノルマは同性の二人なのだから余計な罪を背負うわけではなく、王寺との間で諍いが起きることはない。

比留子さんが〝自殺〟しても立場が入れ替わるだけ。十色と比留子さん、女性二人の犠牲が揃って朱鷺野は目的を達成し、王寺はノルマ通り残る男性を狙う。諍いは起きない。

だが実際には俺たちを惑わすために交換殺人が計画され、女性である十色を王寺が殺した。

そのことでなにが起きるか。

この場合でも、俺が〝自殺〟すれば問題なかった。男二人の犠牲が揃って王寺は目的を達成し、あとは朱鷺野に女性を狙わせれば互いに一人ずつの殺人の罪しか背負わず、諍いは起きない。

比留子さんが〝自殺〟したから諍いが起きた。十色と比留子さんで女性二人が死に、まだ手を汚していない朱鷺野が目的を達成したのに引き換え、彼女の代わりに十色を殺した王寺が本来のノルマより多い、二人目を殺さなければならないという理不尽が起きたのだ。

俺ではなく比留子さんが偽装自殺する必然性。

それは交換殺人が計画されていた場合のみ、犯人たちの関係を破綻させることだ。

俺は数歩先で歩みに合わせて揺れる比留子さんの黒髪を見つめる。

十色が殺された夜、自室で泣きじゃくった比留子さん。

彼女は夜通し涙を流しながら、犯人のあらゆる行動を想定し、彼らを追い詰める算段を練った。そして犯人らが破滅する可能性をより高めるため、俺ではなく自分が偽装自殺する選択をした。

いわば、意図的に犯人を破滅に導いた。

これは――本来の比留子さんのやり方ではない。明らかに攻撃性を有している。

なぜそんなことを。それほどまでに十色の死に怒りを覚えたのだろうか。


馬鹿か。

違うだろう。

俺だろう！


予言に従えば、臼井の他にもう一人男が死ぬはずだった。

予言が本物だった時、俺を絶対に死なせないために、犯人が死ぬかもしれない選択をした！

俺と犯人の命を載せた天秤を、意図的に俺側に傾けた！

食堂でもそうだ。比留子さんと俺はわざと皆に指定した時間を過ぎてから食堂に入った。あれは皆の席位置を確認し、俺と王寺の席を遠ざけるためだったのだろう。彼女の計画は王寺を精神的に追い詰め、ペティナイフを取らせること。その時俺が近くにいては、王寺に飛びかかって怪我をする可能性があった。

そしてもう一つ。助けに入るのに間に合わないと悟った俺は、王寺に『触るな』と叫んだ。結果的にそれが引き金となり、王寺はナイフに手を伸ばした。これも比留子さんの計画の一部だったのではないか。もし俺が叫ばなかったら、王寺が同じ行動をとったか怪しい。それでは困るのだ。

彼女が解決編ではなく死闘と言った意味がようやく分かった。俺が求められたのは助手ではなく、安全圏から犯人に向けて決着の引き金を引く、狙撃手の役割。

比留子さんは全て計算した上であの場に臨んでいたのだ。

それが俺のホームズ――明智さんが目指した、真実を求める探偵像とは違うと分かっていながら。

道の先に、こちらに走ってくる神服の姿が見えた。対岸に救助が着いたと叫んでいる。その後ろに師々田親子もいて、純が俺たちに向かって両手を振っていた。

比留子さんの後に続きながら考える。

彼女が選んだのは、俺のホームズにならないという道だ。

俺が側にいようとする限り、彼女はそうやって俺を守るつもりなのだ。
違う。このままでいいはずがない。
たとえ彼女が俺のホームズでないとしても。
俺は、彼女のワトソンにならなければならない。

今回の事件ではかつて班目機関で行われていた研究内容の一端を知ることはできたものの、残念ながら現在の活動に関する情報は得られず、追ってきた手がかりは途切れてしまった。
だが、この数ヶ月後。十色勤のノートで触れられていた事件——サキミが予言を的中させた、極秘研究施設での大量殺人——のその後に関わることになろうとは、この時の俺たちにはまったく予想できなかった。

重圧をはねのけた第二作

大山誠一郎

班目《まだらめ》機関なる謎の組織の研究がもたらした、前代未聞のクローズドサークル、サスペンス溢《あふ》れる展開、名探偵の鮮やかな謎解き――二〇一七年、第二十七回鮎川哲也賞を受賞した今村昌弘氏の『屍人荘の殺人』は、刊行後、大評判を呼び、ベストセラーとなりました。「このミステリーがすごい！ 2018年版」、「2018本格ミステリ・ベスト10」、〈週刊文春〉2017年ミステリーベスト10の三つのミステリランキングでいずれも国内部門一位となり、一八年には第十八回本格ミステリ大賞を受賞。さらに一九年十二月には映画（監督・木《き》村《むら》ひさし、脚本・蒔田《まきた》光治《みつはる》、出演・神木《かみき》隆之介《りゅうのすけ》、浜辺《はまべ》美波《みなみ》、中村倫也《なかむらともや》ほか）も公開され、こちらも大ヒット。ミヨカワ将《まさる》によりコミカライズもされています。

デビュー作で破格の成功を収めた作家は、とてつもない重圧を受けることになります。デビュー作と同等以上の出来栄えを期待され、しかも同工異曲《どうこういきょく》であってはならない。デビュー作で大成功を収めながら、あるいはそれゆえに、第二作を書けないままに終わった作家は何人もいます。今村氏が第二作の執筆を進めたのはデビュー作が大ヒットし、本格ミステリ大賞を受賞し、映画の制作が進む中だったわけですが、そうした重圧を受けていただろうことは想像に難《かた》くありません。

　そして二〇一九年二月、本作『魔眼の匣の殺人』が上梓されました。多くの読者と同様、私も『屍人荘の殺人』に瞠目《どうもく》した一人だったので、大きな期待と、前作と同等の面白さが保たれているのだろうかという一抹の不安をもって本作をさっそく手に取りました。

『屍人荘』の事件から数か月経った十一月末。班目機関が約五十年前に予知能力の研究を行っていた施設がW県の好見《よしみ》という地区にあることを突き止めた剣崎比留子《けんざきひるこ》は、機関についての情報を求めてその地へ赴くことにし、『屍人荘』で比留子とともに事件解決に挑んだ葉村《はむら》譲《ゆずる》も同行する。しかしそこで見たのは、なぜか住人が消えた集落だった。比留子と葉村は、さまざまな理由でこの地を訪れていた数名の男女（その中には予知能力を持つと思しき女子高校生もいる）とともに、何が起きたのか知ろうと対岸の旧真雁《まかり》地区へ向かう。そこにはサキミという老女が「魔眼の匣」と呼ばれる建物に独り住んでいた。かつての研究の被験者だったらしきサキミは予言を告げる――「十一月最後の二日間に、真雁で男女が二人ずつ、四人死ぬ」。その直後、なぜか橋が燃やされ、葉村たちは旧真雁地区に閉じ込められる。そして予言をなぞるように、地震による死者が出、続いて殺人未遂、ついには殺人が……。

※ここから先は本作の中盤以降の展開に触れています。

　本作での班目機関の研究対象＝特殊設定は「予知・予言」。『屍人荘』での研究対象＝特殊設定に比べるとおとなしく思われるかもしれません。しかし、ページを繰る手が止まらない面白さは少しも変わりません。死の予言がもたらす恐怖、予言の真偽、少人数の中で殺人未遂や殺人が起きたことによる緊迫感、死者が出るたびに数が減る人形の意味、予言と事件との関わりの謎など、常に新たな要素が投入されて物語を駆動させるのです。後半には比留子に関する予想外の展開もある。そして迎えた解決場面、比留子は盲点を突いたシンプルなロジックで犯人を特定します。このロジックの鮮やかさに驚きますが、本当の驚きはその先にありました。二重底、三重底になった真相と、考え抜かれた構成（登場人物の少なさにも意味がある！）はまさに驚異的です。今村氏は重圧を見事はねのけ、デビュー作に勝るとも劣らない傑作を書き上げてみせたのです。

『魔眼の匣』で目を見張るのは、「予知・予言」というテーマの徹底的な活かし方です。『屍人荘』ではクローズドサークルを成立させるのに前代未聞の手が使われていました。一方、『魔眼の匣』は橋が燃やされてクローズドサークルになるというもので、ありふれているように見えますが、そうではありません。「十一月最後の二日間に、真雁で男女が二人ずつ、四人死ぬ」という予言がもたらした、倒錯した論理の帰結として、橋が燃やされるのです。つまり、予言がクローズドサークルを作り出したわけで、こんな手は見たこともありませんでした。前代未聞の手でクローズドサークルを成立させるという趣向は、本作でもしっかりと踏襲《とうしゅう》されているのです（ちなみに、シリーズ第三作『兇人邸《きょうじんてい》の殺人』も、これまた前例のないかたちでクローズドサークルを成立させています）。

この予言はまた、容疑者が限定されてしまうのに犯行に及んだのはなぜかという、クローズドサークルものでしばしば指摘される不自然さをクリアする役目も果たしています。予言が本物だと見なされたとき、今ここで犯行に及ばざるを得ない異様な犯行動機が生まれるのです。この動機は解決場面で初めて明かしてもよいほど衝撃的なものですが、作者はそうせず、贅沢《ぜいたく》なことに物語の途中で明かしてしまいます。そして、この動機を土台にしてさらにアクロバティックなアイデアを導入するのです。このアイデアはミステリではポピュラーなものですが、それを予言と結びつける発想に驚嘆しました。生半可なことでは済まさないという作者の強い思いがうかがえます。さらにこの予言は、次に死ぬのは誰なのかという被害者当ての興味や、予言された期間を過ぎるまであと何時間というタイムリミットサスペンスも生み出しています。

もう一つ指摘しておきたいのが、このテーマの扱い方の新しさです。これまでの本格ミステリでは、予知能力による予言は偽物であり、いかにして予言が実現したと見せかけたかを解明するのが主流でした。しかし本作では、予言の真偽が検討されるものの、予言は本物として扱われ、それを前提として謎解きが行われます。

予言を本物として扱うことが読者にすんなりと受け入れられるのは、それが班目機関の研究対象＝本作の特殊設定だからでもありますが、予知能力が持ち主にとってどれほど重荷であるかがきちんと描かれているからでもあります。予知能力を持つがゆえに忌み嫌われ排斥されること、悲劇が起きるとわかっているのに回避できないこと——予知能力を持つ者の恐怖や不安、苦しみや悲しみがしっかりと描かれているからこそ、予言が本物として読者に受け入れられるのです。

ちなみに、不思議な偶然ですが、本作が上梓された前後に、予知・予言を扱った作品が集中して出ています。有栖川有栖《ありすがわありす》氏の『インド倶楽部の謎』が二〇一八年九月、阿津川辰海《あつかわたつみ》氏の『星詠師の記憶』が同年十月、本作が二〇一九年二月、辻堂《つじどう》ゆめ氏の『今、死ぬ夢を見ましたか』が同年三月、澤村伊智《さわむらいち》氏の『予言の島』が同じく三月。半年余りのあいだに五作、出ているのです。刊行時期の近さから考えて互いに影響を受けていないことは明らかですし、予知・予言の扱い方もさまざまなのですが、それでもその扱い方にどこか共通したものが感じられ、面白く思います。

剣崎比留子シリーズの読みどころは特殊設定だけではありません。名探偵の剣崎比留子というキャラクターそのものがユニークです。裕福な名家の生まれだが、災厄を招き寄せる体質でこれまでいくつもの事件に巻き込まれており、実家からは勘当同然の扱いを受けている人物。名探偵の行く先々で事件が起きることはよく冗談の種になりますが、そのような体質を持っているという設定にしたのは珍しい。そんな彼女が推理をして事件を解決するのは、巻き込まれた状況を生き延びるためです。

また、『屍人荘』に登場したが本作では名のみ語られる神紅《しんこう》大学ミステリ愛好会の先代会長・明智恭介《あけちきょうすけ》も印象的なキャラクターです。名探偵なのか迷探偵なのかわからない飄々《ひょうひょう》とした姿は一読忘れがたく、スピンオフ短編「明智恭介　最初でも最後でもない事件」（『ミステリーズ！』vol. 98 掲載）も書かれています（ぜひ明智さんが主役のスピンオフ短編集を！）。

さらに、名探偵の剣崎比留子とワトソン役の葉村譲の関係、それも読みどころの一つでしょう。『屍人荘』では比留子と明智、二人の探偵に挟まれた葉村の姿が描かれました。『魔眼の匣』では比留子は葉村を同行させることで彼に危険が及ぶのを恐れ、葉村は自分が比留子のために何ができるか悩みます。『兇人邸』でも二人の関係は変化します。本シリーズでの名探偵とワトソン役の関係は固定されたものではなく、事件を潜り抜けることによって少しずつ変わっていくものなのです。

今村作品を読むといつも、「徹底的に考え抜いている」ことに感嘆します。設定が斬新であることはもちろんですが、それだけに満足することなく、どうしたらその設定を最大限に活かせるのか、その設定ではどのようなことを成しうるのか、徹底的に考え抜いている。今村氏はデビュー前、ミステリの技法を習得すべく国内外の作品を集中的に読み込み、綾辻行《あやつじゆき》人《と》氏の『時計館の殺人』や有栖川有栖氏の『双頭の悪魔』についての分析をノートにまとめたそうですが、そうした研究熱心さが徹底的に考え抜いて執筆することにつながっているのでしょう。

そういえば、剣崎比留子シリーズには、綾辻氏の館シリーズと有栖川氏の学生アリスシリーズの影響が見られるように思います。館シリーズの大半と学生アリスシリーズの長編全作がそうであるように、剣崎比留子シリーズはクローズドサークルを舞台としています。剣崎比留子シリーズの班目機関は館シリーズの天才建築家・中村青司《なかむらせいじ》のような存在であり、「今回は班目機関のどんな研究が取り上げられるのか」という興味は「今回は中村青司のどんな館が取り上げられるのか」という興味に通じるものがあります。館シリーズはタイトルが館の名前+殺人ですが、剣崎比留子シリーズも同様です。また、大学のミステリサークルに所属する名探偵とワトソン役という設定や青春模様、一人称の瑞々しい語りや綿密なロジックは、学生アリスシリーズを彷彿《ほうふつ》とさせます。新本格ミステリを牽引してきた二大シリーズの特徴を一つにまとめたともいえ、新本格に思い入れのある私などにはうれしい限りです。

今村氏はその活躍の場をますます広げています。二〇二一年放送の連続ドラマ『ネメシス』では他のミステリ作家とともに脚本に協力し、自身の担当回のノベライズ『ネメシスI』（講談社タイガ）を刊行。剣崎比留子シリーズ以外の作品も複数執筆中のようです。そして何より、剣崎比留子シリーズの第四作が待ち望まれます。いずれも徹底的に考え抜かれた作品になることは間違いないでしょう。

本書は二〇一九年、小社より刊行された作品の文庫化です。

検印
廃止

著者紹介　1985年長崎県生まれ。岡山大学卒。2017年『屍人荘の殺人』で第27回鮎川哲也賞を受賞しデビュー。同作は「このミステリーがすごい！」、〈週刊文春〉ミステリーベスト10で第1位を獲得、第18回本格ミステリ大賞を受賞。他の著作に『兇人邸の殺人』等がある。

魔眼の匣の殺人

2022年8月10日　初版

著　者　今《いま》　村《むら》　昌《まさ》　弘《ひろ》

発行所　（株）東京創元社
代表者　渋谷健太郎

162-0814／東京都新宿区新小川町1-5
電　話　03・3268・8231-営業部
　　　　03・3268・8204-編集部
U R L　http://www.tsogen.co.jp
D T P　フ　ォ　レ　ス　ト
暁　印　刷・本　間　製　本

ISBN978-4-488-46612-1　C0193

兇人邸の殺人
今村昌弘